Prežihov Voranc

JAMNÍCA. DAS DORF IN DER KÄRNTNER MULDE

Zu Band III:

Der Band 3 der JAMNÍCA-Trilogie zeigt den sukzessiven Zerfall gesellschaftlicher Ordnung angesichts der politischen Verrohung der beginnenden 1930er Jahre, aber auch das Aufbäumen und den Widerstand einzelner Kommunen gegen die fortschreitende politische und wirtschaftliche Instrumentalisierung der Menschen. Die Resignation vieler Teile der Gesellschaft ist die Folge der Korruption und der daraus resultierenden Krise, die sich von der Wirtschaft auf alle Bereiche des Lebens ausdehnt und in welcher die Menschen nicht den Schritt zu Solidarität und sozialem Ausgleich wagen, sondern sich in Ängste und Fetische, wie Macht, Religion und rücksichtlosen Egoismus, flüchten. Das »Dorf in der Senke« wird zum Spiegelbild europäischer Hilflosigkeit angesichts des rigiden Konkurrenzdenkens, das keine gesellschaftliche Utopie als Leitbild zulässt, aber im Menschen eine diffuse Sehnsucht nach ursprünglichem Glück erzeugt.

Prežihov Voranc' Hauptanliegen als Autor wie als Sozialaktivist war es, ein gegenseitiges Ausspielen der gesellschaftlichen Schichten zu verhindern, insbesondere auf die von oben gesteuerte Konkurrenz der Bauern und Arbeiter bezogen. Seine Liebe zur Bauernarbeit und zum bäuerlichen Dasein war unumstößlich, ebenso aber auch seine Solidarität mit den Besitzlosen und Außenseitern. Im Bauernsohn und Werksarbeiter Perman Ahac, der sein Erbe zweimal an die Banken verliert, hat er sich selbst dargestellt, was die Jahre 1921 bis 1930 betraf; in der Figur des Bauern Munk setzte er dem traditionsverhafteten Bauernstand ein Denkmal, ohne die Schwächen und gesellschaftlichen Vorurteile jener Menschen schönzufärben. Im Gegenteil, seine Darstellung geht tief in die sozialen Widersprüche hinein genauso wie in die Tiefen menschlichen Erlebens und Begreifens. Dass er in diesem Roman, der um 1941 in der Dolenjska geschrieben und im Herbst 1945 in Ljubljana publiziert wurde, auch das Streben nach ›kommunaler Selbstverwaltung‹ (Band III, Kap. 3, 8, 9) dargestellt hat, wurde vielfach übersehen, da bei ihm der soziale Ausgleich und die Solidarität, und nicht die Vorherrschaft einer Gruppe der Angelpunkt jedes Gemeinwesens waren. Voranc' ›linker Heimatroman‹, der in seiner Breite und Tiefe an die russischen und französischen Realisten und Naturalisten gemahnt, ist ein unvergleichliches Porträt seiner Herkunftswelt, die er in all ihren Nuancen und Wandlungen verewigt hat.

Slowenischer Originaltitel: Jamníca. Roman soseske
(Roman der Dorfnachbarschaft)
Geschrieben 1941, kurz vor dem Zerfall Jugoslawiens;
erschienen 1945, SKZ Ljubljana

© Copyright der Übersetzung aus dem Slowenischen: Jozej Strutz, 2014
Mit Genehmigung der Avtorska agencija Slovenije (aas),
Ljubljana, Slovenska cesta.
Gefördert vom BMUKK Wien

Fotos auf dem Umschlag: historische Aufnahme von Kotlje;
Prežihov Voranc, 1947 (beide Koroški muzej Ravne na Koroškem)

© 2014 kitab-Verlag Klagenfurt–Wien
www.kitab-verlag.com
office@kitab-verlag.com

ISBN 978-3-902878-31-1

Prežihov Voranc

JAMNÍCA
Das Dorf in der Kärntner Mulde

Roman der zwanziger Jahre

BAND III

Übersetzt von Jozej Strutz

INHALT

Erstes Kapitel:
Amtliche Verlautbarungen 9

Zweites Kapitel:
Altes und Neues am Hausball 19

Drittes Kapitel:
Koalition zwischen Perman Ahac und Munk Ladej 41

Viertes Kapitel:
Munks schwerste Stunde 63

Fünftes Kapitel:
Podjuna geht baden 93

Sechstes Kapitel:
Die Ajta kriegt doch noch Besuch 121

Siebtes Kapitel:
Alte Rechnungen. 147

Achtes Kapitel:
Bittere Zeiten beim Munk 165

Neuntes Kapitel
Krisengewinnler statt Selbstverwaltung.
Munks Abschied 180

Den 44 Landsleuten aus Kotlje gewidmet, die 1941–1945 im Kampf um die Freiheit gestorben sind.

Lovro Kuhar

Erstes Kapitel

Amtliche Verlautbarungen

Eines Herbstsonntags ohne Sonne am trüben Himmel war auf dem Platz vor der Pfarrkirche wie jeden Sonntag eine große Zahl an Menschen versammelt. Der Sonntagsgottesdienst war gerade vorbei, und die Nachbarschaft hatte sich nach alter Gewohnheit vor der Kirche eingefunden. Jenes Dorfleben, das in früheren Zeiten sonntags auf dem Kirchplatz herrschte, gab es nicht mehr. Die Pfarrkinder waren griesgrämig wie das Wetter und drängten sich zwischen die beiden Linden, als würde es aus Eimern schütten, wiewohl in Wirklichkeit kein Tropfen Regen vom Himmel fiel. Der Pfarrer Virej, der mit der Mesnerin Therese als letzter die Kirche verließ, war erstaunt, so viele Menschen auf dem Kirchplatz zu sehen. Bei der Messe waren es nur halb so viele Leute gewesen. Demütig das Haupt senkend, enteilte er in Richtung Pfarrhof, der sich mit seinem reparaturbedürftigen Dach in den Hintergrund schob. In letzter Zeit war der Kirchenbesuch schlechter und schlechter geworden.

Jamníca hatte sich in den letzten Jahren äußerlich nicht verändert. Immer noch träumte es still inmitten der sanften Senke, aus der ihr gotischer Kirchturm friedlich emporragte. Wie dereinst plätscherte auch heute noch der Bach durchs Dorf. Vom Frühjahr bis in den späten Herbst waren die Felder ums Dorf voll von Menschen gewesen, die sich mit der Erde abplagten, sie umbauten, die Erde in Körben von den brachen Rändern zu den höher gelegenen Furchen trugen und aus ihr bescheidene Früchte zogen. Im Winter fiel eine Menge Schnee, bedeckte die Wege und Stege bis zu den Türschwellen der Häuser. Auf dem Friedhof um die Kirche herum entstanden ein paar neue Gräber, wohin unter anderem auch der alte Ardev sich zur Ruhe gelegt hatte, sodann der Eisenwerker Kovs sowie der Kandidat Prežvek, der eines Wintertags beim Mvačnik in der Futterkammer erfroren war, da er sich am Abend wild angetrunken hatte. Vor nicht allzu langer Zeit hatte man auch die Jüngere von den Pernat-Waisenmädchen begraben, die der Dvornik damals zur Pflege ins Haus genommen hatte und die erst fünfzehn Jahre zählte. Ein sehr schönes Mädchen; viele Leute behaupteten, sie habe noch ihre Mutter Liza an Schönheit übertroffen. Als ihr die Totenglocke läutete, herrschte bei allen Leuten tiefe Trauer um sie.

Trotz dieser Toten hatte sich die Zahl der Gräber aber nicht erhöht. Was an neuen dazukam, verschwand an alten. Der Taglöhner Tehant, den die Mesnerin Therese dann und wann bestellte, damit er auf dem Friedhof Ordnung mache, hatte schon vorneweg jene Grabstätten dem Erdboden gleichgemacht, die keine Bedeutung mehr hatten, sprich, um die sich niemand mehr kümmerte. So verschwanden die Gräber des Bettlers Vohnet, der Černjak-Terba, der alten Kardevka und noch etliche andere.

Jeden Morgen stieg von den Rauchfängen der Häuser von Jamníca, Hoje, Drajna und Sonnenort der gleiche Rauch empor wie immer. Und niemand hätte wahrgenommen, dass er aus Feuern hochstieg, die anders entzündet worden waren als in früheren Tagen; der Rauch kam nämlich hauptsächlich von den ewigen Lichtern, die in den letzten Jahre unaufhörlich in den Keuschen und Bauernhäusern brannten, damit ihre Besitzer nicht in den Läden Brennstoff kaufen mussten.

Das Einzige, was nur allzu deutlich anzeigte, dass sich in den letzten Jahren doch etwas verändert hatte, war der schüttere

Wald – hier ein Kahlschlag, dort eine Lichtung, oder sogar Ödland. Da das Holz beinahe nichts mehr wert war, mussten die Bauern noch mehr davon verkaufen, um ihre Kosten decken zu können. Doch dieses Bild war nicht überall das gleiche: je tiefer die Gräben und je höher die Berge, umso schwärzer und dichter war der Wald. Im weiten Forst rings um den Berg ruhten die Äxte überhaupt gänzlich, da ihre Besitzer der Meinung waren, dass das Schlägern sich überhaupt nicht mehr lohne. Daher hatte sich auch das Antlitz des Berges verändert. Der Wald wuchs immer weiter hinauf zu den Scheiteln und Höhen; seine Felsen und Schroffen waren immer weniger zu sehen. Die felsige Stirn verengte sich mit den Jahren, und den Bewohnern von Jamnica, die schon seit so vielen Generationen immer das gleiche Bild sahen, schien es, sein Antlitz bedecke sich mit immer neuen, noch nie geschauten Zügen. Und da begannen die Menschen mit Neid und immer weniger Vertrauen zum ewigen Begleiter hinaufzublicken und zu murmeln:

»Schaut, auch der Berg wird anders …«

Wenn sich das Bild von Jamnica in den letzten Jahren zwar äußerlich nicht allzu sehr verändert hatte, so hatte sich doch das Leben im Dorf gewandelt. Immer noch wurde es von dem Alpdruck gequält, genannt Wirtschaftskrise, ein Wort, das nun schon jedes Kind kannte. Für Jamnica bedeutete es brüchige Dachziegel auf den Häusern, das Überquellen von Farnkraut und Erika an den Ackerrändern, leere Speicher und leere Ställe. Bei den Kaufleuten und Gewerbetreibenden, den Darlehnskassen und Steuerämtern standen unter den Namen alteingesessener Landwirtschaften lange Zahlenkolonnen, die wie Schlangenaugen aus den geheimen Folianten und Rechnungsbüchern stierten und mit immer längeren Zungen um die Herdstätten von Jamnica zischten.

An den Schönen Sonntagen wurde schon mehrere Jahre kein Festbaum mehr aufgestellt, weder bei der Kirche, noch bei der Kapelle des heiligen Hermágoras. Es war auch vorgekommen, dass ein *Schöner Sonntag* gänzlich ohne Böllerschießen stattfand. Doch Jamníca hatte nicht nur genug eigene Not, es musste auch noch von fremder Armut kosten und mit ihr mitleiden.

In der Schlucht bei Dobrije lag das rußige Ungeheuer der Fabrik. Bereits Jahrzehnte lang war in dieser Schlucht das Klopfen und Schlagen zu hören, dort ächzte, kreischte und glühte es Tag und Nacht. Den Jamnitscharen war dieser Lärm schon in Fleisch und Blut übergegangen, sodass sie ihn kaum mehr hörten. Als dann aber das Lärmen langsam zu ersterben begann, erschraken die Jamnitscharen auf ganz seltsame Weise. Es war ihnen, als risse eine unsichtbare Hand ein Stück ihres alltäglichen Lebens aus ihnen heraus. So empfanden es auch jene, die voller Misstrauen auf das Ungeheuer geblickt hatten oder es gar hassten. Manchmal hatte das Ungeheuer an einem Tag an die tausend Leute in seinem Rachen verschwinden lassen und ebenso viele wieder ausgespien. Und das Dorf in der Senke hatte außerdem viel von seinen Erzeugnissen an die Eisenwerke geliefert. Doch die Zahl der Arbeiter war in den letzten Jahren auf einige hundert zusammengeschmolzen, und sogar diese arbeiteten sehr unregelmäßig, manchmal nur zwei, drei Tage in der Woche, und dann war die Fabrik wiederum für mehrere Wochen geschlossen. Vor allem die Keuschler und Bauernsöhne wurden von der Fabrik als Erste entlassen. Sie verloren der Reihe nach die Arbeit, zuerst der Kozjek-Sohn, der Keuschler Černjak, der junge Ardev, der Gradišnik-Sohn und andere. In Jamníca gab es immer mehr von jenen Leuten, die den Beinamen »beschäftigungslos« erhielten.

Doch es wurde noch schlimmer. Von einem Tag auf den anderen kamen völlig unbekannte Menschen zu den Häusern von Jamníca, klopften ans Tor und bettelten um Brot. Das waren nicht mehr die von früher – die Ajta, der Moškoplet, der Rihar Miha und andere Einheimische. Der Seitenweg, der westwärts den Berg hinaufführte und der vorher nur von den Jamnitscharen und ihren Nachbarn benützt worden war, wurde mit der Zeit ganz ausgetreten, als wäre er der Teil eines Pilgerweges.

Der Tischler Roprat stand unter einer der beiden Linden und bereitete sich auf die amtlichen Verlautbarungen vor. Schon einige Jahre verrichtete er neben seiner Tischlerarbeit auch solche Gemeindedienste. Die Dorfgemeinschaft hatte ja vergeblich darauf gewartet, dass sich die Mesnerin Therese verheiraten und der neue Mesner diese Arbeit erledigen würde. Und weil das nicht der Fall war, wurde der Tischler Roprat dafür verpflichtet. Mit misstrauischen Augen hatten ihn die Leute angestarrt, als wäre es ihnen von vornherein klar, dass sie aus seinem Munde nichts Gutes hören würden. Denn Roprat setzte während der Verlautbarungen keineswegs ein amtliches Gesicht auf, sondern redete wie ein Einheimischer, ganz so, als spräche er mit seinen Kunden, die zu ihm in die Tischlerei kamen und einen Sarg fürs Begräbnis bestellten. Und das missfiel den Jamnitscharen noch mehr.

An diesem Tag hatte er Schluckauf, und die Leute riefen ihm zu:

»Na, wirst du endlich beginnen …!«

Schließlich fing Roprat doch an. Zuerst verkündete er, dass die Fahrbahn in Suha für zwei Tage gesperrt sein würde, da die Brücke erneuert werde. Dann sagte er, die Bauerngenossenschaft werde einen Waggon Mais an ihre Mitglieder verteilen; wer immer die Absicht habe, Mais abzunehmen, müsse ihn zu einer bestimmten Zeit abholen. Dann verlautbarte er, dass jene Grundbesitzer, die im Frühjahr Setzlinge bräuchten, sich schon jetzt bei der Gemeinde melden müssten. Dann schwieg Roprat, als wäre er mit den Verlautbarungen am Ende. Die

Pfarrbürger starrten aber noch immer voll Erwartung auf ihn; an die Baumsetzlinge hatte ja niemand gedacht, obwohl sie so manchem Wald zum Nutzen gereichen würden. Und tatsächlich hatte Roprat noch einige Zettel in der Hand.

»Mach schon weiter!«, rief ihm wieder jemand zu.

»Auf Vorlage der königlichen Steuerkommission wird morgen, Montag, um neun Uhr, in Drajna, Hausnummer 15, eine öffentliche Versteigerung folgender verpfändeter Gegenstände stattfinden: ein Paar Ochsen, ein Wagen mit schmiedeeisernen Achsen und ein Schubkarren. Am selben Tag um elf wird eine Versteigerung in Drajna, Hausnummer 17, stattfinden. Am Nachmittag desselben Tages wird eine öffentliche Versteigerung in Drajna, Hausnummer 25, abgehalten. Am Dienstag gibt es eine öffentliche Versteigerung in Hoje, Hausnummer 2 ...«

Er konnte nicht weiterreden, da ihn der Bauer Mlatej unterbrach, indem er laut herausschrie:

»Drajna, Hausnummer 15, ist beim Mlatej ...«

»Hausnummer 17 ist beim Ardev«, schrie gleich nach ihm der Bauer Ardev.

»Die Hausnummer 25 in Drajna ist die Kozjek-Keusche, damit ihr wisst!«, schrie der Kozjek.

Man vernahm herausforderndes, leises Lachen. Doch Roprat ließ sich nicht stören, sondern las weiter, sobald die betroffenen verpfändeten Bauern verstummt waren.

»In Hoje, Hausnummer 2 ...«

»Das bin ich ...«, rief der Bunk.

»In Hoje, Hausnummer 6 ...«

»Das ist beim Gradišnik ...«, ließ sich der Bauer vernehmen.

»In Hoje, Hausnummer 20 ...«

»Das bin dann ich ...«, rief der Mvačnik.

»In Jamníca, Hausnummer 1 ...«

»Das ist dort beim Rudaf«, brummte breitbeinig der Rudaf und wies mit der Hand zu seinem Haus auf der anderen Seite der Straße.

»Was tust du denn so geheimnisvoll? Sag einfach die Namen! Wie wissen ja, wie es steht ...«

Roprat ließ sich nicht dazu verleiten, die heimischen Namen auszurufen, sondern blieb bei den Hausnummern. Es kamen noch einige Versteigerungen vom Sonnenort. Die betroffenen Bauern – Obad, Sečnjak und noch andere – bekannten sich sofort dazu, dass es sich um ihre Häuser handelte, die auf die Tafel kämen. Was vor nicht allzu langer Zeit noch eine große Schande bedeutet hatte, weswegen auch die Betroffenen nicht beim Namen, sondern mit der Hausnummer genannt wurden, war nun zu etwas Alltäglichem geworden, und kein Bauer schämte sich mehr für sein Unglück. Es war geradezu umgekehrt; jeder Betroffene spitzte die Ohren, ob denn auch er an die Reihe käme, und als würde er damit das Unglück von sich abwälzen, beeilte er sich zu erklären, auch er befinde sich unter den aufgerufenen Hausnummern. Es schien, als könnte die Bauern nichts mehr aus dem Gleichgewicht bringen, mit dem sie sich in den schlechten Zeiten eingerichtet hatten. Die Sache war zwar unerfreulich, doch alle lebten in der Gewissheit, dass sich zum vereinbarten Versteigerungstermin kein einziger Käufer einfinden würde.

Roprat war mit seiner traurigen Litanei am Ende angelangt und musste nur noch den letzten Bogen verlesen.

»In Hoje Nummer 40 wird am Freitag ein Mastschwein verkauft ...«

Statt dass sich jemand melden und rufen würde: »Das ist bei mir zu Hause ...«, war die Reaktion auf die Verlautbarung ein verzweifeltes Weinen aus dem Munde einer Frau. Die gesamte Versammlung wandte sich sofort in Richtung Friedhofstor, wo sich die Frauen zusammendrängten. Auf den ersten Blick war es nicht möglich, festzustellen, welche Frau betroffen war, dann aber hörte man das Heulen der Dovganočka:

»O du verdammter Apát, du! Wie habe ich mich darauf gefreut, dass ich heuer zu Hause mein eigenes Fett haben werde, jetzt aber verschlingt es mir dieser Teufel!«

Das Ehepaar Dovganoč hatte eine lange Schuldenliste beim Apát, deshalb hatte er das Schwein verpfänden lassen, obwohl der Dovganoč für ihn das Holz machte. Es kam zu einer quälenden Szene, als würde sich der Kirchplatz erst jetzt des großen Unglücks bewusst werden, das Jamníca unbarmherzig umklammert hielt. Roprat verschwand und auch die anderen Pfarrbewohner brachen auf. Da vernahm man von der zweiten Linde vor dem Friedhof die kräftige Stimme Moškoplets:

»Jetzt hört einmal zu! Heute findet beim Pernjak in Drajna der Hausball statt. Most gibt es um einen Dinar pro Liter. Ihr seid alle eingeladen, daran teilzunehmen ...«

Nach diesen Worten verschwand Moškoplet rasch vom Marktplatz. Er hatte den ersten Hausball in diesem Herbst verlautbart, und es würden noch etliche folgen; so war es in Jamníca in den letzten Jahren Brauch geworden, wenn die Obsternte gut ausgefallen war. Dieses Jahr gab es viel Most in den Kellern, und daher griff man zu diesem Mittel; die Bauern konnten den Apfel- und Birnenmost nicht anders zu Geld machen, deshalb veranstalteten sie Hausbälle, auf denen die Leute für wenig Geld viel zu trinken bekamen. Die Gastwirte stemmten sich zwar dagegen, sodass die Bauern oft hohe Strafen zahlen mussten, doch das bewirkte letztlich nichts. Auch das Anprangern der Hausbälle durch den Pfarrer Virej half nichts. Dieses Jahr war der Schnee noch in weiter Ferne, und so veranstaltete man den ersten bäuerlichen Hausball.

Der Munk, der Bunk und der Sečnjak und noch einige Bauern blieben vor der Kirche stehen und sahen zu, wie die Menschen vom Platz eilten. Den Leuten reichte es, was sie gehört hatten, und sie waren zu keinem Gespräch mehr aufgelegt. Nach einiger Zeit sagte Bunk:

»Der Pernjak hat einen guten Most.«

Das bedeutete, dass er zum Ball gehen würde. Er blickte auf seine Nachbarn und sah, dass sie der gleichen Meinung waren.

»Na, dann gehen wir!«

»Gehen wir«, schloss sich ihm Mudaf ohne Umschweife an. Sie verließen in aller Eile den Platz, doch der Munk sah, dass sie nach Hause gingen und rief ihnen nach:

»He, wohin geht ihr denn? Kommt ihr denn nicht zur Gemeinderatssitzung?«

Sečnjak und Mudaf waren Gemeinderäte und hatten die Einladung zur Sitzung in der Tasche. Als sie aber Munk von der Gemeinderatssitzung reden hörten, beschleunigten sie ihre Schritte, bogen hinter die Kirche und verschwanden jenseits des Baches. Munk war so überrascht, dass er sich nicht gleich zurechtfand und ihnen sprachlos nachstarrte. Dann runzelte er die Stirn und meinte:

»Das sind seltsame Gemeindemandatare; schon die letzte Sitzung war nicht beschlussfähig, da die Hälfte der Mandatare gefehlt hat ...«

Obad und Bunk standen neben ihm und grinsten spöttisch.

»Die Leute wollen nicht mehr, oder?«

Der junge Bunk war Gemeindevertreter und einer der wenigen Jamnitscharen, denen es noch nicht so schlecht ging. Nun erschien aber wieder der Roprat auf dem Platz:

»Wo sind denn der Mudaf, der Sečnjak, der Mlatej und die übrigen? Sind sie schon wieder davongegangen?«

Auf dem Kirchplatz war tatsächlich kein einziger Gemeindemandatar mehr zu sehen. Fluchend machte er sich zum

Gasthof Lukáč unterhalb der Kirche auf. Als die letzten Pfarrbürger den Platz verließen, wurden sie Augenzeugen, wie der Roprat den Mlatej und noch jemanden vom Lukáč heraustrieb; es war, wie wenn der Fleischer zwei Kälber zum Schlachthof treiben würde. Unterwegs sah Roprat noch beim Apát vorbei, doch dort war kein Gemeinderat zu finden, deshalb musste er sich mit den zwei Mandataren begnügen, mit denen er zur Sitzung zurückkehrte. Die Gemeinderatssitzung war aber auch an diesem Tag nicht beschlussfähig, da wiederum die Hälfte der Gemeinderäte fehlte. Der Bürgermeister Dvornik machte sich vor den anwesenden Mandataren Luft, er sprach von Sabotage der Gemeindearbeit und verfluchte sich selbst, dass er damals so dumm gewesen war, das Amt zu übernehmen. Vor ihm auf dem Tisch lag ein ganzes Bündel an unerledigten und zum Teil dringlichen Gemeindeangelegenheiten. Schließlich schickte er die Mandatare nach Hause, indem er ihnen verkündete:

»Schon morgen gehe ich auf die Bezirkshauptmannschaft und werfe ihnen alles hin. Sie sollen die Suppe selber auslöffeln, die sie sich eingebrockt haben. Wer wird denn mit dem Stier kämpfen? Habe ich es nötig ...?«

Die meisten der Mandatare sahen ihn an, als wollten sie sagen: »Das ist das einzige Vernünftige, was du tun kannst! Und sag es ihnen auch in unserem Namen!«

Dann gingen der Bürgermeister und der geschrumpfte Gemeinderat geschlossen zum Apát ins Gasthaus.

Zweites Kapitel

Altes und Neues am Hausball

Beim Pernjak in Drajna war bereits am frühen Nachmittag ein ziemlicher Andrang. Das geräumige Dienstbotenzimmer, wo das ältere Pflegekind der alten Pernjica schlief, das jetzt als Magd im Haus diente, war gedroschen voll. Der Platz zum Tanzen war so eng, dass sich nur wenige Paare frei bewegen konnten, doch die Jamnitscharen waren trotz der Raumnot elegante Tänzer. Hinterm Ofen saßen drei Musiker, zwei von der Unterpetzen sowie der Apátov Zep. Der erste von der Unterpetzen spielte auf der Ziehharmonika, der zweite hatte anstelle des Basses die Klarinette hervorgeholt. Der Zep spielte auf der Geige. Das war der Jamníca-Jazz. Außer den Dienstbotenraum benützten die Gäste auch die Kammer nebenan, den Flur und die Küche. Alle bekannten Jamníca-Gesichter waren beim Tanz zu sehen, außerdem aber auch noch viele Leute aus dem benachbarten Dobrije, insbesondere die jungen Eisenwerker.

Es war tatsächlich so, wie einige Leute laut und deutlich zum Ausdruck brachten, was aber der Pfarrer Virej und andere nicht verstehen konnten, dass die Menschen, je schlechter es ihnen ging, zu einem umso närrischeren und unsinnigeren Treiben neigten. Sonst hatte es den Menschen in Jamníca genügt, wenn es zum Fasching einen Ball gab, wenn am Schönen Sonntag vor der Kirche und den Filialkirchen getanzt wurde, und auch noch am letzten Sonntag vor der Adventzeit. Jetzt aber quietsche und kreischte die

Musikkapelle immer und überall, und auf allen Veranstaltungen herrschte ein unglaublicher Andrang.

Bis zum Abend hatte der Pernjak schon ein Fass Most gezapft und bereits das zweite angeschlagen. Es war ein Heuriger und schmeckte angenehm scharf, sodass ein hitziger Mensch leicht ein paar Liter davon trinken konnte. Aus dem alten Bauernhaus waren beständig die Fersen der Tänzer, wildes Lachen und Geschrei zu vernehmen. Vor Einbruch der Nacht waren einige Leute nach Hause gegangen, aber es stießen so viele neue hinzu, dass das Gedränge noch ärger war als am Tag.

Am Ecktisch in der geräumigen Bauernküche saßen die Verwandten beisammen: die Eheleute Bunk, die jungen Munks, der Altbürgermeister Stražnik, der Rudaf und noch etliche andere, für die es in der Küche gemütlicher war als im Gastzimmer. Den Most tranken sie aus grünen Halbliterkrügen, die ihnen der alte Pernjak zwischendurch immer wieder nachfüllte. Im Winkel neben dem Tisch döste und schnarchte der Cofel Peter.

»Stražnik, du kommst doch am Dienstag zur Lizitation? Die beiden Stiere, die versteigert werden, sind prächtige Exemplare!«, bedrängte der Bunk den Stražnik, einen jener seltenen Landwirte, die mit der Steuerbehörde nicht in verwandtschaftlichem Verhältnis standen.

»Komm lieber zu mir«, ging der Rudaf dazwischen, »ich habe einen Wagen mit Eisenachse, den du sicher brauchen kannst!«

Stražnik würdigte sie keiner Antwort, sondern legte die Stirn in Falten, als wäre er der einzige Sünder in der Tischgesellschaft. Jene Bauern, denen das Wasser bis zum Hals stand, waren in der großen Mehrheit, und sie behandelten die anderen, denen es noch einigermaßen gut ging, ausgesprochen giftig. Da sich auch der Munk betroffen fühlte, regte er sich sofort auf:

»Hört damit auf! Wollt ihr euch noch übers Unglück lustig machen?«

Der Zorn der Trinker kehrte sich gegen ihn:

»Du hast gut reden, weil du dir deinen Wald noch einigermaßen bewahrt hast. Hättest du den Wald nicht mehr, würdest du aus dem letzten Loch pfeifen, so wie wir!«

Dem jungen Munk lag das Streiten nicht, deshalb ging er von der Küche in den Gastraum, wo er die Dovganočka bei der Tür stehen sah, die er zum Tanzboden mitnahm, um mit ihr zwei Polkas hintereinander zu drehen. Als er aber dann in die Küche zurückkehrte, wurde dort noch immer über die Pfändungen geredet.

»Der Teufel mag wissen, wo das noch hinführt!«, sprach er sich in Rage. »Gut, es gibt Pfändungen, aber wer wird das alles zahlen? Wer wird all diese Sachen kaufen? Für das Vieh würde sich schon ein Käufer finden, das bestreite ich gar nicht. Fleischer und andere Krämer! Doch wer wird die Geräte kaufen, die verpfändet sind? Darunter sind zumindest zehn Wagen, einige Ackergeräte, Pflüge, Eggen. In Jamníca gibt es keine fünf Leute, die das kaufen würden. Und wozu brauchen sie dann die Geräte, wenn sie selbst zu Hause genug davon haben? Wäre doch lachhaft, dass zum Beispiel der Mudaf zehn Leiterwagen zu Hause hätte, und der Munk zehn Pflüge, der Stražnik zehn Eggen, und der Dvornik fünfzig Stück Vieh im Stall, wo sein Futter nur für dreißig reicht; wo der Stražnik, der Munk und der Mudaf ohnehin schon Wagen, Pflüge und Eggen im Überfluss zu Hause stehen haben ... Wo soll das enden?«

»Wenn es keinen Käufer gibt, wird halt der Staat die Sachen konfiszieren«, sagte der Mlatej, als wollte er sich selbst erschrecken.

»In der Steiermark lässt sich der Staat angeblich wegen der Steuern zwischendurch in die Grundbücher der Bauern eintragen. Für Steuerschuld, die nicht einzutreiben ist.«

»Na, was sage ich! Und ihr wolltet mir vorher nicht glauben!«, rief der Rudaf, der noch kurz zuvor ganz anderes geredet hatte und mit seinem Geschrei nur die eigene Überraschung verbergen wollte.

Der Munk konnte seine Zunge wieder nicht im Zaum halten.

»Der Staat braucht eben auch Geld«, sagte er, nachdem ein kurzes Schweigen eingetreten war.

Da war aber die ganze Küche aus dem Häuschen.

»Der Staat, hej? Was sind denn dann wir? Sind wir nicht auch der Staat?«

»Freilich sind wir das«, versuchte der Munk auszuweichen, da er merkte, dass er zu weit gegangen war. Über den Staat wollte niemand reden, deshalb waren alle erleichtert, als sie plötzlich im Flur den Ložékar seinen besoffenen Gruß leiern hörten:

»Drei Tage wohl, oljé, oljó!«

In der sperrangelweit aufgerissenen Türe standen der Ložékar, der Obad und der Sečnjak, die erst jetzt vom Dorf heraufgekommen waren. Nun zeigte sich auch der Bürgermeister Dvornik hinter ihnen, der sich sofort über den Sečnjak ausließ:

»He, du Mandatar!! Zum Tanz kannst du gehen, für die Gemeinderatssitzung am Vormittag aber hast du keine Zeit gehabt! Was?«

Die ganze Küche lachte. Der Pernjak aber bemerkte spitz:

»Ihr könnt die Sitzung doch gleich hier abhalten. Hier seid ihr zweifellos beschlussfähig!«

Aus dem Gastzimmer hörte man das unablässige Geplärre der Musik, und dazu das kräftige, rhythmische Stampfen der Tänzer. Im Flur lachten die Leute im dichten Gedränge. Die Fröhlichkeit war auf dem Höhepunkt. Unter den Gästen gab es viele Betrunkene, aber nicht wegen der Menge an Getränken, sondern weil sie schon stundenlang tranken, ohne etwas zu essen. Auf den Bauernbällen wurde für die Gäste nicht extra gekocht.

Kaum hatten sich die neuen Gäste hingesetzt, fragte der Bunk den Ložékar:

»Was sagst denn du dazu, Ložékar …?«

»Most her, Most …«, rief der Ložékar. Er wich unangenehmen politischen Fragen am liebsten aus, wiewohl er sich auch sehr gerne auf seine eigene Art und Weise in fremde Sachen einmischte. Seitdem es die Krise gab, trank er kein Bier mehr, sondern nur mehr Apfel- und Birnenmost. Dennoch hatte man auch bei ihm zwei Pferde verpfändet.

»Ich sage, es wird noch alles gut und fröhlich ausgehen für Jamníca«, sagte Obad.

»Ja, fröhlich!«, fuhr ihn Rudaf an, »was glaubt ihr denn, an einem einzigen Sonntag sechsundzwanzig Verlautbarungen. Ich habe sie gezählt!«

»Bald werden es noch einmal so viel sein!« Obads Stimme war beinahe schadenfroh, obwohl er sich selbst unter den Gepfändeten befand.

»Wo wird das hinführen?«

»Irgendwo wird es schon hinführen.«

Die Tischgesellschaft in der Küche schwieg gedankenverloren, doch die Gespaltenheit bohrte in den Gehirnen der Bauern und ließ sie nicht lange still sein. Mlatej fing als Erster wieder an:

»Ich fürchte, dass nach der Steuerbehörde noch andere Hochzeiter kommen werden!«

»Was für Hochzeiter?«, fragte Bunk.

»Die Tripalos, die Jelens und andere aus Dobrije. Einer

von ihnen hat sich heute schon zu Wort gemeldet, aber der ist aus Jamníca. Ihr habt ja vernommen, dass der Apát die Dovganočka hat ausrufen lassen.«

Der Mlatej hatte dabei die Verschuldung der Bauern bei den Krämern im Sinn.

»An uns Bauern werden sie sich nicht heranwagen«, meinte der Bunk kleinlaut.

»Und wenn noch ganz andere kommen?«, fügte Rudaf bedeutsam hinzu, »dann wird von Jamníca nicht viel übrig bleiben.«

Dass die Tischgesellschaft sehr wohl verstand, was Rudaf meinte, bewies Stražniks Zwischenruf:

»Ist der Dvornik auch da?«

Rudaf hatte nämlich auf die Darlehenskasse in Dobrije und in den anderen Nachbardörfern angespielt.

»Meinst du, dass es mir etwas ausmacht, wenn der Dvornik hier ist und mich hört? Ins Gesicht sage ich ihm, was ich denke!«, heulte der Sečnjak auf. Doch da war der Dvornik gerade nicht in der Küche.

»Most her, Most ...«, rief der Ložékar, der seinen ersten Krug schon geleert hatte und nach einem neuen verlangte.

Sein Versuch, das Gespräch in eine andere Richtung zu lenken, war aber vergeblich. Die Stimmung der versammelten Bauern wurde immer ernster, obgleich sie wie wild ihre Krüge und Gläser leerten. Die dröhnende Lustbarkeit im Nebenzimmer schien ihnen wie aus weiter Ferne zu kommen.

Der junge Munk sagte mit einer abwesenden Stimme:

»Krise ist Krise ...«

Das ausgesprochene Wort verdüsterte auf einen Schlag die Gesichter der Anwesenden. Jeder starrte vor sich hin, in der Furcht, seinem Nachbarn in die Augen sehen zu müssen. Man hörte nur den Griff nach dem Glas und das Gurgeln in den Kehlen.

»Krise ... Wer ist denn schuld an der Krise?«, fragte der Bunk.

»Wir sind nicht schuld daran ...«, sagte Sečnjak.

»Wir auch nicht ...«, schrie der Kovs Tinej durch die Küchentür herein. Er hatte gehört, dass politisiert wurde, und war nähergetreten.

»Wer ist denn dann schuld?«

Die Tischrunde sah umher, als suchte sie den Schuldigen in ihrer Mitte. Obwohl die meisten Augen jetzt zum Munk hin blitzten, dann zum Stražnik und zum Bürgermeister, konnte sich die Tischgesellschaft nicht beruhigen. Sie vermochten den wahren Schuldigen nicht zu finden. Der Sečnjak strich seinen Schnurbart gerade und sah sich in der Runde um:

»Wenn wir heute Jamníca nackt ausziehen, dann sehen wir die Wahrheit. Was ist denn geblieben vom einstigen Jamníca? Bei uns gibt es an die hundert Besitzer, wenn wir die Keuschen dazurechnen. Aber ich könnte an den Fingern meiner Hand abzählen, wem es heute gut geht, wer nicht irgendwo hängt! Aber wenn du nicht beim Steueramt hängst, hängst du beim Kaufmann oder woanders. Ich frage euch, wie viele Bauern gibt es heute noch, die sauber dastehen?«

Der Sečnjak sprach fest und entschieden, dennoch war ihm anzumerken, dass er an dem Tag schon etwas getrunken hatte, höchstwahrscheinlich bei sich zu Hause.

Rudaf stimmte ihm sogleich zu:

»Genau! Leichter sind jene aufzuzählen, die noch sauber sind, als die anderen ...«

»Davon ist ja gar nicht die Rede!«, rief Obad.

»Ja, tun wir das, zählen wir sie auf«, sagte der Bunk mit einer Stimme, die vor Genugtuung triefte, und begann sofort mit der Aufzählung: »Hier bei uns sind nur der Munk und der Stražnik sauber ...«

»Und der Pernjak ...«, mischte sich sofort der Obad ein.

»Und der Pernjak, genau! Jetzt aber die anderen: In Drajna ist außer dem Pernjak und dem Sečnjak keiner sauber. In Hoje ist es der Mudaf, der sich noch hält, dann der Zabev, vielleicht der Tumpež, in Sonnenort ist es aber angeblich kein einziger. In Jamníca selbst gerade noch der Lukáč, für einen anderen würde ich nicht die Hand ins Feuer legen! Auch der Dvornik hängt, obwohl er ein Großgrundbesitzer ist. Nein, nein, der Bunk ist wahrlich nicht der Einzige, der verschuldet ist ...«

»Auch ich bin nicht der Einzige ... ich auch nicht ... auch ich nicht ...«, klangen die Stimmen wild durcheinander.

»Most her, Most ...«, rief zur Beruhigung der Ložékar, doch seine Stimme war wie Öl aufs Feuer.

»Jetzt fragen wir aber einmal, warum und wie ... Ich habe über diese Sache schon viel nachgedacht. Leben wir denn nicht so, wie wir immer gelebt haben, arbeiten wir nicht, wie wir schon zu allen Zeiten gearbeitet haben, gehen wir nicht in die Kirche wie einst! Beten wir nicht zum gleichen Gott, zu dem wir früher gebetet haben? Klemmen und sparen wir nicht, wie wir schon immer geklemmt und gespart haben ...? All das gibt nichts aus. Warum? Auf diese Frage möchte ich eine Antwort haben!«

Sečnjak hatte sich in Eifer geredet. Und als würde er wirklich eine Antwort erwarten, blickte er von einem zum anderen.

»Wer wird sie dir denn geben ...«, lachte Rudaf durchdringend. Sečnjak aber fuhr fort:

»Deshalb sage ich: Wir arbeiten und leben wie früher, doch Wohlstand, Erfolg haben wir keinen. Wohin verschwindet das alles, wohin verliert sich unsere ganze Mühe? Wo ist derjenige, der das alles verschlingt? Jemand, der unbekannt irgendwo hockt, schlabbert und leckt unseren Schweiß, wir aber können ihn nicht sehen, wir wissen nicht, was für ein abscheuliches Ungeheuer das ist und wo es steckt ...«

Die Bauernaugen blickten einander wiederum an. Es war, als brannten in ihnen die Funken einer stillen, ungeahnten Erkenntnis. Doch das waren nur Sternschnuppen, die sofort wieder erstarben, als wären ihre Hände vor dem unbekannten Gegenüber zu schwach, zu kraftlos. Deshalb senkten sich die Häupter sofort wieder; über der ganzen Küche legte sich ein ödes Schweigen voll Angst und Ungewissheit. Es war, als würde das Gespenst, von dem sie sprachen, zum Pernjak'schen Haus herauf kriechen und durch die dunklen Fenster hineinsehen, mit einem Blick, in dem Unnahbarkeit und Gier lag. Vom Flur waren zahlreiche Leute zur Tür getreten, weil sie das Gespräch in der Küche anzog.

»Das ist halt die Politik ...«, sagte nach einer längeren Pause der Altbürgermeister Stražnik. Doch er wurde sofort zurechtgewiesen:

»Freilich, das ist die Politik! Was ist denn heutzutage auf der Welt nicht Politik? Auch die Krise ist Politik. Gewiss hat sie der Moškoplet auf diese Welt her geschleppt ...«

Als wieder Ruhe eintrat, fuhr der Sečnjak im früheren Tonfall fort:

»Deshalb habe ich von all dem schon genug! Wisst ihr, was ich einmal gemacht habe? Ihr wisst es nicht! Ich bin zum Pfarrer Virej gegangen und habe ihm gesagt: Herr Pfarrer, ich bin gekommen, um ihnen mitzuteilen, dass ich an nichts mehr glaube, an keine Partei, an keine Politik. Das Einzige, woran ich glaube, ist Gott ...«

Sečnjaks Worte legten sich wie ein großer Trost über alle. Wer diesen Mann kannte, musste sich mit ihm beschäftigen. Der Sečnjak war der Bruder des alten Munk und einstiger langjähriger Schlüsselverweser und Gemeindemandatar.

»Und du hast das dem Pfarrer gesagt?«, fragte beinahe ungläubig der alte Pernjak.

»Ja, ich, ich!«

Der Pernjak wiegte den Kopf und verließ die Tischgesellschaft. Auch dem Ložékar wurde es irgendwie eng in der Brust, deshalb rief er zur jungen Munkinja hinüber: »Mojtzka, dann gehen halt wir eine Polka tanzen!«
Im Gastzimmer lud die Musik zu einem neuen Tanz. Als der Ložékar und die Mojtzka sich durch die Leute hindurchzwängten, konnten sie in der stickigen, dampfenden Luft beinahe nichts unterscheiden. An den Wänden, an denen die paar Heiligenbilder kaum zu erkennen waren, steckten die Leute die Köpfe zusammen, auf der Tanzfläche drehten sich die Paare. Es waren an die zwanzig Tanzpaare, doch es hatte den Anschein, als würden diese Paare zu einer einzigen Masse verschmelzen, zu einem einzigen Körper, der stampfend um sich selber kreiste. Vierzig trübe, erhitzte Gesichter waren wie ein einziges großes Gesicht. In der Küche sprachen die Menschen von alltäglichen Sorgen, hier aber, in diesem trüben Gemenge, vergaßen die Leute für einige Minuten das, was außerhalb des Kreises an ihnen nagte und sie quälte. Auch der Ložékar und die Munkinja drängten sich hinzu und überließen sich diesem Zustand. Die Musiker spielten gleichmäßig und trübe dahin. Auf einmal ließ jener am Blasebalg eine übermütige Stimme aus sich heraus:
»Héj-ra-sa!«
Und die ganze sich drehende Masse schlug mit den Füßen auf und wiederholte: »Héjrasa!«
Das kam alle zwei Minuten. Der übermütige, aufreizende Ruf vom Blasebalg her wurde immer kräftiger, immer sinnlicher, und von der Mitte des Raums kam jedes Mal das Echo zurück. Neue Paare drängten in die Tanzstube, als suchten sie einen Ort, wo der Mensch Vergessen und Betäubung findet, und auch diese Tänzer ließen sich blindlings in den dumpfen Wirbel fallen, ganz so, als läge für sie das Glück nicht in der Helligkeit und Klarheit, sondern in einem trüben,

traumhaften Zustand. Bald drehten sich auch der Obad und die Bunkinja auf dem Tanzboden.

»Héjrasa …!«, kam es vom Blasebalg.

Das übermütige Echo der Tänzer wurde aber übertönt von einem aufgewühlten Schreiduell, das vom Flur in die Stube drang. Das Aufschlagen der Fersen in der Stube hörte abrupt auf, doch die Musik nahm davon nur wenig Notiz. Von den wilden Streichern getrieben, spielte sie ungeachtet des Vorfalles im Flur weiter. Von dort waren nun zwei laute Frauenstimmen zu hören:

»Du hast ihn mir weggenommen …!«

»Du willst ihn mir abspenstig machen!«

Alles lauschte Richtung Flur. Auch jene, welche die Szene nicht mit eigenen Augen mitverfolgen konnten, wussten, dass sich die Mesnerin Therese und die Kupljènikova Roza in den Haaren lagen. Und ganz Jamníca wusste, dass sie sich wegen des Apátov Zep hassten, und das schon jahrelang. Der Zep hatte nämlich zwei Geliebte. Als schon das ganze Dorf in der Senke davon überzeugt war, er werde doch die Therese nehmen, sprach es sich herum, dass er auch mit der Roza ging. Das verwunderte niemanden, denn die Roza war ein schönes Mädchen und noch dazu die einzige Tochter eines überaus wohlhabenden Mannes, dem niemand ein langes Leben voraussagen würde. Den Apát reizten gewiss auch die prächtigen Fichtenstämme des Kupljènik. Als dann die Roza nach einigen Jahren ein Kind bekam, dachten alle, der Zep werde sie jetzt zur Frau nehmen; doch er nahm weder die eine noch die andere, sondern behielt beide, die Roza und die Therese. Das Jamníca-Dorf hatte sein Vergnügen. Die Frauen konnten einander nicht ausstehen und waren sich schon mehrmals in aller Öffentlichkeit angefallen.

Auf dem Pernjak'schen Hausball waren sie sich nun abermals in die Haare geraten. Beide waren hingekommen, um den Zep zu überwachen, der sich aber, da er Musiker war, zu den Geigern verzog und sich lange nicht hinter dem Ofen hervorwagte. Die Therese, der man das jahrelange Warten auf den Bräutigam schon ansehen konnte, wenngleich sie immer noch eine hübsche junge Frau war und in mancherlei Hinsicht sogar die Roza überstrahlte, hatte die Vorhaustüre verstellt, und es sah ganz so aus, als wollte sie endlich mit der Nebenbuhlerin abrechnen. Ihre Augen brannten in einem zornigen Feuer. Die Roza hatte nach der Niederkunft zwar etwas von ihrer Schönheit eingebüßt, aber sie war noch immer mädchenhaft anmutig. Da sie die Mutter von Zeps Kind war, fühlte sie sich im Recht und gab auf ihn Acht, wo sie nur konnte. Nun war also ein handfester Streit zu erwarten, doch niemandem fiel es ein, sich schlichtend einzumischen.

»Du wirst ihn nie bekommen!«, schrie die Therese.

»Du auch nicht!«

»Du glaubst, dass du ihn mit dem Kind einfangen kannst!«

»Du könntest ihn auch mit Kind nicht bekommen, weil du nichts taugst!«

»Was …? Ein ganzes Jahr hast du dich hingestellt, um ihn zu behexen!«

»Du … dein Kind, das ist von Gott weiß wem …«

Die Leute glaubten, die Streitenden würden sich jetzt anfallen, und so mancher konnte das schadenfrohe Lachen nicht mehr zurückhalten. Doch die Roza, die vor Wut beinahe heulte, ging dennoch nicht auf die Gegnerin los, sondern wandte sich zur Stube. Die Zuschauer, die sich dort drängten, wichen erstaunt zurück, als würden sie einem Befehl von oben gehorchen; es entstand eine enge Gasse bis zum Ofen hin, wo der Zep saß. In diese Gasse hinein rief die Roza mit nun verhaltener, ruhiger Stimme:

»Zep, sag jetzt hier vor dieser Gewalttäterin und vor allen

Menschen: Habe ich damals beim Rudaf'schen Viehtrieb auf dich gewartet, oder hast du auf mich gewartet!«

Die Szene war so angespannt, dass die Leute nicht einmal lachten, obwohl es ihnen ganz danach zumute war. Einige starrten die Roza an, die andern zum Zep, der die Augen noch immer auf seine Geige heftete.

»Zep, sag es jetzt hier vor allen Leuten!«, wiederholte die Roza.

Die quälende Situation wurde vom Bassist Podpečnik beendet, der in einen kräftigen Lockruf ausbrach:

»Héjrasa ...«

Dann nahm er die Klarinette und begann die Jamníca-Polka zu spielen; sogleich stimmten auch der Zep und der Blasebalg in die Polka ein. Die Gasse von der Türe zum Ofen schloss sich wieder, und die Paare tanzen schneller und schneller. Der Ložékar griff nach der Roza, die verdutzt an der Türe stand, und zog sie in die wirbelnde Menge der Tänzer; der Tevžuh, der ja hier zu Hause war, nahm die Therese bei der Hand, die vergeblich protestierte, und tanzte mit ihr. Damit war die Gefahr einer raueren Auseinandersetzung vermieden worden. Die Stube tanzte zügellos, sodass das ganze Haus vom Aufstampfen der Füße erzitterte.

»Héjrasa ...!«

Nach der ersten Weise war aber die Polka nicht zu Ende, die Musiker spielten und jagten die Tänzer immer weiter, nur der Blasebalg und die Klarinette verstummten. Der Zep trieb die Musiker immer mehr an, froh, dass die unangenehme Sache für ihn zumindest heute ausgestanden war. Bei der dritten Weise wollten die Tänzer immer noch nicht aufhören und trieben die Musiker mit ihren stampfenden Fersen weiter an. Bald übernahmen die früheren Gegnerinnen selbst den Takt und riefen eine nach der anderen: »Héjrasa ...Héjrasa!« Die Konkurrentinnen wollten mit dem Tanz ihr Unglück überdecken und es vergessen machen. Sie gaben sich ganz der Polka hin, vergaßen den Zorn und die Zwietracht und hörten kaum mehr die Geige, die unter Zeps Fingern jaulte. Als die Tänzer endlich müde geworden waren, stürmten die Gäste zu den Getränken.

»Trinken wir, solang wir leben! Was kommt, das kommt …«

Der Tisch in der Küche aber blieb keine Minute leer, nicht einmal dann, als die meisten zum Tanzen eilten. Der Cofel Peter schnarchte noch immer im Winkel. Auf die leer gewordenen Plätze aber setzten sich neue Gäste. Unter ihnen waren auch der Kovs Tinej, der Černjak und der Kozjek. Wer nicht tanzte, trank umso mehr; und da niemand etwas aß, rumorte es in den Mägen der Gäste, und in ihren Köpfen begann sich alles zu vermischen.

Der Kozjek schaute lange zum Keuschler Černjak hinüber, der am Ende der Sitzbank saß. Dann sagte er:

»Dich haben sie also auch gejagt …?«

»Gejagt haben sie mich, freilich …!«

»Schade, gerade jetzt, wo auch ich in der Fabrik um Arbeit anfragen wollte.«

Nach einiger Zeit fügte er hinzu:

»Warum haben sie denn eigentlich dich entlassen?«

»Warum? Weil es keine Bestellungen gibt. Ich habe bei den Radachsen gearbeitet, und wir mussten zusperren.«

»Bei den Radmachern«, wunderte sich der Kozjek. »Das ist aber seltsam. Ich besitze nicht einmal einen Wagen mit Eisenachse! Die Achse beim Karren ist mir gerade gestern erst gebrochen, und jetzt sind zuhause nicht einmal mehr Birken da, die dafür taugen würden. Ich werde in deinen Wald gehen müssen, Stražnik. Damit du es weißt, wenn du mich dort antriffst!«

Der Stražnik zog ein säuerliches Gesicht und lachte gekünstelt. Der Sečnjak wandte dabei den Blick nicht vom

Kovs Tinej. Er schaute ihn an, als müsste er sich satt sehen an ihm. Dann sagte er so mir nichts, dir nichts:

»Der Perman Ahac ist heute nicht da, oder ...?«

»Nein.«

»Was werdet denn ihr machen, ihr Eisenwerker?«, brach es unvermittelt aus dem Sečnjak hervor.

Alle Bauern, die in der Küche waren, wurden still und sahen unverwandt auf den Tinej. Sie waren voll ungewisser Erwartung.

Der Tinej zog ein rätselhaftes Gesicht, dann meinte er:

»Auf euch warten wir!«

»Das hast du aber gut gesagt«, lachten die Bauern und fügten in seltsamem Ton hinzu. »Und wir warten auf euch!«

Irgendeine Anspannung lag in der Luft, und das war auch der Grund, warum der Bunk den schlafenden Cofel Peter in die Rippen stieß und ihn weckte.

»Peter, was wirst du denn hier schnarchen, mitten unter den Leuten. Wenn du müde bist, geh in den Stall und leg dich hin.«

Der Peter erwachte und begann zuerst seine kurzen behaarten Arme zu strecken, dann öffnete er weit den Mund, sodass man die trostlosen Lücken darin sehen konnte, zwischen denen ein scharfer Fassgeruch hervorkam. Während dieses langen Munterwerdens blinzelte er aber auch schon in die Runde. Doch öffneten sich seine Augen nicht einmal dann zur Gänze, als er die Fäuste ballte und mit krächzender Stimme in die Stube schrie:

»Most!«

»Na, trink!«, rief der Bunk und schob ihm einen vollen Krug hin. Ohne die Augen zu öffnen, ergriffen Peters Hände den Krug, hob ihn zum Mund, und dann hörte man ein Geräusch wie von einem niedrigen Wasserfall, und der Krug war zur Hälfte leer. Die Folge war, dass der Peter sogleich den

Mund schloss und dafür die Augen umso weiter aufriss. Sein behaartes Gesicht bekam einen ganz und gar neuen Ausdruck, der von der Tischrunde mit Erstaunen beobachtet wurde, wiewohl alle den Cofel Peter gut kannten. Früher war sein Gesicht länglich gewesen, nun wirkte es auf einmal seltsam rund und ganz und gar heimisch.

»Ha …«, entfuhr es dem Bunk, den es um den halben Krug Most leid tat. Aber es musste vor allem sich selbst Vorwürfe machen, denn er kannte ja die unersättliche Kehle des Cofel Peter.

Peters Augen irrten eine Zeitlang durch den Raum, bis sie auf etwas trafen, was sie sofort mit größter Aufmerksamkeit an sich zogen. Im Winkel hinter dem Ofen erblickte er nämlich den kleinen, kaum zehnjährigen Lukej, den Sohn der verstorbenen Černjak'schen Terba, der seit dem Tod seiner Mutter beim Pernjak lebte. Der Lukej hatte sich zu einem herzigen, lieben Kind entwickelt, das vom ganzen Haus geliebt wurde. Er hatte sich an den Kittel der alten Pernjica geschmiegt und döste vor sich hin.

Der Cofel Peter konnte die Augen nicht mehr von dem Kind lösen, und je länger er hinüberblickte, desto breiter wurde sein Gesicht und bekam einen ganz neuen Glanz. Seine dicken Lippen, von grauen Bartstoppeln umgeben, begannen zu zittern, und auf einmal rief der Mann aus:

»Du bist doch der Vuhej, hehehe, der Vuhej … Vuhej, der Černjak'sche Vuhej …«

Der Ausruf des Trinkers ging wie ein Knall durch die enge Küche. Die alten Pernjaks zuckten zusammen und sahen ihn hasserfüllt an. Auch den übrigen Trinkern wurde es heiß; ganz innen beim Herzen spürten sie zwar ein leises Gefühl der Genugtuung und mussten sich daher sogar zusammennehmen, um nicht zu schmunzeln, doch nach außen hin waren alle überrascht. Der Peter hatte etwas hinausgebrüllt, was für alle so viel hieß wie die Aufdeckung einer alten, hässlichen Geschichte, über die im Dorf in der Senke niemand offen reden wollte. Soviel in Jamnica nach dem Tod der Terba auch darüber gesprochen worden war, so schnell war auch wieder alles verstummt. Zuletzt waren auch die Černjak'schen still geworden. Was gewesen war, war gewesen, und letzten Endes war die Sache eine Angelegenheit von beiden Familien, den Černjaks und der Pernjaks. Über alles breitete sich das Tuch des Vergessens aus, und wenn hin und wieder jemand laut über dieses Trauerspiel etwas sagte, war es nur ein Seufzer über das unglückselige Leben.

»Was quatschst du so unnötiges Zeug über das Kind«, grunzte der alte Pernjak den Peter an.

Peter aber kümmerte sich nicht um ihn und starrte noch immer auf das Kind, das ihn furchtsam ansah. Dann sagte er abermals:

»Hehe, dann bist du aber doch der Vuhej, der Černjak'sche Vuhej...«

Nach diesen Worten erhob sich der Peter langsam von seinem Sitz. Ohne sich weiter um die Menge zu kümmern, stolzierte er durch die Küche und verlor sich in der Menge, die den Flur füllte. Den Trinkern erschien Peters Betragen äußerst seltsam, denn sie kannten ihn als ruhigen Menschen, der zu keiner Bösartigkeit fähig war. Der Rudaf wollte sich die Beklemmung von der Seele reden:

»Betrunken wie ein Tschick! Der Säufer weiß gar nicht, was er redet...«

»Er trinkt seit zwei Tagen«, versuchte ihm ein anderer beizuspringen.

Doch die frühere Stimmung wollte sich nicht wieder einstellen. Es war, als habe sich ein dunkles, tödliches Wissen über die Küche gesenkt. Der alte Pernjak nahm den halb schlafenden Buben und trug ihn ins Schlafzimmer, von wo er nicht mehr zurückkam. Und auch die Trinker, die früher so eisern in der Küche ausgeharrt hatten, verloren sich einer nach dem anderen.

Es war schon Mitternacht, doch der Tanz ging mit unvermindertem Elan weiter. Niemanden drängte es nach Hause und die Stube konnte vom Stampfen und Drehen nicht genug bekommen. Wenn der Schwung einmal nachließ, fand sich immer wieder jemand, der den Leuten wieder Feuer machte und sie mit einem neuen übermütigen »Héjrasa ...« weiter trieb. Aus dem Dorf und sogar aus Dobrije kamen ständig neue Gäste, die es nach Drajna auf eine billige Vergnügung zog. Beim Pernjak musste man nicht auf die Sperrstunde achtgeben, auch beim Geld war es nicht so genau. Diese paar Dinare konnte jeder verschmerzen, zumal es dafür genug zu trinken gab, wofür man im Gasthaus das Vierfache hinlegen hätte müssen.

In früheren guten Zeiten hatte es in Jamníca fast keine Belustigung gegeben, die nicht mit einer Schlägerei geendet hätte. Wenn sich schon nicht Drajna mit Hoje prügelte, dann eben die Bauernburschen mit den Eisenwerkern. In letzter Zeit aber gab es davon immer weniger, und beim Pernjak war es die ganze Nacht zu keinem Streit gekommen, obwohl viele Eisenwerker zugegen waren. Die Gäste waren geduldig, sie tranken und lächelten einander an, als würde sie eine neue, gütige Gemeinschaft verbinden.

Lange nach Mitternacht aber kam es doch zu einer wunderlichen Szene, welche die Belustigung für eine Zeitlang aus dem Trott warf, ihr aber gleichzeitig ein neues Leben einhauchte. Die Tänzer hatten gar nicht bemerkt, dass der Unterpetzen-Bassist seine Klarinette an den Mudaf-Sohn abgegeben hatte, selber aber in der finsteren Nacht verschwunden war. Was aber die anderen nicht bemerkt hatten, das war der Dovganočka aufgefallen, die schon seit dem Abend auf dem

Ball war und sich unaufhörlich drehte und drehte, als wollte sie alle Gedanken an das verpfändete Schwein vergessen. Sie war mit ihrer sechzehnjährigen Tochter Marička auf den Ball gekommen, einem schönen, rundbackigen Mädchen, das schwarze feurige Augen hatte, die einen jeden für sich einnahmen. Wer sie ansah, wusste sofort, wie ihre Mutter vor zwanzig oder mehr Jahren ausgesehen hatte. Heute war die Dovganočka ja schon ausgezehrt, nur ihre Augen verrieten, dass in ihr noch etwas vom alten Feuer brannte.

Die Dovganočka hatte weiters bemerkt, dass neben dem Bassisten auch ihre Tochter Marička aus der Stube verschwunden war. Sofort ließ sie ihren Tänzer stehen und eilte auf den Hof hinaus, ohne sich um die Leute zu scheren, die zu schmunzeln begannen. Einige Neugierige gingen ihr sogar nach. Draußen herrschte tiefe Finsternis, und man konnte nicht einmal das große Wirtschaftsgebäude ausmachen, das auf der anderen Seite des Hofes emporragte. Doch die Augen der Dovganočka strahlten wie die einer Eule; sie blieb nur für einen Augenblick auf der Schwelle stehen, dann lief sie auf den Gartenzaun zu, an dem zwei Gestalten standen, die noch finsterer waren als die Nacht. Es waren der Unterpetzen-Bassist und die Marička.

»Hier also seid ihr ...«, hörte man die zornige Stimme der Dovganočka.

Niemand gab ihr eine Antwort, doch dann vernahm man das Klatschen zweier kräftiger Ohrfeigen und Maričkas Heulen:

»Mama, ich wollt es nicht ...«

»Ich werde dir das ‚Wollen' schon noch geben. Was stehst du hier herum mit dem alten Kerl! Du bist kaum sechzehn Jahre alt und treibst dich hier herum ... Schämst du dich nicht? Du wirst noch ärger, als ich es war. Als ich zwanzig war, habe ich noch nicht gewusst, was ein Mann ist. Wart nur, diese Flausen treibe ich dir noch aus! ... Und du, alter

Schwätzer, was schleppst du den mein Mädchen herum? So ein Graukopf und so eine grüne Bohne! Pfui, bekommst du denn keine andere Frau?«

Am Anfang war die Stimme der Dovganočka noch zornig gewesen, doch je länger sie schimpfte und schrie, desto mehr ging es in ein Heulen über. Zuletzt aber war nur mehr ein Schluchzen zu hören:

»Och, wie unglücklich bin ich!!«

Die Neugierigen traten näher zum Zaun, um Zeugen dieser seltsamen Abrechnung zu sein. Nun löste sich vom Zaun die Gestalt des Unterpetzen-Bassisten, der in aller Ruhe zum Haus zurückkehrte. Marička gewahrte den Kreis der Neugierigen und wollte flüchten, doch die Dovganočka lief ihr nach, hielt sie zurück, und wieder war das Klatschen zweier kräftiger Ohrfeigen zu vernehmen.

»Warum schlagt Ihr mich, Mama?«, schrie die Marička, »Was habt denn Ihr alles getrieben, als Ihr jung wart ...«

»Wirst du still sein, Fratz ...«, schrie die Dovganočka.

Aus der Dunkelheit vernahm man eine Stimme:

»Gib's ihr nur, Dovganočka! Was wird denn so eine Rotzdirne ...«

»Ist doch wahr ...«, meldete sich eine andere Stimme.

Gleich darauf führte die Dovganočka ihre Tochter ins Haus zurück. Das Mädchen war verweint und verbarg schamvoll sein Gesicht mit den Händen. Die Mutter stieß sie über die Schwelle, dass das Mädchen beinahe hinfiel. Von hinten rief jemand mit einem vielsagenden Unterton:

»Ej, Dovganočka, Dovganočka ...«

Und ein anderer:

»Heute hast du sie noch davor bewahrt ...«

Dann spielte in der Stube die Musik weiter. Die Klarinette spielte so rein und klar und verlockend, dass die Herzen nur so dahinschmolzen. Die Paare drehten sich wieder, und der

Unterpetzen-Bassist blinzelte mit seinen geheimnisvollen Augen in die Menge, als wäre gar nichts passiert. Es dauerte nicht lange, und die Dovganočka drehte sich wieder, und ein bisschen später tanzte auch die Marička wieder. Die Gäste vergaßen auf den Vorfall am Zaun. Nur der Tehant erinnerte sich zwischendurch einmal daran und rief beim Tanzen laut aus:

»Nicht wahr, Dovganočka, früher haben wir gelebt, jetzt sind andere dran ...«

Und der Tanz dröhnte weiter bis in den Morgen des neuen Tages hinein.

Drittes Kapitel

Koalition zwischen Perman Ahac und Munk Ladej

Der Munk Ladej und der Perman Ahac hatten sich schon lange nicht mehr zusammengesetzt, obgleich sie sich regelmäßig von weitem sahen, vor allem an warmen Sommertagen. Der Ladej wohnte nämlich über der Schule am Markt, der Ahac im Personalhaus, das sich auf der gegenüberliegenden Seite auf einer kleinen Anhöhe befand. Zwischen den beiden Häusern lag in einer leichten Senke der Marktplatz. Ladejs Haus war den ganzen Tag von der Sonne beschienen, von welcher Ahac nie etwas sah. Wenn sich Ahac nach der Arbeit ans offene Fenster lehnte und ins Sonnenlicht starrte, das sich über den Platz und die Hügel auf der anderen Seite ergoss, sah er immer wieder den Ladej, wie er mit hochgestreiften Hemdsärmeln in der Wohnung hin und her ging oder auf der Veranda saß. Seine Wohnung umfasste ein ganzes Stockwerk, während Ahac bloß ein Zimmer mit Küche für sich hatte. Manchmal bemerkten sie einander von weitem und versuchten sich im Geiste ins Gesicht zu sehen. Und als würden sie dabei nur fremde, unbekannte Züge wahrnehmen, wandten sie bald den Blick voneinander ab und sahen jeder nach seiner Seite.

Eine Reihe von Jahren war verflossen, in denen sie so lebten. Ihr Leben hatte sich inzwischen verändert. Beide waren verheiratet und hatten Kinder, Ladej zwei, Ahac dagegen schon drei, obgleich er um einiges später geheiratet hatte als Ladej. Dieser hatte seine Frau im Steirischen gefunden. Sie hielt ihn streng unter Kontrolle und verhinderte damit, dass er noch jene fünfzigtausend Kronen verschleuderte, die er von beiden Wirtschaften als Erbe erhalten hatte. Vor Jahren war er im Markt Oberlehrer gewordenen und damit in den Kreis der angesehenen Marktbewohner aufgestiegen. Neben seinem Schuldienst übte er verschiedene andere Funktionen in den Marktorganisationen und Instituten aus, war aber auch der Obmann der Fortschrittspartei, die in den letzten Jahren sehr zugelegt hatte und der die meisten Marktbewohner angehörten.

Ahac hatte sich nach langem Hin und Her mit einer Einheimischen, der Ardevova Metka, verheiratet. Außer ihre fleißigen Hände hatte sie aber nicht viel in die Ehe mitgebracht. Ihr Vater war böse auf sie, weil sie etliche Anträge von guten Bauern zurückgewiesen und sich letzten Endes für einen Eisenwerker entschieden hatte, was er, verschlagen wie er war, bei der Auszahlung der Erbschaft ausnützte, mit der Ausrede, sie werde auf die alten Jahre ohnehin versorgt sein, da ihr Mann eine Altersversicherung habe. Ahac konnte sich über seine Frau nicht beklagen; das Einzige, was manchmal störte, war Metkas Gewohnheit, sich streng an die Regeln und Muster zu halten, die sie aus Jamníca mitgebracht hatte. Nach fünf Jahren Ehe konnte er sie nicht so weit bringen, dass sie die Arbeiterzeitung lesen würde.

Die beiden ehemaligen Bekannten und Jugendfreunde lebten wie Fremde in derselben Gemeinde. Ladej konnte noch immer nicht vergessen, dass sich Ahac den Roten angeschlossen hatte und einer ihrer sichtbarsten Vertreter im Marktleben geworden war. Obgleich die politische Arbeit dieser Partei in letzter Zeit an Wirksamkeit verloren hatte, bemerkte er in seiner eigenen Tätigkeit immer wieder den geheimen und seiner Ansicht nach schädlichen, ja, zerstörerischen Einfluss des Ahac in ihr. Trotzdem grüßten sie sich auf dem Platz und auf der Straße, obwohl es offensichtlich war, dass es gewöhnlich Ladej war, der nach dem Gruß des anderen heischte. Bei solchen Gelegenheiten blieb Ladej auch dann und wann gerne stehen, um mit Ahac zu reden, und hatte dabei einen Tonfall, als wollte er ihn in ein längeres Gespräch verwickeln.

»Na, wie steht's, Ahac ...?«

Kaum war aber Ahac stehengeblieben, fügte Ladej schnell hinzu:

»... ja, ich muss weiter, ich bin in Eile ...«

An einem Samstagnachmittag aber, als sich Ahac gerade von der Frühschicht erholte und die für seine Arbeit völlig unzureichende Nahrung verdaute, klopfte jemand an die Küchentüre, und ganz unerwartet trat der Lehrer Ladej ein.

»Grüß dich, Ahac! Einmal muss ich mich doch überzeugen, wie es bei euch steht.«

Ahac war über seinen unverhofften Besuch wirklich überrascht; doch zugleich schien es ihm auch, dass den Oberlehrer etwas Besonderes dazu antrieb, bei ihm einzutreten. Er vermutete zuerst irgendeine politische Sache und blieb seiner Gewohnheit nach vorsichtig, obgleich er sich nach außen hin gleichmütig und erfreut gab.

Den Munk Ladej hatte übrigens das Leben noch mehr verändert als den Ahac, dennoch hatte er ein paar Munk'sche Eigenheiten beibehalten, zum Beispiel eine ungezwungene heimliche Herzlichkeit, mit der er sich umgab, wenn es ihm geboten schien. Sogleich machte er sich mit Ahac' Ehefrau vertraut und stellte fest, dass auch sie beide sich aus der Jugendzeit kannten, obschon er die Schule bereits verlassen hatte, als sie in die erste Klasse eingetreten war. Auch mit den Kindern kam er schnell ins Gespräch und war erfreut darüber, dass Ahac' Ältester bereits im kommenden Jahr in die Schule gehen würde. Als sie in dieser familiären Vertrautheit einen

Kaffee getrunken hatten, kam der Ladej sehr schnell und direkt mit seinem Anliegen heraus:

»Ich habe gehört, dass sich deine Mutter nun doch das Genussrecht beim Perman auszahlen lässt ...«

Ahac wusste nicht recht, wo das hinauslaufen sollte, deswegen gab er nur stockend von sich:

»Ja, nun ist es angeblich wirklich so weit ...«

Der Gast blickte ihn an, als würde sich ihm ein Stein vom Herzen wälzen.

»Gott sei Dank, es war ja schon an der Zeit ...«

Ahac' Mutter, die alte Permanca, die als Hausfrau beim Zabev geblieben war, nachdem ihre Tochter in die Nervenheilanstalt überführt worden war, hatte sich vor allem aufgrund von Ahac' Zureden dazu entschlossen, sich das – im Grundbuch verankerte – Genussrecht aus dem ehemaligen Perman-Besitz auszahlen zu lassen. Der Kaufmann Tripalo hatte ja gerade wegen dieses Genussrechtes den Besitz um den halben Preis bekommen. Die Gerichtskommission hatte den Wert dieses Genussrechtes mit fünfzigtausend Kronen beziffert, was einen schönen Geldbetrag darstellte. Damit war die Mutter beim Zabev versorgt, und da sie auch sparsam war und wenig für sich verbrauchen würde, rechnete vor allem Ahac selbst mit einer kleinen künftigen Erbschaft. Sein Bruder, der Perman, war irgendwohin ins Steirische gegangen und hatte alle Fäden zu den Verwandten abgerissen; die Tochter, die unglückselige Zabevka, kam aber auch nicht mehr in Betracht. Am ehesten war mit ihrem Sohn zu rechnen, den sie vom Tumpež hatte und der beim Zabev wie ein Blutsverwandter lebte. So hoffte Ahac, zu etwas Geld zu kommen, was ihm insbesondere deshalb ganz willkommen war, weil einerseits der Verdienst in der Fabrik von Tag zu Tag schlechter wurde, andererseits die Familie immer weiter anwuchs.

Ladej wiederholte:

»So ist es recht!! Warum sollte deine Mutter auf diesen Wucherer Rücksicht nehmen, wie es der deutschnationale Tripalo ist, unser Gegner! Er würde sich ins Fäustchen lachen, wenn deine Mutter in Bälde stürbe und der Betrag unangetastet ihm selbst zufallen würde. Ich kann solche Leute nicht leiden!«

Ohne dass er es wollte, fiel dem Ahac ein, wie sehr seinerzeit der Ladej über den Holzhändler Obertauč geschimpft hatte, der sich nach seiner Überzeugung das Erbe einverleibt hatte, das ihm vom Munk und Bunk zugestanden wäre, obgleich die Obertauč keine politischen Gegner waren. Doch der Ladej riss ihn sogleich wieder aus solchen Gedanken.

»Ahac, ich sage dir ohne Umschweife, warum ich gekommen bin«, begann er ihm zu erklären. »Deine Mutter wird dieses schöne Geld doch nicht zu Hause verstecken wollen! Du weißt ja selber, was in solchen argen Zeiten alles passieren kann. – Ich bin, wie dir bekannt ist, im Vorstand der hiesigen Volksbank *(Ljudska Posojilnica),* und ich denke, es wäre nicht falsch, wenn deine Mutter das Geld bei uns einlegen würde. Unser Institut ist stabil und ruht auf der unerschütterlichen Grundlage von einigen hundert Einlegern, die nahezu alle Häuser und Liegenschaften besitzen. Das Geld wäre bei uns vollkommen sicher, mindestens so sicher wie bei anderen Instituten ... Wovor ich mich fürchte, wirst du mich fragen! Ich fürchte, deine Mutter würde das Geld in die andere Darlehenskasse legen. Ich kann zwar auch über sie nichts Schlechtes sagen, aber du weißt, dass sie vollkommen in der Hand der Konservativen ist. Wir beide sind zwar politische Widersacher, aber so gut kenne ich dich, dass ich weiß, dass auch du diesen Leuten nichts Gutes wünschst. Warum sollten gerade sie alles in der Hand haben? Einmal haben sie schon dazu beigetragen, uns beide zu ruinieren, warum sollte das ein zweites Mal geschehen? Der Zabev ist der Zabev, und mit dem Dvornik, dem Vorstand der anderen Kasse, sind sie beinahe Nachbarn; er könnte den Zabev leicht dazu überreden, dass er die Hand über das Geld der Mutter hält, und nicht wir …«

Obwohl der Ahac eine Menge Vorurteile gegenüber seinem ehemaligen Freund hatte, musste er zugeben, dass dessen Worte die Wirkung auf ihn nicht verfehlt hatten. Zuerst allerdings winkte er ab und sagte so in den Tag hinein: »An diese Sache habe ich noch gar nicht gedacht!« Und wirklich hatte er weder die eine noch die andere Darlehenskasse in Dobrije im Sinn gehabt, als er mit der Mutter darüber gesprochen hatte, sie solle sich das Genussrecht auszahlen lassen. Auf beide Institute hatte er mit den Augen eines Menschen geblickt, der dort nichts zu suchen hat. Und außerdem sah er sie von seiner antikapitalistischen Warte. Er wusste, dass es Kassen einer besonderen Art waren, Genossenschaften, deren Mitglieder nie ohne eine gewisse Hemmung über sie sprachen. Ihren Einfluss spürte er vor allem in seiner politischen Arbeit für die Gemeinderatswahlen, wo er des Öfteren den Stoßseufzer hörte:

»Ich würde schon mit euch mitgehen, wenn ich könnte. Doch ich hänge bei der Darlehenskasse …«

Der Versuch des Oberlehrers, eine Darlehenskasse gegen die andere auszuspielen, fiel bei ihm auf keinen fruchtbaren Boden, da er völlig zu Recht beide Institute mit gleichen Augen betrachtete. Doch eines berührte ihn, und das war der Gedanke, den der Ladej nur so nebenbei hingeworfen hatte: die Sorge um das Geld. Er dachte ans Geld nicht mehr mit jener Gier eines Erben, der alles um sich herum vergisst und möglichst viel einheimsen will, sondern wie an etwas, das ihm zu einem leichteren und besseren Leben verhelfen würde. Er glaubte daran, dass einmal eine Zeit kommen würde, in der das Geld nicht mehr diese unumschränkte, einzigartige

Geltung haben werde, und dass dies für die arbeitende Bevölkerung eine Erleichterung sein würde. Doch solange es nicht so war, hatte das Geld auch für ihn noch seine entscheidende wirtschaftliche Bedeutung, und es zahlte sich demnach aus, sich darum zu bemühen. Wie schwer musste er es sich verdienen! Es würde ihm aber nichts ausmachen, wenn die Mutter das Geld für sich verwendete. Eher bekümmerte ihn jene andere Möglichkeit, die ihm Ladej in wenigen Worten ausgemalt hatte: »Der Zabev ist der Zabev!« Er fürchtete die Geldgier des Zabev wie auch die Möglichkeit, dass das Geld wegen seines Einflusses in irgendwelchen anderen Kanälen versickern könnte. Er kannte die Mutter und ihre Frömmigkeit, die sich nach dem Unglück mit der Neža nur noch vertieft hatte. Er fürchtete den Einfluss von Kirche und Pfarrhof, und auch die Möglichkeit, dass die Mutter im Falle eines Testamentes ihre gesamte Habe diesen beiden Häusern vermachen könnte. Wenn die Mutter ihr Geld in die Dvornik'sche Darlehenskasse legte, wäre es dort nur allzu leicht zugänglich; im anderen Falle wäre dies ein wenig schwerer.

Ahac schaute lange vor sich hin, dann rieb er sich hinten am Nacken, wie das die Bauern beim Überlegen tun. Diese Sitte hatte er noch nicht abgelegt, obgleich er sonst beinahe aller Bauerngewohnheiten ledig war.

»Mir kommt vor, dass zwischen euch kein richtiger Unterschied ist«, sagte er dann in der Absicht, dem Ladej nicht das Gefühl des raschen Erfolgs zu geben.

Da bekam aber der Ladej unerwartete Unterstützung. Bevor er noch etwas gegen Ahac' Bemerkung einwenden konnte, sprang die junge Frau des Perman Ahac dazwischen:

»Warum bist du denn so starrköpfig, Ahac? Siehst du nicht, dass der Herr Oberlehrer Recht hat? Die anderen Leute haben dir schon so viel Schaden zugefügt, und jetzt wollen sie noch dieses Geld einstreifen. Besser ist es doch, wenn das

Geld in dieser Kasse ist und du die Hand darüber hältst, als dass es woanders liegt und andere darüber verfügen können. Die Mutter ist alt ...«

Seine Frau und der Ladej konnten ihn gemeinsam von einer Idee überzeugen, mit der er sich innerlich bereits selbst angefreundet hatte. Dabei geriet besonders seine Frau in Eifer, und der Ahac konnte sich nicht genug darüber wundern, woher auf einmal ihre Abneigung gegenüber jenen Leuten und Kreisen kam, von denen er sie sie bisher nicht abzubringen vermocht hatte. Als sie sich in allem, was nötig war, einig geworden waren und sich Ladej mit zufriedenem Gesicht von der Familie verabschiedete, hatte Ahac aber nicht bedacht, dass er neben seinen eigenen Vorteilen auch jene der Finanzgruppe geschützt hatte, die ihre begehrlichen Fänger über Dobrije ausschwärmen ließ und das Tun und Treiben der anderen Gruppe von Fängern zu stören versuchte. Wegen der Wirtschaftskrise kam es besonders bei den kleineren Geldinstituten am Lande immer wieder zur Geldknappheit. Und Ladej hatte vor allem das Bargeld vor Augen gehabt, als er zum Ahac gekommen war.

Der Perman Ahac musste sich eingestehen, dass er sich noch niemals mit schwererem Herzen zu seiner Mutter begeben hatte als damals, wegen des Geldes. Ihn erfüllte die Furcht, sie würde darin einen seiner selbstsüchtigen Charakterzüge sehen, die er sich im Stillen selber vorhielt. Umso überraschter war er, als die Mutter sich sofort zu allem bereit erklärte, was er ihr vorschlug, und ihm sogar noch dankbar war für den Ratschlag.

»Ich selbst würde ja wirklich nicht wissen, was ich tun sollte. Im Hause könnte ich so viel Geld nicht haben!«

Die Sache ging wie von selbst. Der Ahac machte sich mit seiner Mutter zum Gericht auf, wo der Kaufmann Tripalo das Geld hinblätterte. Da an diesem Tag die Darlehenskasse geschlossen hatte, überließ sie das Geld ihrem Sohn, der es dann tags darauf einlegte und das Sparbuch seiner Mutter nach Hause brachte. Beide waren zufrieden, insbesondere der Ahac, da es ihm gelungen war, für die Mutter einen guten Zinssatz herauszuschlagen. Die alte Permanca presste mit ihren ausgetrockneten Fingern das Sparbüchlein, als würde sie darin eine der Perman'schen Häufelfurchen sehen, auf denen sie beinahe fünfzig Jahre lang ihr aufopferndes Leben verbracht hatte. All ihre jahrelange Mühe war in diesem Büchlein verzeichnet. Ehe sie das Büchlein am Grunde ihrer Truhe verwahrte, sagte sie mit dem Schimmer eines Lächelns zu ihrem Sohn:

»Ahac, wenn mir was übrigbleibt, dann bekommst es du ...«
Ahac war zufrieden.

Einige Tage danach kam gegen Abend der Großgrundbesitzer Dvornik zum Zabev. Er tat so, als hätte ihn der Weg zufällig dort vorbeigeführt, und stand lange im Hof und unterhielt sich mit ihm. Dvornik war in Jamníca eine angesehene Persönlichkeit, und dem Zabev war sein Besuch sehr willkommen. Sie tranken schon draußen im Hof ein paar Krüge Most, als es aber dämmerte, lud der Zabev den Gast noch ins Haus ein. Bevor sie hineingingen, fragte der Dvornik noch rasch:

»Du, die Mutter hat ja das Geld vom Tripalo schon bekommen? Weißt du, wo sie es hingegeben hat?«

»Das weiß ich nicht, und wenn ich dir die Wahrheit sage, ich habe nicht einmal daran gedacht«, antwortete ihm geradeheraus der Zabev, der sich in solche Dinge nicht einmischen wollte.

Doch der Dvornik flüsterte: »Weißt du, ich bin wegen der Darlehenskasse gekommen ...«

Der Zabev sah ihn einigermaßen überrascht an. »Wenn das so ist, dann werden wir darüber sprechen.«

Und das taten sie. Die Permanca stellte sich am Anfang dumm, als aber der Dvornik mit dem Fragen nicht aufhörte, sagte sie beinahe vorwurfsvoll:

»Ich habe das Geld nicht mehr, weil ich es schon auf die Darlehenskasse gelegt habe.«

»In welche denn?«, fragten beide Männer gleichzeitig.

»Das hat der Ahac gemacht«, antwortete die Mutter in ziemlich brüskem Tone.

Dvornik wusste nichts zu sagen, und aus diesem Grund schwieg auch der Zabev beklommen. Dennoch ging der Dvornik nicht vom Hause und blieb sogar zum Abendessen. Danach saßen alle drei in der Stube und sprachen über alltägliche Dinge. Den Dvornik ärgerte das Geld, das offensichtlich in die falsche Richtung geflossen war. Auch jenes Institut, dem er vorstand, wurde in letzter Zeit von Geldsorgen geplagt. Und wie die Vorstände der anderen Kasse waren auch seine Leute auf der Jagd nach Bargeld. Hier ging es um die stolze Summe von fünfzigtausend, und deshalb ließ der Dvornik nicht so schnell los. Er war in diesen Dingen überaus erfahren und gab nicht gleich auf. Dem Zabev aber gefiel es, dass jemand im Haus war. So konnte er die Sorgen ein wenig abschütteln und das Unglück mit seiner Frau leichter ertragen, das ihn noch immer zu Boden drückte.

Der Dvornik fing als erster wieder davon an:

»Schade, Mutter, dass Ihr das Geld nicht in unsere Darlehenskasse gegeben habt.«

»Ist das denn nicht egal? Eine Darlehenskasse ist so gut wie die andere, wenn man Geld einlegt, oder wenn man es herausnimmt ...«

»So egal ist das auch wieder nicht, Mutter. Es ist nicht gleich, wem man das Geld anvertraut. Ob man es seinen Leuten anvertraut, oder einem Fremden. Ob man damit etwas Gutes anfängt, oder etwas anderes. Der Bauer muss das Geld allzu hart verdienen, als dass man gleich so mir nichts dir nichts damit herumwerfen könnte …«

Der Zabev unterstützte ihn mit einem geschäftigen Brummen und Rumoren am Tisch. Die Permanca aber erschrak über die zweifelnden Worte des Dvornik.

»Mein Gott, das Geld wird doch nicht verloren sein, wenn ich es auf die andere Kasse gegeben habe …?«

»Verloren, wer redet denn davon?«, rief der Dvornik großmütig und zog sogleich über das Misstrauen der Leute gegenüber den Kassen allgemein her. »Davon ist ja keine Rede. Es sind doch auch dort anständige Leute, ich kann nichts sagen! Doch eines ist wahr: Bauern sind sie nicht, sondern eine andere Sorte von Menschen, Krämer, Beamte, Lehrer. Wogegen unsere Genossenschaft ganz und gar bäuerlich ist und den Bauern in Notlagen hilft. In unserem Vorstand sind nur Bauern! Deshalb kann es uns nicht einerlei sein, wohin das Geld der Bauern geht, ob zu uns oder zur anderen Kasse. So steht die Sache, Mutter …«

Der Dvornik unterbrach sich, da er merkte, wie sehr seine Rede gegen alle Erwartung die Alte berührten. Und so gab er ihr Zeit, sie zu verdauen. Auf die Permanca hatten die Worte gewirkt. Als sie von den Krämern hörte, den Beamten, Lehrern, erfüllte sie sofort das angeborene bäuerliche Misstrauen gegenüber weißen Händen, ohne dass sie bedachte, dass das hart verdiente Geld der Bauern früher oder später durch lauter weiße Hände gehe, je länger sein Weg war. Unruhe erfüllte sie, doch sie versuchte sich zu wehren:

»Es sind doch auch Bauern dabei. Der Obad zum Beispiel …«

Der Dvornik biss sich auf die Lippe. Die Alte wusste mehr, als er geahnt hatte. Neben dem Obad, der seit einiger Zeit im Vorstand der anderen Kasse saß, waren dort wirklich auch noch einige Bauern vertreten.

Er musste sich räuspern.

»Freilich gibt es dort auch Bauern. Doch das ist nicht wichtig! Wichtig ist, wer dort entscheidet, wohin das Geld der Bauern geht. Und es ist sicher, dass darüber die Herren entscheiden. Sie wissen ja selbst, wie das ist, Mutter. Die Herrschaft versteht es immer, den Bauern um den Finger zu wickeln. Ich kann ihnen sagen, dass dort mit dem Geld der Bauern nicht gut umgegangen wird. Davon bekommen Leute Darlehen, die nicht unsere Freunde sind. Verschiedene Gewerbetreibende und andere. Das ist es, was mich schmerzt; über die Sicherheit freilich kann ich nicht reden.«

Der Dvornik wusste zu gut, dass er darin übertrieb, was die andere Darlehenskasse betraf, und dass er nicht die Wahrheit sprach, wenn er verschwieg, dass es dem Geld der Bauern auch in seinem Institut nicht viel besser erging als im anderen. Auch bei ihm hatten verschiedene Kaufleute ihre Konten. Und der Teufel möge wissen, was mit dem übrigen Geld geschah, das die Darlehenskasse in besseren Zeiten in der städtischen Zentrale deponiert hatte und das man nun nicht mehr zurückbekam. Dennoch musste er so reden.

»Ja, die Bauern müssen zusammenhalten«, versuchte ihn der Zabev zu unterstützen.

Die Permanca schwieg eine Weile, ganz in Nachdenken versunken, dann seufzte sie:

»Ich habe gedacht, dass ich richtig handelte, als ich das Geld dorthin gab. Der Ahac ist ja ein anständiger Mensch und kann nichts Schlechtes wünschen...?«

Dvornik war sofort von Großmut erfüllt. Er begann des Langen und Breiten über den Ahac zu reden und ihn als anständigen Menschen und guten Sohn hinzustellen. Schade sei es nur, dass er sich so in seine Politik verbissen habe. Zuletzt verteidigte er ihn aber, indem er sagte, der Ahac habe nicht gewusst, was er tue, als er ihr den Rat gegeben hatte, das Geld zu jener Kasse bringen zu lassen. Er erwarte sich gewiss keine Vorteile, weder hier noch dort. Was wisse denn ein Arbeiter von solchen Dingen! Ihm wäre es sicherlich gleich, wohin die Mutter das Geld legte, ob in jene Kasse oder in seine bäuerliche Darlehenskasse. Wenn die Mutter das Geld nicht aufbrauchen würde, wäre ohnehin er der Erbe, fügte der Dvornik noch rasch hinzu.

Damit war das Eis gebrochen. Ihre trockene Hand griff noch nach dem Tisch, als versuchte sie ihr Geld an sich zu nehmen, das ihr irgendwohin entfliehen wollte. Dann seufzte sie:

»Wie können wir denn das nun regeln? Für mich sind solche Wege nichts ...«

Dvornik sagte ihr in kurzen Worten, sie solle die Übertragung des Geldes von einer Kasse zur anderen ihm überlassen. Er werde mit dem Sparbüchlein zur anderen Kasse hingehen, ihr Geld beheben, es einlegen und ihr das Büchlein überbringen.

»Sie vertrauen mir doch, Mutter?«, lächelte der Dvornik auf die ihm eigene Art.

Dvornik bekam das Sparbüchlein ausgefolgt, und schon am nächsten Amtstag meldete er sich mit triumphierendem Blick in der gegnerischen Darlehenskasse, um das Geld zu beheben. Doch der Mann hatte die Rechnung ohne den Wirt gemacht, denn die Nachbargenossenschaftler wiesen in großer Freundlichkeit mit dem Finger auf eine Anzeige, die an der Tür hing und den Kunden verkündete, dass Einlagen von fünfzigtausend aufwärts sechs Monate vor der Abhebung aufgekündigt werden müssten. Dem Dvornik blieb nichts anderes übrig, als das Sparbuch zur Permanca zurückzubringen und ihr zu versichern, dass er die Sache erledigen werde, sobald die Frist abgelaufen sei.

Für die Nachbarschaftsgenossenschaft war das der erste Alarm. Und eines Tages erschien der Ladej wiederum beim Ahac an der Tür.

»Habe ich dir nicht gesagt, was passieren könnte? Die anderen haben schon ihre Finger im Spiel. Jetzt ist es an dir, das zu verhindern!«

Für den Ahac war das ein untrügliches Zeichen, dass eine dritte Hand versuchte, an das Geld der Mutter heranzukommen. Wenn es nicht diese fremde, unbekannte Hand gäbe, wäre es ihm freilich einerlei, wo das Geld seiner Mutter lag, und er würde abwarten. Doch diese dritte Hand flößte ihm Furcht ein, und er nahm sich unverzüglich der Sache an. Er wusste, dass er sich auf die Mutter nicht verlassen konnte, obwohl er überzeugt war, dass sie ihn gern hatte und ihm vollkommen vertraute. Sofort leuchtete es ihm ein, dass auch der Zabev bei der Sache die Hände im Spiel hatte, denn ohne ihn würde die Mutter so etwas niemals tun. Der Ladej riet ihm, er möge sich von der Mutter eine schriftliche Erklärung geben lassen, in der sie die Aufkündigung ihrer Einlage widerrufe. Das Vernünftigste wäre es freilich, wenn Ahac selbst das Sparbüchlein an sich nähme, um so das Eingreifen einer dritten Hand zu vereiteln.

Es dauerte einen ganzen Sonntagnachmittag, bis Ahac diese schriftliche Erklärung der Mutter erhielt. Das Sparbüchlein wollte er fürs Erste noch gar nicht fordern, da er sah, dass die Mutter schon sehr verstört war und es sie umso mehr beunruhigen würde, wenn er darauf bestünde. Er beschwor sie, das Büchlein niemandem auszuhändigen, denn in solchen Dingen könne man keinem Menschen mehr vertrauen. Der Zabev war an jenem Sonntagnachmittag gottlob nicht daheim, und so kehrte Ahac überaus zufrieden nach Dobrije zurück. Die Erklärung der Permanca aber verschwand in der Tischlade von Ladejs Kasse.

Umso größer war aber dann die Überraschung in der Darlehenskasse, als nach sechs Monaten der Dvornik wiederum dort erschien – mit dem Sparbüchlein der Permanca in der

Hand – und die Ausfolgung des Geldes samt Zinsen verlangte. Das Geld erhielt er allerdings nicht, weil man ihm dort mit der Erklärung der Permanca aufwartete, auf der sie die Aufkündigung der Einlage widerrief. Der Dvornik stellte sich zwar auf die Füße und kläffte wie ein Hündchen, aber es half nichts, er musste ohne Geld abziehen. Zuvor aber verlangte er noch, man solle ihm die schriftliche Quittung über die neuerliche Kündigung geben. Die Einlage war nämlich nicht vinkuliert worden. Wer immer mit dem Büchlein kam, war berechtigt, über das Geld zu verfügen.

Am Dvornik nagte der Misserfolg umso mehr, als er beinahe eine ganze Nacht dafür verwendet hatte, um wieder an das Sparbuch der Permanca zu kommen. Als er sich zu ihr aufgemacht hatte, war er beim Ložékar vorbeigegangen, der sich ihm aus Langeweile angeschlossen hatte und ihn zum Zabev begleitete, wo sie dann bis zum Morgen getrunken hatten. Die Permanca musste er lange Zeit in die Mangel nehmen, ehe sie ihm das Büchlein wieder ausfolgte, wobei sie ihm allerdings verschwieg, dass sie eine Widerrufserklärung unterschrieben hatte. Ohne die Mithilfe des Ložékar hätte er das Sparbüchlein wahrscheinlich überhaupt nicht erhalten. Sie hatte es ihm erst dann ausgehändigt, als ihr der Ložékar gesagt hatte: »Mutter, gebt dem Dvornik ruhig das Büchlein!«

Der Kampf um das Geld der Permanca, den die beiden Darlehenskassen austrugen, dauerte beinahe ein ganzes Jahr. Beide Seiten verbissen sich mit großer Ausdauer in die Sache. Während es dem Ahac lediglich darum ging, dass niemand der Mutter ihr Geld aus den Händen risse, war es bei den Kassen und ihren Vorständen geradezu ein Ehrenritual, wer den Kampf gewinnen würde. Dieser Kampf ging also in aller Rücksichtslosigkeit weiter.

Der Munk Ladej kam wiederum zum Ahac auf Besuch, der

sich sodann abermals zum Zabev aufmachte, um eine neue Widerrufserklärung beizubringen. Da ihn der Weg beim Ložékar vorbeiführte, schloss sich dieser auch ihm an. Dem Ahac war diese Kameraderie sehr unangenehm, da er die Sache so still wie möglich hinter sich bringen wollte. Doch den Ložékar konnte man nicht so einfach abschütteln, und ob er wollte oder nicht, er musste ihn gewähren lassen. Doch bald stellte es sich heraus, dass der Bund mit dem Ložékar auch für ihn etwas Wertvolles war. Der Zabev tat, als ginge ihn die Sache überhaupt nichts an, und bewirtete den Ahac mit Most, wie er es auch beim Dvornik getan hatte. Die Mutter war noch verzagter als das letzte Mal und wusste nicht, ob sie das, was der Sohn verlangte, unterschreiben solle oder nicht. Da rief der Ložékar aus:

»Drei Tage wohl, oljé, oljó … Mutter, unterschreibt ruhig die Erklärung, der Ahac ist doch Euer Sohn!«

Ahac bekam also die zweite Widerrufserklärung, die sogar der Ložékar als Zeuge mitunterschrieb. Und wieder kehrte er ruhigen Herzens nach Dobrije zurück. Der unparteiische Zabev berichtete sofort dem Dvornik von der Sache, der wiederum in der Klemme war. Doch er gab nicht so schnell auf. Fünfzigtausend waren fünfzigtausend … Und so machte er sich eines Tages wieder auf – zur Jagd nach dem Geld. Der Weg ging diesmal in voller Absicht beim Ložékar vorbei, den er auch prompt zum Zabev mitnahm. Den Zabev kostete die Jagd abermals gute zwanzig Liter Most und zwei Selchwürste. Diesmal verlangte der Dvornik nicht das Sparbüchlein der Permanca, sondern eine neue schriftliche Aussage, mit der sie die Erklärung gegenüber dem Ahac widerrufe. Doch die Permanca wurde furchtbar misstrauisch, und dem Dvornik blieb nichts anderes übrig, als gemeinsam mit dem Ložékar die Nacht auf der harten Bank am Zabev'schen Ofen zu verbringen und am nächsten Tag seine Bemühungen fortzusetzen. Erst am neuen Tag erhielt er die geforderte Erklärung, die dann auch der Ložékar unterschrieb.

Wiederum vergingen sechs Monate bis zur Vorlage der Widerrufserklärung und der Aussage des Widerrufs des Widerrufs, welche die Permanca voller Geduld dieser und jener Partei unterfertigt hatte. Eine Kasse kündigte der anderen die Einlage, die aber noch immer bei der ersten Darlehenskasse verblieb. Obwohl der Perman Ahac mit Volldampf auf Seiten von Ladejs Kasse arbeitete, gelang es der Gegenseite, eines Tages die Permanca selbst auf die Darlehenskasse nach Dobrije zu bringen, die von der Kasse entschlossen die Auszahlung des Betrages verlangte, mit der Begründung, sie wolle ihren Frieden haben. Dort versuchte man vergeblich, sie zu beruhigen, fügten aber auch hinzu, man könne ihr die Einlage nicht auszahlen, weil man an die gesetzliche Kündigungsfrist gebunden sei. Die Permanca, die sich bei solchen Sachen nicht auskannte, kehrte noch entrüsteter nach Hause zurück, als sie es zuvor gewesen war.

Damit die beiden Darlehenskassen die Sache ins Reine bringen und sich dann ruhigen Gewissens des Geldes bemächtigen könnten, beriefen sie ihre Rechtsberater ein. Zuletzt bekam das Gericht die Sache in die Hände und entschied, dass das Recht auf der Seite der Dvornik'schen Darlehenskasse sei. Auch die Permanca lud es zur Untersuchung vor, doch diese wollte davon nichts hören und verlangte nur ihr Geld zurück. Das Sparbüchlein aber wollte sie nicht mehr hergeben.

Da dem Dvornik kein Trinkgelage mehr helfen wollte, suchte er nach einem letzten Ausweg. Die Zeit, zu der die Einlage fristgerecht zu beheben wäre, nahte rasch, und es war zu befürchten, die Alte würde das Geld selber herausnehmen. Und dann würde es niemand mehr zu Gesicht bekommen. Die letzte Hilfe aber war der alte Munk. Ihm wurde die Aufgabe übertragen, von der Permanca das Sparbuch herauszulocken. Der alte Munk redete nicht lange um den Brei herum, sondern kam gleich zur Sache, da er seinen Einfluss auf die alte Permanca gut einschätzen konnte und allgemein bei älteren Menschen einen guten Ruf genoss.

»Permanca, das war nicht gut, dass du das Geld jener Darlehenskasse überlassen hast. Was hat dich denn so verwirrt ...?«

Er blickte die alte Bekannte, die seine Schulkameradin gewesen war, so durchdringend an, dass jeder anderen den Blick abgewendet hätte. Nicht so die alte Permanca, die um ihr Geld zitterte. »Schon wieder dieses Geld, dieses verdammte Geld ... Es wäre besser, ich hätte es nie bekommen!«, fauchte ihn die Alte geradezu an.

Munk tat verwundert.

»Warum? Das Geld ist doch unschuldig. Aber du hättest wissen müssen, wohin du es gibst ...«

»Ich habe es dorthin gegeben, wohin es auch die anderen geben. Was kümmern mich eure Sachen ...«

Munk konnte sich über die Unzugänglichkeit der Alten nicht genug wundern. Nach kurzem Überlegen sagte er dann:

»Wieso hast du es denn nicht dorthin getragen, wo auch ich bin, wie dir bekannt ist ...«

Das wirkte ganz offensichtlich. Sie wurde unsicher, sagte aber dennoch bissig:

»Und bei der anderen Kasse ist dein Sohn ...«

Munks Schwung war mit einem Male gedämpft. Das hatte er von der alten Bekannten nicht erwartet. Man sah, dass ihn der Vorwurf schmerzte. Er schüttelte sich, dann begann er mit einer Stimme zu reden, die der vorherigen kein bisschen glich:

»Nun, siehst du, Permanca. So ist es mit den Kindern. Es passiert das, was niemand erwarten würde. Wenn du sie ziehen lässt, werden sie dir fremd, sodass du selber nicht weißt, wann und warum … Das Unglück ruht niemals! Was sollten wir! Siehst du, auch du hast mit dem Perman kein Glück gehabt. Und keiner wird sagen, du hättest Schuld daran. Mein Sohn hat sich halt zum Herrn umgemodelt, im wahrsten Sinne! Jetzt ist er dort, wo er nie hätte sein sollen! Das sind jedoch andere Sachen … Doch du hast nicht recht gehandelt, als du auf die anderen gehört hast. Du bist eine Bäuerin, und dein Geld ist hart erarbeitet … Sicherlich hast du die Perman'schen Häufelfurchen schon vergessen und jene langen Nächte, die du auf ihnen verbracht hast. Du hast sie doch nicht vergessen – ich sehe es dir an! Du hättest dein bäuerliches Geld dorthin geben sollen, wo es hingehört! Das Geld der Bauern in die Kasse der Bauern, das Christengeld in die christliche Kasse … Was sollten wir denn andere unterstützen, wenn niemand uns unterstützt? Ist es nicht so, Permanca?«

Die Permanca rührte sich nicht.

»Ja, so wäre es recht gewesen …«, seufzte sie dann. Munks Worte hatten sie weich gemacht.

In Bewusstsein seines Sieges brummelte Munk am Tisch und wartete großmütig.

»Was soll ich denn nun machen, Munk? Du bist in solchen Sachen erfahrener als ich …«

»Nichts. Mir vertraust du ja; ich werde dich nicht täuschen! Wenn du es selber so willst, gib das Büchlein mir. Ich werde das Geld beheben und es dorthin tragen, wo es hingehört. Zuhause wirst du es ja nicht aufbewahren wollen, in solchen bösen Zeiten, was …? Wenn du etwas brauchst, bekommst du es, denn ewig wirst du nicht den Haushalt führen können. Wir sind ja alt geworden, Permanca …«

»Gut, so werde ich es machen …«

Und so geschah es auch. Der alte Munk bekam das Sparbüchlein ausgehändigt, ging damit zur Darlehenskasse, hob mit der Vollmacht das Geld ab und legte es in seine Darlehenskasse. Es störte ihn nicht im Mindesten, dass er in der anderen Kasse auf seinen Sohn Ladej traf, der sich hinter der Budel krümmte wie ein zertretener Wurm. Dann trug er das Buch zur Permanca und sagte zu ihr:

»Siehst du, nun hat alles seine Ordnung …!«

Der Ahac war überzeugt, dass die Angelegenheit mit dem Geld schon verloren sei. Es ärgerte ihn, dass seine Mutter zu anderen Leuten mehr Vertrauen hatte als zu ihm, und er sah schon eine geheime Hand, die das Geld nahm, das ihm einmal so nützlich gewesen wäre. Von seiner Frau musste er sich in dieser Sache genug anhören. Bei aller Bitterkeit, die ihn erfüllte, war nur eines gut, dass seine Frau nämlich viel kämpferischer wurde als zuvor und einen regelrechten Hass auf die Gegenseite entwickelte.

Als Ahac schon dachte, die Sache sei für ihn zu Ende, überraschte ihn aber eines Tages seine Mutter. Sie kam ganz unverhofft zu ihm und überreichte ihm das Sparbüchlein.

»Ahac, hier hast du das Büchlein. Ich will es nicht bei mir im Haus haben. Bewahre es du auf und gib es niemals aus der Hand. Sollte ich etwas brauchen, komme ich zu dir, und du wirst für mich das Geld beheben. Für den Fall aber, dass Gott mich ganz plötzlich zu sich beruft, dann pass gut auf, was ich dir sage: Bezahle von dem Geld das Begräbnis, sorge dafür, dass jedes Jahr an meinem Todestag eine Messe gelesen wird, fünftausend aber gib Nežas Sohn, den sie mit dem Tumpež hat, damit er seine Großmutter in Ehren hält. Was bleibt, sei dein! So bekommst du wenigstens einen Teil vom Perman-Grund. Ja, und noch etwas würde ich dir gerne sagen. Der Perman ist an seinem Unglück selber schuld. Gott weiß, wo er sich herumschlägt, doch er ist mein Sohn, und dein Bruder … Wenn er einmal nach Jamníca zurückkommt, dann sicherlich als Bettler. Ich bitte dich, lass ihn dann nicht im Stich, hilf ihm, so gut du es kannst, damit er nicht irgendwo hinter einem Zaun sterben muss ...«

Sie hatte hastig gesprochen, als fürchtete sie, die Gedanken könnten ihr entfallen und sie wüsste dann nicht mehr weiter. Der Sohn war gerührt:

»Ach, Mutter, Ihr seid stark und werdet noch lange leben. Wenn aber etwas passiert, dann sei es so, wie Sie es wünschen. Ich habe mir überhaupt schon gedacht, Sie müssten sich nicht beim Zabev abquälen. Sie könnten zu uns ziehen, wir werden schon einen Platz finden ...«

Doch die Mutter, die den Blick nicht von ihm wandte, hatte ihm offenbar nicht zugehört; es war, als habe sie noch etwas auf der Zunge.

»Ahac, noch etwas habe ich vergessen«, fügte sie rasch hinzu, »die Totenfeier darf nicht beim Lukáč sein. Mit ihm hat das Unglück unseres Hauses den Anfang genommen ...«

Dann ging sie so schnell davon, wie sie gekommen war.

Die Permanca blieb beim Zabev. Sie sagte, es sei vor allem wegen des Kindes, dem sie damals das Leben gerettet hatte und für das sie viel empfand. Doch ihr Leben war früher zu Ende, als sich irgendjemand vorstellen konnte. Die bis ins hohe Alter zäh und stark gebliebene Frau begann rasch zu verfallen, und nur ein Jahr darauf überlebte sie den Winter nicht. Der Leichenschmaus war nicht beim Lukáč, er fand beim Zabev im Haus statt, ganz so, als wäre Zabevs eigene Mutter gestorben. Für die Permanca war jedoch eine Erwartung nicht eingetroffen, der Tod möge zuerst ihre Tochter Neža erlösen; diese war noch immer in der Nervenheilanstalt.

Gleich nach dem Tod der Mutter kündigte der Ahac die Spareinlage bei der Darlehenskasse. Nach Ablauf der sechsmonatigen Kündigungsfrist ging er dann gleich am ersten Amtstag dorthin, um das Geld abzuheben. Er merkte sofort, dass man auf der Kasse irgendwie erschrocken war. Der Vorstand Dvornik begann sich verlegen den Nacken zu reiben.

»Was ist denn? Ist etwas nicht in Ordnung?«, fragte Ahac schnell.

»Alles hat seine Richtigkeit, doch ich muss dir sagen, dass das Sparguthaben eingefroren ist ... Alle Einlagen sind eingefroren, und ich kann dir nichts auszahlen ...«

Dem Ahac blieb der Mund offen, und er hörte kaum die verlegen hervorgestammelten Worte:

»Krise, Wirtschaftskrise ...«

In diesem Moment schloss der hundertarmige Polyp seine langen Arme, die sich von der Hauptstadt her über Dobrije und Jamníca gelegt hatten. Aber nur für einen Augenblick, dann öffnete er seinen Schlund und saugte den Tropfen ein, der da hieß: fünfzigtausend Dinar, in der Sprache der Jamnitscharen aber: die Schwielen von der Pernjak'schen Erde. Dann öffnete das Ungeheuer wieder seinen Rachen zu einem unabsehbaren Schlund.

Und der Ahac verlor zum zweiten Mal sein Erbe.

Viertes Kapitel

Munks schwerste Stunde

Es war schon tiefe Nacht, doch in Munks Haus, das am Ende des weiten Hofes stand, brannte noch immer eine Laterne. Das Gebäude am anderen Ende war schon finster, und alles hatte sich schlafen gelegt. Über Munks Senke lag eine kühle, doch schöne Märznacht. Das Feld oberhalb des Hauses war noch von einer harten Schneeschicht bedeckt, doch vor dem Haus waren schon große apere Flächen. Die letzten Tage waren klar gewesen, voll Sonnenlicht, und der Schnee wich rasch zu den Bergen hinauf. In sonnigen Lagen begannen einige Bauern schon Mist zu streuen. Die Senke war still, nur das gleichmäßige Rumpeln der Mühle war zu hören, die auch des Nachts für die Munks werkelte.

Die alte Munkinja war zu Bett gegangen, ihr Mann aber hielt noch immer die Zinken einer Holzgabel, die er für seine Schwiegertochter, die Bunkinja anfertigte, in seinen Händen und drehte sie hin und her. Er mühte sich ab, ein schönes und leichtes Werkzeug anzufertigen, und es war, als legte er in seine Arbeit etwas von dieser Liebe und Zuneigung, die er für seine Schwiegertochter hegte. Bunks Wirtschaft bereitete ihm ansonsten sehr viel Kopfzerbrechen, doch dafür gab er eher seinem Sohn die Schuld als dessen Frau. Wenn er allerdings an ihre neun Kinder dachte, wurde sein Herz sofort wieder weich. Es waren nur wenige Frauen in Jamníca, die so gesegnet waren wie die Bunkinja.

Der Munk war in letzter Zeit sehr rasch gealtert. Seine Gestalt war noch immer gertenschlank, doch seine Haare waren vollkommen weiß geworden, und da er sich in den letzten Jahren auch nicht mehr rasierte, trug er einen weißen Bart, der mehr in die Breite als in die Länge ging und sein Antlitz bis hinauf zu den Backenknochen verdeckte. Aus diesem Gestrüpp sahen nur die kühne Stirn, die energische, spitze Nase und ein Paar Augen voller Leben und Feuer. Das war jetzt der alte Munk.

Als er die Gabelzinken endlich weglegte, unschlüssig, ob er mit der Arbeit fortfahren solle oder nicht, hörte er draußen an der Türschwelle schwere Schritte. Die Augen des Alten blitzten seltsam auf, und über sein Gesicht huschte ein unruhiger Schatten. Er kannte die Schritte und wusste, dass sein Sohn Bunk ins Haus kam. Er wusste auch, dass sein Sohn betrunken war. Scharf lauschte auf das späte Gepolter. Die Schritte hielten für einen Augenblick an, als wüsste jener, der zur Tür kam, nicht, ob er eintreten oder wieder in die Nacht verschwinden solle. Doch gleich darauf polterten die Schritte wieder und sein Sohn trat in die Stube.

»Guten Abend, schlaft Ihr schon?«, grüßte er, sah sich unruhig im Raum um und ließ sich dann samt seinem schweren Gewicht auf einen nahen Stuhl nieder. Es war ihm anzusehen, dass er ziemlich betrunken war, aber noch weit mehr unruhig als betrunken. Mit müdem Gesicht blickte er in den Winkel auf das Bett, wo die Mutter lag, die bei seinem Eintreten für einen Moment die Augen geöffnet, aber sogleich wieder geschlossen hatte.

Der Alte fasste wieder nach den Gabelzinken, er arbeitete aber nicht weiter, sondern legte sie nur von einer Hand in die andere; dann fragte er den Sohn geradeheraus:

»Was ist denn?«

Genauso unverhohlen war die Antwort des Sohnes:

»Vater, der Grund geht verloren ...«

Der alte Munk blieb unbeweglich sitzen; sein Gesicht war wie aus Stein. Auf dem Bett rauschte es unruhig auf, und die Munkinja sah mit weit aufgerissenen Augen durch die Stube. Im niedrigen Raum herrschte eine lastende Enge, noch verstärkt vom Singen der glimmenden Kohlenstücke im Ofen.

Der Munk erstarrte wie ein Steinbild, mit dem offenen Mund mitten im krausen Gesicht, aus dem eine trockene Stimme pfiff:

»Hast du wieder getrunken ...?«

Der Sohn hörte ihn gar nicht. Er fasste mit einer Hand nach dem Hut und warf ihn auf den Tisch, mit der anderen Hand strich er sich die Haare aus der Stirn, dann polterte es aus ihm:

»Ja, der Grund wird gehen, alles ist zu Ende ... alles verloren ... Was wisst denn Ihr? Der Lukáč verfolgt mich, der Tripalo, der Jelen, der Apát, alle jagen mich! Und wo soll ich das Geld hernehmen? Wenn einer mich niederdrückt, springt schon der nächste auf, und dann ist es mit dem Bunk zu Ende ... hört Ihr ... mit dem Bunk geht es zu Ende ...!«

Die letzten Worte schrie er beinahe hinaus. Es war, als würde ihm das Herz zerbersten und die ganze Trauer aus seiner Brust hervorquellen. Er wusste, dass sein Eingeständnis den Eltern das Herz brach, aber es bedeutete Trost für ihn, gerade vor ihnen seinen Schmerz hinausbrüllen zu können, wie damals, als er noch klein war und bei ihnen Schutz gesucht hatte. Nachdem er sich Luft gemacht hatte, sank er erschöpft auf den Stuhl.

»Maria, hilf uns du!«, rief die Munkinja voll Entsetzen und erhob sich vom Bett. Angst und Überraschung blickten aus ihren Augen.

Der alte Munk saß noch immer unbeweglich da. Man hätte denken können, er sei tot und jeder Funke des Lebens sei aus ihm entwichen. Aber es war nicht so, er war eher wie eine ummauerte Kalkgrube, die außen starr und hart ist, in ihrem Inneren aber brennen die heißesten Flammen. Es genügten ein paar Augenblicke, und das ganze Leben rollte vor seinem inneren Auge ab. Dieser Bunk war ihm das liebste der Kinder gewesen, er war nicht nur sein Sohn, sondern auch jenes Wesen, das sein eigenes Leben fortsetzte, seine Auseinandersetzung mit dem Leben. Er liebte auch den Ladej und die Mojtzka, und die Munkinja. Doch Ladej hatte sich ihm entfremdet, fern von ihm, und er war kein Bauer mehr. Die Mojtzka war eine Tochter, die man suchen musste, und auch der Munk'schen Wirtschaft selber konnte man keinerlei Vorhaltungen machen. Das Haus brachte sich weiter. Aber sein richtiger Nachfolger sollte einzig und allein der Bunk sein. Deshalb hatte er all die Jahre für ihn geschuftet und ihm geholfen, wo es nur ging. Als ihn die Schulden drückten, war er ihm beigesprungen und hatte geholfen, die Löcher zu stopfen. Dreimal war das bisher nötig gewesen. Mit der Mutter gemeinsam hatten sie für die Rettung des Bunk ihr gesamtes verfügbares Geld eingesetzt. Jetzt hatten sie außer dem Genussrecht nichts mehr.

Ein dichter Nebel legte sich über Munks Augen. Nun erst rührte er sich.

»Also wirst du als Erster nach dem Perman zu den Frettern gehen ... Ich aber habe gedacht, dass es mit dem Podpečnik früher so weit sein wird ...«

Die ruhige Stimme des Vaters überraschte den Sohn. Kein bisschen Vorwurf lag in ihr, kein Tadel, nicht einmal Mitgefühl, sondern nur bittere Verachtung. Als er beim Hergehen gezögert hatte, war es wegen der Furcht vor einem Wutausbruch des Vaters gewesen. Da ihn aber der Schmerz zur Beichte zwang, war er trotzdem ins Haus getreten.

Der Bunk sah die Mutter an, als suchte er bei ihr nach Schutz, doch das Gesicht, das er beim Bett sah, war voller

Furcht, zu einer Grimasse verzogen. Die Augen glichen denen eines Toten. Der Mund war weit offen, und der Unterkiefer war nach unten gefallen. Schnell wendete er den Blick ab, dann brach wieder der Schmerz aus ihm heraus:

»Schaut mich nicht so seltsam an. Was ich gesagt habe, ist die reine Wahrheit. Am meisten hänge ich beim Jelen, angeblich um die zwanzigtausend. Beim Lukáč an die zehntausend, beim Apát etwas über fünf, ein kleiner Betrag auch beim Mudaf. Für zehntausend ist der Staat in meinem Grundbuch eingetragen. Außer dem Mudaf fordern alle das Geld. Heute war ich beim Jelen, beim Tripalo, beim Lukáč und beim Apát. Es gibt keine Verschonung.«

Seine Stimme war grob und herausfordernd. Er hatte alles gesagt, was er auf der Zunge hatte, aber noch immer drängte es aus ihm heraus. Die Stille im Raum bedrückte ihn, er wünschte sich Gepolter, Vorwürfe, Flüche. Stattdessen hörte er nur nach einer Zeit den leisen, unglücklichen Aufschrei der Mutter:

»Wann ist denn die Bunkinja wieder im Kindbett …?«

Dieser Ausruf hatte mit dem Ganzen überhaupt keinen Zusammenhang, umso mehr aber widerhallte er im Raum. Der alte Munk zeigte wieder seine versteinerte Miene, doch dem Bunk war es, als drückte ihn eine unsichtbare Kraft auf den Stuhl nieder. Eine Starre befiel ihn, und obwohl es ihm zuwider war, auch noch darüber zu reden, sagte er nach einer Weile mit schwacher Stimme:

»In zwei Monaten …«

»Das zehnte Kind wird das …« Das war der Munk, der sprach.

Der Bunk verspürte einen unerträglichen Schlag. Er erkannte, dass die kurzen, abwesenden und verhaltenen Sätze, die die Eltern aussprachen, der größte Vorwurf waren, die Rute, die schmerzhafter ist als jeder andere Vorwurf einer

Schuld. Unter ihren Schlägen verdampfte mit der Zeit jede Betrunkenheit aus ihm. Er atmete kurz und tief:
»Schuld bin ich allein ...«
Doch kaum war sein Seufzer verklungen, schüttelte es ihn wieder und er schrie:
»Ja, ich bin schuld, aber an allem bin ich auch nicht schuld ... Auch die Zeiten tragen viel Schuld. Bin denn ich verantwortlich für die Krise, bin ich schuld, dass mir in jenem Jahr der Hagel die Ernte vernichtet hat, dass ich die Stiere, die ich für sechstausend gekauft habe, um viertausend verkaufen musste, nachdem ich sie zu vier Meter langen Kerlen gemästet habe? Daran bin nicht ich schuld, sondern andere ...«
Nachdem er das hinausgeschrien hatte, war ihm leichter. Auch dem Vater und der Mutter war nach dem Ausbruch des Sohnes wohler; die Mutter lehnte sich im Bett zurück, und der alte Munk, der sich inzwischen schon ein wenig gesammelt hatte, erhob sich und ging, wie er in solchen Situationen zu tun pflegte, schweren Schrittes im Zimmer auf und ab. Er hatte errechnet, dass der Sohn mit etwa sechzigtausend Dinar in der Kreide stand, den Bunk'schen Grund schätzte er aber nach wie vor auf zweihunderttausend. Das Bild, das er vor sich sah, war jedoch immer noch hoffnungslos. Es wäre sogar hoffnungslos, wenn die Zeiten besser wären, denn die Bunk'schen Wälder waren abgeholzt, und außer Hopfenranten (Stangen) war in ihnen nicht viel zu schlägern. Schon die Zinsenlast der Schulden würde im Jahr an die fünftausend Dinar ausmachen, wenn es übliche Schulden wären und nicht bei den Händlern. Bunk konnte so einen Betrag nirgendwo hernehmen. Und wo blieben erst die anderen Dinge, wie die Familie, die ernährt und angezogen werden musste. Und außerdem fiel der Bodenpreis immer noch. Eine schöne Wirtschaft bekam man heutzutage schon um zweihunderttausend Dinar. Deshalb wusste auch der Munk keinen Ausweg mehr.

Er betrachtete seinen Sohn, der ganz jämmerlich vor ihm auf dem Stuhl saß, dann sah er zur Frau hinüber, und schließlich sagte er mit einer gedrückten Stimme:

»Bunk, wir beide können dir nicht mehr helfen …!«

»Ja, Bunk, wir beide können dir nicht mehr helfen …«, wiederholte seine Frau mit leiser Stimme.

»Das habe ich auch nicht gemeint«, stieß der Sohn hervor, ohne sich vom Fleck zu rühren. Nach einiger Zeit aber setzte er kleinlaut hinzu: »«Ich habe gedacht, wenn ich das Geld bei der Darlehenskasse bekäme … Dann hätte ich wenigstens nur bei einem Schulden …«

»Daraus wird nichts«, unterbrach ihn der Vater, als habe er so etwas schon erwartet. »Wenn dir die Darlehenskasse das Geld gibt, dann gehört die Wirtschaft ihr, und nicht mehr dir. Und du bist dann nur mehr Pächter …«

»Dann bin ich halt Pächter so wie andere auch …«

»Das heißt, du gehst erst ein wenig später von der Wirtschaft. Meinst du, du könntest damit etwas gewinnen …?«

»Vielleicht kommen bessere Zeiten. Inzwischen würden auch die Kinder groß sein, und alles wäre leichter …«

Doch der Alte hörte dem Sohn schon gar nicht mehr zu, sondern verlor sich immer mehr in seinen Gedanken. Es schien ihm, er würde erst jetzt erkennen, was für ein furchtbares Unglück über seine Familie gekommen war. Immer unruhiger schritt er im Zimmer auf und ab; dann blieb er plötzlich vor dem Sohn stehen:

»Und wer verfolgt dich am ärgsten?«

»Der Jelen. Er sagte mir, er räume mir eine Frist von vierzehn Tagen ein. Wenn ich bis dahin das Geld nicht habe, wird er alles dem Gericht übergeben. Ihr wisst, was das bedeuten würde …! Und wenn der eine die Sache betreibt, dann werden auch die anderen folgen. Das ergibt eine Lawine, die Ihr versuchen könnt, aufzuhalten.«

»Jelen, auch der, als Erster ...!«

Der Jelen war ein slowenischer Händler in Dobrije, den sie in den Ort gerufen hatten, damit er den fremden Konkurrenten etwas entgegensetzte, besonders was den Tripalo betraf. Es war bekannt, dass der Jelen gerade durch das Geld der Bauern wohlhabend geworden war. Im Inneren des Munk tobte es gewaltig. Und es wäre schon in diesem Augenblick alles aus ihm herausgebrochen, hätte nicht der Bunk hinzugefügt:

»Ich war auch beim Ladej ...«

»Beim Ladej ...?«, riefen nun beide Munks zugleich.

»Und was hat er gesagt?« fragte der Munk.

»Hat er dir Vorwürfe gemacht?«, fragte ihn die Mutter gespannt und richtet sich wieder im Bett auf.

»Er hat mir keine Vorwürfe gemacht. Doch helfen kann er mir auch nicht. Er sagte, er verdiene nur so viel, dass es fürs Auskommen reicht. Auch so eine Herrschaft wie er hat nichts Gutes ...«

Die Alten waren sichtlich erleichtert. Sie hatten sich mit ihrem Sohn Ladej schon längst versöhnt, doch es lag zwischen dem Lehrer und ihnen und den beiden Wirtschaften insgesamt der Schatten des einstigen Erbschaftsstreites. Der Sohn kam dann und wann auf Besuch und ging auch zum Munk und zum Bunk. Schon etliche Jahre lang empfanden die beiden Alten gegenüber dem Ladej ein Gefühl der Unsicherheit, obwohl es keiner von ihnen zugeben wollte. Beide wussten, dass es noch immer an ihm nagte, da er von dem ganzen riesigen Besitz außer seiner Schulausbildung nichts bekommen hatte. Sie versuchten ihr schlechtes Gewissen damit zu beruhigen, dass sie sich sagten, dass nicht sie beide schuld daran wären, sondern die Verhältnisse, durch die das Geld, das der Ladej erhalten hatte, so grässlich entwertet worden war. Und als sie nun hörten, dass der Ladej dem Bunk keinerlei Vorwürfe gemacht hatte, waren sie damit mehr als zufrieden.

Doch der alte Munk konnte sich damit nicht allzu lange beruhigen. Bald begann es in ihm wieder zu kochen, und er ging immer schneller in der Stube auf und ab. Er sah eine immer armseligere Ruine vor sich, von dem, was er sein Leben lang aufgebaut hatte. Das Bunk'sche Anwesen war verloren. Zehn Enkel und Enkelinnen standen auf der Straße. Wo sollten sie sich hinwenden? Sollten sie als Knechte und Mägde in fremde Häuser in Dienst gehen? In die Fabrik, in dieses schwarze Ungeheuer, in dem er immer die Gefahr für den Bauernstand gesehen hatte? Was würde aus all dem werden? Sie würden Bettler sein, Landstreicher, Besitzlose, von denen es in Jamnica schon heute allzu viele gab. Sie würden die Armee dieser überflüssigen Schichte vergrößern, dachte der Munk. Die Umrisse seines Hauses auf der anderen Seite des Hofes, das er im Geiste vor sich sah und das noch immer an der alten Stelle stand, konnten ihn nicht mehr trösten. Sie waren nun zu einem Teil seiner Träume geworden. All das sank unter unfassbaren Umständen in sich zusammen. Wo ist der Staat? Wo ist Ordnung? Wo sollte der Mensch diese Begriffe hinstellen? Jetzt jagte den Bunk der Jelen, der Trunkenbold, früher hatte ihn der Tripalo verfolgt. Wo war denn der Unterschied zwischen dem einen und dem anderen? Gibt es den Unterschied, oder ist alles nur eine Täuschung …? Und all das kommt wie eine Lawine, die man nicht aufhalten kann.

Es kam ihm vor, dass er mitsamt dem Bunk in diesen Abgrund hinuntergerissen würde, und er begann zu zittern. Um die bösen Geister abzuschütteln, fing er laut zu klagen an:

»Was habe ich denn verbrochen, was habe ich denn gemacht, dass alles so gekommen ist? Habe ich nicht mein ganzes Leben so verbracht, wie es sich gehört, habe ich nicht gearbeitet wie ein Vieh, habe ich denn keine Almosen gegeben, habe ich nicht gebetet und bin ich nicht in die Kirche gegangen wie ein Christ …? Habe ich nicht immer zu jenen gehalten, die jetzt an der Macht sind, habe nicht auch ich geholfen, unseren neuen Staat aufzubauen? Ich habe gekämpft für ihn, gelitten, sogar eingesperrt war ich seinetwegen …Und alles zusammen wertlos. Alles zusammen hilft nicht. Für welche Sünden soll ich denn Buße tun? Das wüsste ich gerne!«

Der Alte begann zu fluchen, was bei ihm selten vorkam. Als er ruhig wurde, presste er die Fäuste zusammen, sah in der Stube um sich, als würde er jene furchtbaren Kräfte suchen, die an allem schuld waren und die er an den Hörnern packen wollte. Kraft und Aufmüpfigkeit flossen in seine alten Knochen. Eine Zeitlang starrte er so in die Wände und gegen das dunkle Fenster, hinter dem er die Hörner des verhassten Ungeheuers ahnte. Doch da er nichts wahrnahm, fiel sein Mut wieder in sich zusammen, und die Hände wurden schlaff. Mit verzweifelter Stimme seufzte er:

»Soll ich das tun, was mein Bruder, der Sečnjak, gemacht hat? Soll ich zum Pfarrer Virej gehen und ihm sagen: Ich glaube an nichts mehr. Der Teufel hat alles geholt …«

»Kreuz Gottes, fluche nicht, Munk!«, rief die Munkinja mit angstvoller Stimme.

Obgleich sie schon lange Auszügler waren, riefen sich beide zu wichtigen oder feierlichen Anlässen immer noch mit ihren alten amtlichen Namen.

Der Alte sah zur Frau hinüber, atmete tief durch und richtete sich auf. Er hatte den größten Schmerz, den er je im Leben empfunden hatte, aus sich hinausgepresst und war damit wieder ins Gleichgewicht gekommen. Mit leuchtenden Augen wandte er sich an den noch immer in Schweigen versunkenen Sohn:

»Bunk, es ist alles verloren …«

Das war alles, was er an dem Abend sagen konnte.

Der Bunk erhob sich langsam und verließ ohne eine gute Nacht zu wünschen die Auszüglerkeusche, ging in die dunkle Nacht hinaus und ließ die beiden Alten mit ihrem Unglück, das er ihnen in Häuschen gebracht hatte, allein zurück. Bald erlosch in Munks Keusche das Licht, doch der alte Munk schloss die ganze Nacht kein Auge.

*

Acht Tage lang rührte sich der alte Munk nicht aus dem Häuschen. Das Unglück mit seinem Sohn Bunk war unausweichlich, und da er selbst nicht helfen konnte, blieb er lieber mit seinen Gedanken allein. Auch in die Kirche ging er nicht, obwohl schon zwei Sonntage vorbeigezogen waren. Das war in seinem Leben selten vorgekommen. Er wusste, dass in Jamníca schon öffentlich gesprochen wurde, dass der Bunk bald auf der Tafel stehen würde. Deshalb mied er die Leute. Er fürchtete weniger die schadenfrohen Gesichter, von denen es nicht viele geben würde, sondern viel mehr das Mitgefühl der Menschen. Auch der junge Bunk zeigte sich in dieser Zeit nicht bei ihm. Vom jungen Munk hatte er jedoch erfahren, dass sein Sohn verzweifelt umherirrte und sich dem Trunk ergab, nebenher aber überall die Wirtschaft feilbot. Der Lukáč hatte ihm kürzlich hundertdreißigtausend für den Besitz angeboten; doch dann hatte er das Offert zurückgezogen, indem er behauptete, er würde zu viel bezahlen.

Der alte Munk machte aber inzwischen doch etwas für seinen Sohn: er versuchte die Mojtzka und ihren Mann zu überreden, Bunks Wirtschaft zu retten, wenn schon nicht für den Anza, dann dafür, dass der Besitz in Familienhänden verbliebe. Doch der Versuch misslang. Der junge Munk meinte, er traue sich nicht den Grund zu kaufen, da er nicht wüsste, von wo er das Geld hernehmen sollte. Er müsste den ganzen Wald schlägern bis zur letzten Anhöhe, wenn er das

Holz dann überhaupt verkaufen könnte. Auch ihn drückten die schlimmen Zeiten. Und dann sagte der junge Munk noch etwas, was er vor Jahren nicht gesagt hätte:

»Die Sache ist übrigens sehr unangenehm, denn es könnte jemand kommen und sagen, ich hätte dem Bunk seinen Besitz gerettet. Vielleicht würde mir das einmal sogar der Bunk selber vorwerfen, und wenn nicht er, dann vielleicht seine Kinder.«

Dem Munk erschien gerade der erste Gedanke bedeutsam, und so hörte er bald damit auf. Die beiden jungen Munks zeigten sich dabei jedoch sehr an dem langen Acker interessiert, der dicht hinter Munks Wald lag und zu den fruchtbarsten Teilen von Bunks Wirtschaft gehörte. Diesen Acker würden sie auf alle Fälle kaufen, und dann auch noch die Wiese nehmen, die an den Acker angrenze.

Den alten Munk schmerzte das mehr als der abgeschlagene Wunsch. Denn das bedeutete, dass über dem Bunk'schen Anwesen schon das Kreuz gemacht wurde und dass bereits die Geier in Stellung gingen, die diesen, seinen einstigen Körper zerreißen und in alle Windrichtungen forttragen würden. Wieder zog er sich ins sein Häuschen zurück und litt allein für sich. Dann kam ihm zu Ohren, dass sein Sohn beim Lukáč mit dem Tumpež um einen Acker gefeilscht hatte, der an dessen Grundstücksgrenze lag. Zum Kauf war es aber nicht gekommen. Als er hörte, dass sich sogar der Dovganoč um den halb verfallenen Schafstall unterm Wald bewarb, den er sich dann gerne zur Keusche umbauen wollte, hielt es der Munk zuhause nicht mehr aus. Mit blutendem Herzen machte er sich auf den Weg zum Bunk und sagte, kaum dass er eingetreten war, entschlossen:

»Poa, Sohn! Mag es kommen, wie es wolle, doch die Keuschen darfst du nicht aus der Hand geben.«

»Dann geht es halt auf die Versteigerung«, rechtfertigte sich der Bunk.

»Soll sein, wie es wolle, doch eines sage ich dir: Produzier' keine Keuschen!«

Der Sohn schwieg, der alte Munk aber begann ihm des Langen und des Breiten zu erklären, wie schädlich die Keuschen seien, indem er behauptete, eine Keusche auf dem Besitz sei wie eine Laus, die fresse und fresse. In früheren Zeiten seien Keuschen freilich etwas ganz anderes gewesen und ohne jede Gefahr. Damals mussten die Keuschler bei den Bauern arbeiten und sich ihr Brot verdienen, in den heutigen Zeiten sei aber eine Keusche nichts als ein Winkel für Kinder, voll der Unzufriedenheit und des Unglücks. Er sprach mit solchem Eifer darüber, als hätte er nicht nur vergessen, dass der Bunk nicht mehr Herr über seinen Besitz sei, sondern auch die Tatsache, dass der Bunk schon selbst mit einem Bein auf Keuschlergrund stehe.

»Wenn du schon musst, dann ist es besser und anständiger, du verkaufst den Grund, so wie er ist. Damit zusammenbleibt, was jahrhundertelang beisammen war«, schloss der Vater.

Der Bunk blickte ihn ungläubig an, als hätte er in einer unverständlichen Sprache zu ihm gesprochen. Wohl wissend, wie es um ihn stand und dass sein Schicksal schon besiegelt war, hatte er das Interesse an dem Besitz verloren, und ihm war einerlei, wenn er auch eine Ruine zurückließe. Von Interesse war für ihn, wieviel er beim Verkauf herausschlagen könnte, und dass möglichst viel vom Erlös für ihn übrig bleiben würde. Der Wunsch des Vaters erschien ihm fremd. Etwas gemahnte ihn zwar an die Anschauungen des Vaters, aber das lag in weiter Ferne und war überaus bitter.

»Der Munk hätte gern den langen Acker und die Wiese daneben«, sagte er nach kurzem Nachdenken.

»Gib es nicht her!«, rief der Vater. »Was ist denn die *Bunkovina* ohne den langen Acker, ohne den besten Grund, ich bitte dich schön! Wer kauft, soll alles kaufen und alles zusammen genießen. Gib nicht her ...«

Dem Bunk traten die Augen hervor. Der Vater hatte so hart und überzeugend gesprochen, beinahe bittend, als würde er über einen fremden Käufer reden, und nicht über die Tochter und den Schwiegersohn. Sein Glaube an den Grund, seine Liebe zur bäuerlichen Erde waren unumstößlich. Der Sohn musste erkennen, wie groß der Schmerz des Vaters über den Verlust des Bunk'schen Besitzes war. Auch ihm passte es nicht, dem jungen Munk jenen Acker zu geben, jedoch aus viel eigensüchtigerem Grund als dem Vater. Je schlechter es ihm nämlich erging, desto größer war seine Abneigung gegenüber dem jungen Munk, der sich trotz der schlechten Zeiten noch ganz gut hielt. Mit Genugtuung stellte er fest: »Vater, hier bin ich mit Ihnen einer Meinung. Dem jungen Munk gebe ich den Acker um kein Geld, lieber einem anderen als ihm.«

Der alte Munk dachte nach.

»Was sagt denn der Mudaf?«, wandte er sich dann an den Sohn.

»Nichts. Letztens hat er sich an mich gewandt: Wenn andere was bekommen, dann werde wohl auch ich das Meine erhalten.«

»Wieviel schuldest du ihm?«

»An die fünftausend.«

Der alte Munk hielt es nicht lange beim Bunk aus. Schweigend verließ er das Haus und machte sich auf den Heimweg. Es war ein schöner Tag. Jamníca war voll Frühlingslicht, und in Sonnenort und in Drajna sah man schon viele Bauern auf den Äckern pflügen. In Hoje war die Erde noch zu kalt dafür. Am nahen Hang leuchtete Mudafs Haus. Sein Glanz glich einem einladenden Lächeln. All die Schönheit empfand Munk nur aus einer gewissen Ferne, obwohl die Wirtschaft eng um ihn herum lag. Als er zur Kreuzung kam, wo der erste

Weg zum Munk ging, der andere aber zum Mudaf, führte ihn sein Fuß wie von selbst hinüber auf den Weg zum Mudaf.

Mit den Mudafs waren die Munks nie besonders gute Nachbarn gewesen. Es kam zwar zwischen den beiden Häusern niemals zum Streit, doch solange der alte Munk wirtschaftete, änderte sich das Verhältnisse weder zum Besseren noch zum Schlechteren. Beim Munk war der Reichtum zu Hause und das Anwesen hatte seinen unnahbaren Stolz. Beim Mudaf gab es diesen Wohlstand nie, und der alte Mudaf hatte es oft schwer gehabt. Vor Jahrzehnten hatte ihm der Munk sogar die Bürgschaft für ein Darlehen verweigert. Dann waren die Kinder herangewachsen, die brav waren und zu Hause blieben. Sie beschäftigten sich mit dem Fuhrwerken, verdienten daneben in den Jahren der guten Holzkonjunktur aber auch mit ihrem Sägewerk ganz gut. Sie halfen sich weiter, und als die Krise kam, waren sie besser gegen sie gewappnet als die Nachbarn.

Seit der Bunk in die Notlage geraten war, wurde der alte Munk gegenüber dem Mudaf noch misstrauischer. Im Stillen hegte er den Verdacht, der Mudaf lauere auf den Munk'schen Besitz. Er hatte keinen triftigen Grund dafür, doch sooft er dieses breite, helle Haus vor sich sah, kam der Verdacht in ihm wieder hoch. Als er das erste Mal gehört hatte, dass sich der Bunk auch beim Mudaf Geld geliehen hatte, war ihm das äußerst unangenehm. Doch da der Sohn immer beteuert hatte, dass ihn der Mudaf wegen der Schulden auf keine Art bedränge, konnte er nichts sagen, auch wenn er sich des Verdachts nicht erwehren konnte.

Auf den Weg zum Mudaf hatte ihn das Gespräch mit dem Sohn getrieben, bei dem er sich davon überzeugt hatte, dass dem Bunk'schen Anwesen das größte Unheil drohe, das einem Besitz passieren konnte: die Zerstückelung. Auf einmal waren ihm die Mudafs eingefallen. Er war davon überzeugt, dass sie sich im Stillen für den Grund interessierten, obwohl sie das nicht zeigen wollten. Der Verdacht, der ihn jahrelang gequält hatte, war nun für ihn mit einem Mal zu einer Art Rettung geworden. Der Bunk war seiner Überzeugung nach ohnehin schon verloren, aber die Wirtschaft als Ganze würde sich vielleicht retten lassen.

Langsam schritt der Munk den Hang hinauf zur flachen Anhöhe, wo das Haus der Mudafs stand. Er glich einem Menschen, an dessen Füßen mächtige Gewichte angebracht sind und der nicht richtig weiterkommt. Vor der Höhe blieb er stehen und wandte sich zurück Richtung Senke. Wie auf der Handfläche lag vor ihm die weit ausgebreitete Liegenschaft der Bunks. Er überblickte alle Äcker, so viele es ums Haus waren, alle Wiesen und Auen. Über all dieser Schönheit atmete der Vorfrühling. Der kleine Hang unterhalb des Wirtschaftsgebäudes war übersät von blühenden Glockenblumen, von denen es nirgends so viele gab wie beim Bunk. Unter dem Haus war ein Acker, wie geschaffen für den Kartoffelanbau. Daran schloss sich ein Feld, das Roggen tragen würde wie kein anderes. Dann kam eine Wiese, wo an die zehn Wagen mit Heu gemäht wurden. Dahinter wieder Äcker, wo der Weizen oftmals zwanzigfache Frucht trug. Dann erstreckte sich ein langer Acker, der größte beim Bunk, der jedes Jahr Korn gebar, auch wenn er einmal nicht gedüngt wurde. Und dann kamen wieder Wiesen, die von Quellen getränkt und nie von der Dürre heimgesucht wurden.

Wie verzückt schaute der Alte auf das Bild. Außer in den Augen war an der ganzen Gestalt von ihm kein Leben wahrzunehmen. Lange, leidenschaftlich und gierig tranken seine Augen, dann schlossen sie sich, und als sie sich wieder öffneten, waren sie feucht. Die früher zusammengepressten Lippen öffneten sich und begannen zu beben. Dann schüttelte sich der Mann und wandte sich schnell von dem Bild ab ...

Die kurzen Momente hatten genügt, um den Munk im Innersten davon zu überzeugen, dass er auf dem richtigen Weg sei. Von hier aus sahen die Mudafs schon wer weiß seit wie vielen Generationen auf das Bunk'sche Anwesen; sie sahen es, wenn sie morgens aufstanden, unter Tags bei der Arbeit, und wenn sie sich ausruhten und ihnen von der Arbeit der Schweiß von der Stirne rann; sie sahen es von früh bis spät. Es konnte nicht anders sein, als dass sich seine Konturen in ihr Blut und Gehirn eingeschrieben hatten. Die *Bunkovina* war etwas ganz anderes als die eigenen Furchen, auf denen hauptsächlich der Hafer wuchs, mit dem sie ihr Brot buken. Wer konnte wissen, ob es mit seinem Sohn nicht ganz anders gekommen wäre, wenn er ihn auf diese Furchen gejagt und ihm von hier aus den Besitz gezeigt hätte, ehe er ihn ihm übergab. So aber lebte der Bunk inmitten seiner Schönheit und wusste gar nicht, was er daran hatte.

Mit blutendem Herzen trat er beim Mudaf ein und sagte ohne Begrüßung zu seinem um zwanzig Jahre jüngeren ehemaligen Nachbarn:

»Mudaf, mein Sohn Bunk ist verloren; die *Bunkovina* musst nun aber du retten!«

Mudaf glaubte sich verhört zu haben. Er wusste, dass ihm der Alte nicht gewogen war, und auch, dass seine Absichten mit dem Bunk nicht ganz rein waren. Als er gesehen hatte, wie die Sache beim Nachbarn lief, hatte auch er seinen Topf zum Feuer gerückt, das zu glimmen anfing. In den letzten Jahren hatte er dem Bunk dann und wann einen Hunderter geliehen, sodass sich mit der Zeit ein gewisser Betrag angesammelt hatte, obwohl sein Anteil an der Gesamtsumme gering war und er erst ganz zuletzt zum angerichteten Mahl erschienen war. Die ganze Zeit über hatte er gehofft, dass sich sein Anteil vergrößern werde. Da aber das Ende der *Bunkovina* so überraschend schnell gekommen war, hatte er sich vorsichtig geduckt und war entsprechend seiner geringen Bedeutung im Hintergrund geblieben. Einfach so vom Fleck weg traute er sich nicht, die *Bunkovina* zu kaufen. Er fürchtete auch die öffentliche Meinung, die gewiss auf der Seite des Bunk stand, in Anbetracht dessen, dass derjenige, der sich den Grund aneignen würde, den Fluch von neun, in Bälde sogar zehn Kindern auf sich nehmen müsste. Deshalb tat der Mudaf so, als würde ihn die Sache nichts angehen.

Obwohl sein Verhalten bloßer Schein war und der Mudaf insgeheim auf der Lauer lag, hatte ihn der unerwartete Besuch des Munk sehr überrascht und beinahe erschüttert. Er kannte seinen Nachbarn und dessen Leidenschaft für den Bunk und das Bunk'sche Geschlecht, seine verbissene Liebe zur Erde und die Umsicht, mit der er sie stets zu verteidigen wusste. Deshalb konnte er auch gut einschätzen, welche Überwindung es den alten Munk gekostet hatte, sich für diesen Weg zu entscheiden. Er fühlte eine Art gnadenvolles Mitgefühl, das er bisher nicht gekannt hatte. Und indem er auf seinen Anteil am Kuchen jenseits des Grabens vergaß, rief er mit weicher Stimme aus:

»Was redest du denn, Munk! Es ist ja noch lange nicht so schlimm. Wenn der Bunk will, kann er sich noch aus allem herausarbeiten!«

Munk konnte weiche Stimme im Allgemeinen nicht ertragen, in diesem Augenblick aber noch weniger. Mudafs Weichheit erschien ihm mehr als Hohn denn als Mitgefühl. Aber auch Mitgefühl mochte er nicht. Mit harter Stimme wandte er sich an den Mudaf:

»Drisch kein leeres Stroh, Nachbar! Was ist, das ist! Du weißt es, und ich weiß es ... Sicher erscheint es dir seltsam, dass ich gerade zu dir gekommen bin, die wir einander im Leben zwar nicht wie Hund und Katze waren, aber uns auch nicht allzu gut leiden konnten. Ist es nicht so? Aber jetzt ist es ernst, und wir müssen das vergessen. Der Bunk'sche Besitz wird verkauft, und mir ist es nicht einerlei, wie er verkauft wird und wer ihn kauft. Ob ihn der Jelen kauft, ob ihn der Tripalo kauft, oder ob ihn einer der beiden anderen Jamníca-Schlaufüchse kauft, die auf der Lauer liegen – in jedem dieser Fälle ist es fast sicher, dass der Grund parzelliert wird. Keiner von denen wird den Bunk aus Liebe kaufen, sondern wegen des Gewinns. Schon jetzt melden sich verschiedene besoffene Dohlen ... Kauf ihn du, damit der Grund zusammenbleibt, wie er es jetzt ist ...!«

Beim Anblick von Munks starrem, doch leidenschaftlichem Gesicht, an dem sich nicht eine Bartsträhne bewegte, wurde der Mudaf beinahe von Grauen erfasst. Es schien ihm, dass ihn schon jetzt zehn solcher Gesichter wie das hier anstarrten und dass er sie sein ganzes Leben lang würde anschauen müssen. Wie sehr ihn auch der Gedanke an den Bunk'schen Grund reizte, so empfand er doch auch Angst. Deshalb sagte er:

»Ich trau mir das nicht zu! Ich werde ihn nicht kaufen ...«

Da mischte sich die Mudafica ein, die inzwischen dazu getreten war:

»Unser Bauer würde schon kaufen, doch was werden die Kinder sagen, was wird Jamníca sagen? Das sind üble Dinge, Munk ...«

Der Munk hörte nun das, was er schon geahnt hatte, und er spürte eine leichte, brennende Kälte, die er aber sofort abschüttelte, indem er neuerlich sagte:

»Mudaf, kauf den Bunk ...«

»Ich trau mich nicht. Du würdest mich verfluchen, der Bunk würde fluchen, und auch die Kinder ... Soll sich ein anderer die Seele schwarzmachen, ich werde es nicht tun! Ich werde auch ohne die *Bunkovina* leben!«

Seine Stimme war zwiespältig, teils verhohlen, teils ängstlich.

Da geschah etwas, was den Mudaf und seine Frau schauerlich berührte. Der Munk kniete sich auf einmal auf den bloßen Boden, hob die gefalteten Hände zum Mudaf und schrie mit verzweifelter, flehender Stimme:

»Wenn du ein Mensch bist, Mudaf, kauf den Grund, rette den Grund, rette ihn meinetwegen …!«

In der Stube wurde es unsagbar beengend. Der Munk kniete noch immer auf dem Boden und hob die Hände zu den Nachbarn empor. Seine hagere, härene Erscheinung mit dem weißen Kopf glich einem jener niedrigen, aus dem Gestrüpp ragenden Felsen, die es in Bunks Wäldern so zahlreich gab und die dort schon seit Urzeiten die Steilhänge vor den Erdrutschen und Erosionen schützten. Auch die Stimme, die durch den Raum schallte, war wie aus Fels. Die Mudafs sahen einander erschrocken an; der Mann blickte zur Decke empor, hierauf sagte er feierlich:

»Gut, deinetwegen sei es so. Wenn mich keiner verflucht, bin ich der Käufer …«

Ermattet, doch erleichtert erhob sich der alte Munk. Die Mudafs traten sogleich auf ihn zu und geleiteten ihn zum Tisch. Von der Sache, die ihnen bisher die Nerven zum Bersten angespannt hatte, sprachen sie nicht mehr. Die Mudafs waren innerlich froh und vergnügt, das erreicht zu haben, was ihr geheimer, sündigster Wunsch gewesen war, und sie hatten es auf eine Weise erreicht, dass Jamníca nichts Schlechtes sagen konnte. Der Tisch war bald voll von Speise und Trank, und Mudafs Familie kam in die Stube. Der alte Munk war wie verwandelt, er aß und trank und sprach mit jedem, als wäre er ein Angehöriger derselben Familie, und alle freuten sich, kramten und plauderten mit ihm, als wären sie seine Kinder.

*

Schon in der darauf folgenden Woche erfuhr Jamníca, dass der Nachbar Mudaf den Bunk'schen Grund um hundertachtzigtausend gekauft hatte. Das ganze Dorf war sich einig, dass er die Wirtschaft – eine der schönsten Besitzungen in Hoje – sehr günstig bekommen hatte, obgleich es in solchen Zeiten sehr viel Geld für einen Bauern war. Trotz des Wissens, unter welchen Umständen und zu welchen Bedingungen es zum Verkauf gekommen war, zuckte die Nachbarschaft die Schultern und sagte:

»Der Teufel mag wissen, ob das gut gehen wird! Neun Kinder sind beim Haus, das heißt, bald sind es zehn ...«

Der Munk forderte einen Vertrag, der es dem jungen Bunk erlauben würde, noch ein ganzes Jahr im Haus bleiben zu können. Diese Zeit würde genügen, dass er sich ein neues Zuhause fände, ein Haus irgendwo abseits von allem, wo er ein, zwei Kühe halten konnte. Der Käufer lehnte sich gegen diese Bedingung nicht auf, doch der Bunk selbst wollte davon nichts wissen.

»Was weg ist, ist weg«, stellte er fest. »Es ist besser für uns, dass wir so schnell wie möglich von hier fortgehen. Es wäre schlimm für mich, auf einem Stück Erde leben zu müssen, auf dem ich kein Glück hatte. Es würde mich schmerzen, und das Haus wäre wie ein Sarg für mich. Deshalb nur fort von hier ...«

»Wie du möchtest«, ergab sich letztlich sein Vater nachdenklich. Es schien ihm, der Sohn habe Recht und er hätte an seiner Stelle auch so gehandelt.

Die Bunk'sche Übersiedlung zog sich aber dennoch lange hin. Es war schon Mai, als eines Morgens vier Wagen auf dem Bunk'schen Hof standen, bereit, all das vom Hause wegzubringen, was dem Bunk nach fünfzehnjährigem Wirtschaften geblieben war. Der Munk kam mit zwei Pferdewagen, der Mudaf mit einem und auch der Pernjak mit einem Gespann.

Sie hatten schönes Wetter. Der Morgen war rein und klar, und auch die ganze Landschaft war wie frisch gewaschen. Am Grund der Jamníca-Wanne zogen leichte Nebelfetzen, während die Hügel im Sonnenlicht glänzten. Die fernen Berge, welche die Landschaft im Halbkreis umgaben, verstellten unbeweglich den Horizont. Der Schnee auf einzelnen Höhen büßte seine strahlende Farbe ein, bis auch er unvermerkt mit der Helligkeit des Frühlingstages verschmolz. Im Süden wachte der Berg, der ewige Nachbar der Jamnitscharen. Wegen der unmittelbaren Nähe war sein Antlitz nicht so verträumt wie das Bild der entfernten Berge am Horizont; seine Anhöhe war mit grauem, schmutzigem Schnee bedeckt, die Hänge waren aber noch immer von rostiger Farbe, denn die Lerchen und Buchen hatten noch nicht ausgetrieben. Es war, als lauschte sein Haupt erst dem neuen Leben, das sich zu seinen Wurzeln abspielte, die sich über Hoje hinauswölbten, in der Jamníca-Senke versanken und dort hervorkamen, wo Drajna und Sonnenort aufragten.

Auf Bunks Feldern glitzerte der Tau, und das Frühjahrsgrün entspross der ausgeruhten Erde, soweit das Auge reichte. Ein Feld war von dunkelgrüner Farbe, dort wuchs der Winterroggen. Die Bäume rund ums Haus hatten schon kräftig ausgeschlagen. Noch ein paar schöne Tage, und der Obstgarten würde sich in einen Paradiesgarten verwandeln. Nach dem Graswuchs und dem Keimen der Saat, nach dem Treiben des Obstes zu urteilen, kündigte sich ein fruchtbares und reiches Jahr an.

Der Bunk hatte seinen Vater nicht zur Übersiedlung geladen, deshalb wunderten sich seine Frau und er nicht wenig, als der alte Munk schon in aller Frühe mit seinem Schwiegersohn zum Haus kam. Der Mann wusste selbst nicht, was ihn dorthin trieb. Die alte Munkinja hatte ihn in der Frühe davon abzuhalten versucht, zum Bunk zu gehen, da er schwächlich sei und sich leicht beim Aufladen überheben könnte. Das war aber nur ein Vorwand gewesen, denn sie fürchtete, die Trauer könnte dem Alten schaden, die ihn beim letztem Akt des Bunk'schen Unglücks überkommen würde. Der Mann gab ihr keine Antwort, sondern ging dorthin, wo ihn eine seltsame, unsichtbare Kraft hinzog. Auch er selbst fühlte, dass es besser wäre, nicht in die Nähe des Bunk zu gehen, sondern irgendwo anders hin. Doch er konnte der Kraft, die ihn zu dieser Szene hinzog, nicht widerstehen und ergab sich ihr mit dem leidenschaftlichen Gefühl eines krankhaften, rebellischen Trostes.

Der Munk war der Erste, der nach dem zögernden, abwartenden Herumstehen der Fahrer ausrief:

»Na, gehen wir's an? Was warten wir denn noch ...?«

Dann half er ruhigen Blutes beim Aufladen der Möbel und hatte dabei alles im Auge, bemerkte alles und gab sozusagen die Linie vor. Der Bunk und die Fahrer gehorchten ihm schweigend. Alle ahnten, dass im Herzen des Alten ein furchtbarer Schmerz brannte. Sie waren daher ihm gegenüber voller Rücksicht und beinahe kindlich folgsam.

Die Wagen waren schon beinahe vollgeladen, es wurden nur noch die letzten Gegenstände aufgelegt. Der Bunk wollte die Wiege ergreifen, die noch auf dem Boden stand und auf einen der ersten Wagen geladen werden sollte, die in einer Kolonne auf dem Hof standen. Da sprang der alte Munk hinzu und rief:

»Nein, die Wiege kommt auf den letzten Wagen, immer auf den letzten Wagen ...«

Er ergriff die Wiege, riss sie seinem Sohn aus den Händen und trug sie selbst zum hinteren Wagen. Mit unglaublicher Leichtigkeit hob er sie empor und legte sie auf die anderen Möbel hinauf, obwohl sie einiges an Gewicht besaß. Auf diesem Wagen machten sie dann – auf seinem Geheiß – Platz für die kleineren Kinder, die noch nicht gehen konnten.

Ehe die Wagen nicht ganz voll beladen waren, hatte der alte Munk weder für den Bunk noch für die Kinder Zeit erübrigt, obwohl sie stets um ihn herum geschwärmt waren. Erst als alles aufgeladen war und die Wagen auf die Abfahrt warteten, dachte er auch an sie. Doch auch jetzt verriet er nicht, dass ihn der Anblick der großen Familie schmerzte, nur seine Lippen zeigten es, die sich auf einmal so zusammenpressten, dass auf seiner Stirn eine große Falte entstand, ein grauer Riss.

Die Bunkinja war an diesem Morgen ungewöhnlich still und ruhig. Ihrem eingefallenen Gesicht und ihrem Gang war es anzusehen, dass die Zeit für das zehnte Kind immer näher rückte und dass sie in wenigen Tagen niederkommen würde. Dennoch hatte sie beim Siedeln geholfen. Inmitten der Kindertraube wirkte ihre Erscheinung noch mütterlicher, noch breiter und fruchtbarer. Ihr Verhalten war so unbefangen und heimisch, als würde sie das alles nicht erleben, was um sie herum geschah. Sorgsam suchte sie das Küchengeschirr in den Winkeln zusammen und trug es zum Wagen, und als sie Brotschaufel, den Bartwisch aus Mistelzweigen und anderes Werkzeug zwischen die Gegenstände auf dem Wagen schob, glich sie einer Frau, die mitten in der Haushaltsarbeit ruhig das Brot einschießt. Aus ihr atmete eine einzige große Kraft, die Kraft ihrer Mutterschaft, die noch nicht verausgabt war, für die sie beim Bunk zuallererst gesorgt hatte und auch überall anders sorgen würde.

Am Morgen der Übersiedlung waren die Bunk'schen Kinder zugleich mit dem Vater und der Mutter aufgestanden. Sogar der Jüngste, der noch keine zwei Jahre zählte und noch einen schwerfälligen Gang hatte, sprang rasch aus der zu eng gewordenen Wiege, in der er noch immer hatte schlafen müssen. Jedes Bunk'sche Kind lag so lange in der Wiege, als ihn nicht ein neuer Bunk oder eine neue Bunkinja von dort vertrieb. Für die Kinder unter zehn Jahren war das Übersiedeln ein aufregendes Erlebnis. Zwischen den wegzubringenden Gegenständen und Möbeln entdeckten sie manches interessante Ding, ehemals verlorenes Spielzeug, sodass sie bald die Hände voll von diesem Tschatsch [Kram] hatten und für ihn auf dem Wagen kaum mehr Platz finden konnten. Den Kindern, die älter als zehn Jahre waren, merkte man aber an den Gesichtern einen düsteren Zweifel an, der sie nicht einmal zwischendurch, wenn sie lachten, ganz verließ.

Das tote Mobiliar war bereits auf den Wagen und nun musste man noch die lebendige Fracht verladen. Das kam auf den letzten Wagen, wo auch die Wiege und der Strohsack waren. »Kinder, alle zusammen, jetzt ist es so weit!« rief Bunk mit abwesender Stimme und stellte sich zum Wagen. Neun Kinder standen um ihn herum und achtzehn Augen sahen ihn fragend an, indem sie sich zu ihm drehten. Die Mutter stand mit hängenden Armen neben dem Wagen.

»Afra, Kleine, schnell in die Wiege!«, rief der Bunk und hob die bloßfüßige Jüngste vom Boden und setzte sie hoch in die Wiege hinauf. Das Mädchen ruderte mit den Armen und lachte fröhlich vom Wagen. Der Bunk schaute in die Traube von Kindern und überlegte, welches er als Nächstes hinaufheben sollte.

»Ančka, jetzt bist du an der Reihe!« rief er und hob nicht das achte, sondern das siebente Kind hinauf zur Wiege und sagte:

»Du bist schon vernünftig und wirst auf die kleine Afra aufpassen, damit sie nicht herabfällt.«

»Tonček!«, rief der sodann und setzte das achte Kind auf den Strohsack.

»Martin!« Das fünfte Kind lachte vom Strohsack.

»Mojcika!« Das sechste Kind saß auf dem Wagen. Dann wandte er sich an die übrigen Kinder:

»Genug, ihr anderen werdet hinten nachgehen!«
Da streckten sich ihm noch drei Paar Hände entgegen.
»Nein, wir fahren, auch wir möchten fahren!«
»Na, dann soll's halt so sein!«, sagte der Vater und ergriff das nächste Kind:
»Pepa!« Auf dem Wagen saß das vierte Kind.
»Anza!« Das dritte Kind kam auf den Wagen.
Auf dem Boden standen noch das zweite und das älteste Kind. Als sich der Vater, in seine Arbeit vertieft, zu ihnen wandte, traten beide zugleich zurück und sagten:
»Nein, wir beide gehen!«
Lenčej, der älteste Sohn, meinte: »Ich werde die Movra treiben!«
Die um anderthalb Jahre jüngere Lonica aber sagte:
»Und ich die Lämmer.«
Jetzt war alles aufgeladen, was dem Bunk gehörte. Nun musste man noch in den Stall ums Vieh. Dort warteten zwei Kühe, die Movra und die Bavha, und drei junge Schafe. Das übrige Vieh hatte der Bunk entweder schon verkauft oder woandershin zum Füttern verbracht. Der Bunk trieb die Kuh Bavha aus dem Stall; der Lenčej die Movra; ihnen beiden folgte die Tochter Lonica mit zwei Schafen und einem Lämmchen.
»So, nun sei es, in Gottes Namen!«, sagte der Bunk mit erhöhter Stimme.
Doch die Gespanne standen noch still, da der erste Fahrer, der Mudaf, das Kummet des Pferdes ordnete. Es entstand eine kurze, quälende Pause. Auf einmal wurde diese Stille von dem durchdringenden Schrei der Bunkinja durchbrochen. Sie war die ganze Zeit still gewesen, obwohl ihr das Herz brach vor Schmerz über das verlorene Zuhause und die Sorge um die ungewisse Zukunft. Als sie das letzte Mal zum leeren Haus zurückgeschaut hatte, konnte sie es nicht mehr

zurückhalten: sie weinte auf wie noch nie in ihrem Leben. Als die Kinder die weinende Mutter sahen, begannen auch sie zu heulen, zuerst jene in der Wiege auf dem Wagen, dann jene auf dem Strohsack, und schließlich noch die beiden beim Wagen. Die unstillbare Klage erfüllte den leeren, toten Anger vor dem Haus, sie tönte hinaus übers Feld, hallte vom Wald wider und kehrte noch verzweifelter und schmerzlicher dorthin zurück.

Da begannen auch die Kühe zu muhen ...

Der Bunk war zuerst erstarrt. Auch ihm war es nicht leicht ums Herz, und die Trauer, die ihn seit dem Morgen in der Kehle drückte, vertrieb er mit einer beständigen gespielten Gleichgültigkeit und durch seine Schreierei beim Verladen der Möbel. Nun aber hatte es den Anschein, als würde es auch ihn hinwerfen. Die Augen wurden ihm feucht, sodass er für einen Augenblick alles aus dem Blickfeld verlor, die Familie, das Gespann, den Hof, und dann schrie er mit überlauter Stimme:

»Mudaf, worauf wartest du denn, so fahr schon endlich los!«

Und der erste Wagen rumpelte dahin.

Der alte Munk hatte sich schon zu dem Zeitpunkt ins Haus verzogen, als man das Vieh hinaustrieb. Den ganzen Morgen war er hart und widerständig gewesen und hatte schon im Voraus alle Gefühle der Weichheit und der Trauer unterdrückt, die nun wieder hervorkamen. Als der Sohn die Kinder auf den Wagen gehoben hatte, hatte er es nicht mehr ertragen können und war entwichen. Das Haus war leer, nackte Wände starrten ihm entgegen, nur im Wohnzimmer waren nach alter Gewohnheit der Tisch im Eck und das Kreuz darüber zurückgeblieben. Diese zwei Dinge durften nie aus einem Bauernhaus hinaus. Auf dem Flur lagen zwei alte Besen überkreuz; sie hatte die Bunkinja dorthin gelegt, um dem alten Brauch Genüge zu tun und die bösen Geister zu bannen, bevor die neuen Bewohner ins Haus kämen. Überall roch es nach Staub, nach Feuchtigkeit, und da und dort schlug ihm noch der Geruch der Kinder entgegen, den der Alte tief einatmete. In jedem Raum hielt er sich ein paar Minuten auf, ließ die Augen über die kahlen Wände schweifen, als suchte er etwas, was von seinem Geschlecht noch im Hause bleiben müsste. Doch alles war leer und tot.

Als er die unteren Räume durchschritten hatte, trugen ihn die Füße unters Dach hinauf. Er wollte allein sein. Der düstere Dachboden war ihm angenehmer als die hellen Räume im Erdgeschoss. Durch die Ritzen zwischen den Brettern sickerten sonnige Streifen, in denen dichter Staub flimmerte. Auch der Dachboden war leergeräumt, dennoch lag auf dem Boden und in den Winkeln noch allerlei alter, unbrauchbarer Kram, welchen die Bunks zurückgelassen hatten. Der alte Munk starrte in das Gerümpel. Plötzlich blieb sein Blick auf einem verstaubten Spinnrad im Winkel ruhen. Er kannte es. Es war das Spinnrad seiner Familie, schon einige hundert Jahre alt, das die Bauernfrauen von ihren jeweiligen Vorfahren geerbt hatten. Seine Mutter hatte noch auf diesem Spinnrad gesponnen und auch seine Frau hatte es in früheren Jahren noch verwendet, wohl eher aus Rücksicht auf sein ehrwürdiges Alter als wegen seiner Handlichkeit. Bei der Übergabe der beiden Anwesen hatte Munk das Spinnrad zum Bunk getragen, um zu zeigen, dass er das Vermächtnis seiner Familie vom Munk zum Bunk trage.

Eine geheime Kraft zog ihn zum Spinnrad. Alles war noch so wie einst, Rad, Spindel, Schiffchen, Pedale und Spule; nur dass alles voller Spinnweben war. Der alte Munk blickte versonnen auf das staubige Gerät, und auf einmal schien es ihm, er sähe zwischen dem Gespinst der Spinnweben unzählige bleiche Hände; jene seiner Vorfahren, junge und alte

Hände, seiner Großmütter und Urgroßmütter, die auf diesem Gerät Kreuzstiche und Totentüchlein für seine einstige Familie gesponnen hatten. Auf diesem Spinnrad war die Hartnäckigkeit und Kraft der Bunks gewoben worden. Solange dieses einfache Gerät gearbeitet hatte, waren alle Bunks noch gut gekleidet, je mehr es aber ruhte, desto schlechter angezogen waren sie gewesen. Für den Alten verkörperte dieses Gerät die Kraft und den Ruhm seines Geschlechts. In seiner Verbohrtheit und seinem Vertrauen in die guten alten Zeiten konnte er nicht verstehen, dass es nur mehr die bloße Erinnerung daran war …

Plötzlich bückte er sich, ergriff das Spinnrad, hob es, so wie es war, auf seine Schultern und trug es vom Dachboden hinunter. Er war davon überzeugt, dass es die Bunkinja hier auf dem Dachboden vergessen hatte und dass er es ihr geben müsse. Gerade in diesem Moment hatte sich auf dem Hof das verzweifelte Weinen der Bunkinja und ihrer Kinder erhoben. Nun, da es keine Zeugen mehr für seine Schwäche gab, überließ sich auch er seiner Trauer. Er lehnte sich an das Treppengeländer und schluchzte …

Er schluchzte lange und stand an das Geländer gelehnt, als von draußen bereits die Rufe der Fahrer zu hören waren, und sich ins Weinen das Rumpeln der Wagen mischte, die sich nach und nach entfernten. Da fuhr er auf und trat, ohne sich die kargen Tränen aus den Augen zu wischen, rasch aus dem Haus. Im Vorbeigehen sah er die Mudafica und ihre Tochter, die sich nicht getraut hatten, zum Haus zu kommen, solange sie noch die alten Besitzer dort vermuteten, und die sich erst jetzt langsam hierher wagten. Doch der alte Munk kümmerte sich nicht um sie, sondern eilte mit dem Spinnrad den Wagen hinterher, so schnell ihn die Beine trugen. An der Wegbiegung konnte er sie noch erblicken und schrie ihnen vom weitem nach:

»He, wartet, das hier habt ihr vergessen ...«

Auf der Straße unterhalb des Hofes hörte man die undeutlichen Stimmen der sich entfernenden Familie, die ihn offenbar bemerkt hatte:

»He, hört zu, ihr habt das Spinnrad vergessen ...!«, wiederholte der alte Munk mit kräftiger Stimme.

Da hörte man von der Tiefe des Grabens ein Lachen, darauf die Stimme des Sohnes, der beinahe schon wie im Hohn zurückrief:

»Vater, lasst diesen Satan, der ist ja für nichts mehr gut ...«

Da der alte Munk wegen des lauten Rumpelns der Wagen den Sohn nicht hörte, rief er immer wieder:

»Wartet, wartet! Ihr habt das Spinnrad vergessen ...!«

Die Wagen entwichen, und der alte Munk lief ihnen vergebens hinterher. Bei jedem Schritt schien ihm das brüchige und leichte Gerät auf seinen Schultern schwerer zu werden, und je weiter sich die Wagen entfernten, desto mehr verspürte er dessen Gewicht. Es war, als ob der Munk nicht das leichte Spinnrad tragen würde, sondern das steinerne, schwere Denkmal der Vergangenheit. Bald begann er vor Schwäche zu zittern, ehe er nicht vollkommen kraftlos wurde und auf die Erde sank.

Fünftes Kapitel

Podjuna geht baden

Durch Jamníca brauste es, als wenn der Sturmwind lose Blätter durch die Gegend blasen würde.

»Die Firma *Podjuna*« ist baden gegangen.

Podjuna, das größte Holzhandelsunternehmen in Jamníca, hatte seine Zahlungen eingestellt.

Die Stimme schlug an Munks Hausschwelle, und von ihr tönte es zurück:

»Fünfundzwanzigtausend ...«

Dann knallte sie an Pernjaks Hausschwelle und schmetterte zurück:

»Zwanzigtausend ...«

Von dort lief die Stimme zum Zabev, zum Ložékar, zum Kupljènik, zum Stražnik, zum Podpečnik, Obad, Gradišnik und noch zu manch anderem Haus in Drajna, Hoje, Sonnenort, und von allen Seiten kam das Echo:

»Bei mir sind es zehntausend, bei mir fünftausend ... bei mir sind es fünf Fuhren Holz, bei mir zehn, bei mir nur drei ...«

Der Widerhall solcher Worte klopfte nicht nur an die Türen der Bauern, sondern auch an die Fenster der schmalen, einsamen Keuschen, wo der Dovganoč lebte, der Bajnant, der Cofel Peter, der Gačnikov Zenz und andere Zimmerer aus Jamníca. Und von dort kam es zurück:

»Ich habe Geld für dreihundert Kubikmeter zu bekommen ... ich für vierhundert, ich für fünfhundert ....«

Als die Stimme ganz Jamníca durchlaufen und sich die Echos von allen betroffenen Häusern und Hütten vereinigt hatten, erhob sich über dem Talbecken ein wunderlicher und schmerzlicher Schrei:

»Dreihunderttausend, vierhunderttausend ...«

Ähnlich wie in Jamníca widerhallte es auch im ganzen Tal, im ganzen Bezirk, nur dass die Antwort, die von allen Seiten kam, voller Schrecken war, ein Stoßseufzer:

»Zwei Millionen, drei Millionen, vier Millionen ...«

Die Botschaft, die ganz Jamníca auf die Beine brachte, klang allzu unglaublich. *Podjuna* war ein Unternehmen, das nach dem Krieg im Holzhandel eine Art Monopol innehatte, was das Tal betraf; es wirtschaftete mit Millionen, beschäftigte einige Hundertschaften an Arbeitern oder setzte sie als Vermittler und Zwischenhändler ein; seine unsichtbaren Krallen vergruben sich in Hunderte Bauernhöfe, und kein Graben war ihm zu weit entfernt, dass seine Axt nicht hingelangt wäre. Nie hatte man etwas davon gehört, dass der Gesellschaft *Podjuna* das Geld ausgegangen wäre, und ein Bauer, der etwas Wald besaß, konnte dort sehr leicht einen Vorschuss erhalten. In den letzten Jahren, seit die Krise regierte, hatte sich der Umsatz tastsächlich verringert, und das dampfbetriebene Sägewerk lag oft wochenlang still. Das Lager war randvoll mit Brettern und Blochen, sodass man dort nicht einmal einen Wagen umwenden konnte. Doch das war eine alltägliche Erscheinung, von der man noch nicht auf etwas Negatives schließen konnte. Die Mitglieder der Aktiengesellschaft *Podjuna* waren lauter angesehene Leute, Großhändler, Kaufleute, Grundbesitzer, die sich zu einer starken Gesellschaft zusammengeschlossen hatten.

Es schien, als sei es im Holzhandel zu einem gewaltigen Stau gekommen, doch der Zusammenbruch der Aktiengesellschaft *Podjuna* bewies, dass der Umsatz dennoch beträchtlich gewesen war, ansonsten wären nicht diese Summen zusammengekommen, allein was Jamníca betraf.

Viel Jamnitscharen sprachen ihre Zweifel laut aus:

»Es kann nicht stimmen! Was ist mit dem Obertauč ... was ist mit dem Koroš, dem Začen ...? Das sind lauter Reiche! Die sind noch immer da!«

Und als hätten sie sich verabredet, machten sich jene Jamnitscharen schon am darauffolgenden Morgen nach Dobrije, zur *Podjuna*, auf und wollten wissen, was es mit der Sache auf sich habe. Der Munk nahm die Abkürzung über den Sonnenort, und schon auf halbem Wege holte er den Zabev ein.

»Wohin gehst du denn?«, fragte er mit gespielter Unbekümmertheit.

»Dorthin, wohin auch du unterwegs bist ...«

Vor dem Marktflecken holten sie noch den Obad ein, der sich ihnen anschloss. Schweigend näherten sie sich ihrem Ziel. Es war noch früh, und über dem Tal lag ein feuchter Nebel. Das Wetter war öde und verstärkte die trüben Gefühle. An dem einen Ende des Ortes lag das riesige Areal der Gesellschaft *Podjuna* mit dem Sägewerk, das zeitweise Tag und Nacht die angelieferten Holzstämme in sich verschlungen hatte, um sie auf der anderen Seite als Bretter auszuspeien. Heute war die Säge leichenhaft still. Von der anderen Seite des Ortes, wo in der Schlucht die Fabrik stand, hörte man das Schlagen einiger Hämmer. Das war das einzige Geräusch, das an diesem Morgen das Tal belebte.

Vor der Firma *Podjuna* standen schon zahlreiche Leute, als die ersten Jamnitscharen eintrafen. Unter ihnen waren sogar einige Bauern aus entlegenen Gebieten, aus Koprivna, Topla, Javorje. Sie hatten von zuhause hierher einen Weg von vier, fünf Stunden zurückgelegt. Beim Anblick dieser Menge wurde es jedem Zweifler klar, worum es ging.

Während an den Tagen zuvor das Büro pünktlich um acht

Uhr aufgemacht hatte, sperrte es der Buchhalter an diesem Tag erst gegen neun auf. Als er die vor dem Tor versammelte Menge gewahrte, rief er ungewollt aus:

»Ihr seid ja immer mehr ...?«

Seine kalte Stimme durchschnitt die Luft wie ein Messer. Niemand antwortete ihm, doch alle drängten Richtung Flur. Obwohl der Vorraum sehr weitläufig war, konnte er doch nicht alle Wartenden aufnehmen; einige mussten sich an der Tür anstellen.

Der Buchhalter war in großer Verlegenheit und wusste nicht so recht, was er mit den Bauern anfangen sollte, die sich im Flur und vor der Türe immer lauter Luft machten. Immer neue Gläubiger kamen hinzu. Er war auf alle möglichen Schwierigkeiten gefasst, doch so einen Ansturm und eine derartige Gereiztheit hatte er nicht erwartet, so wenige Tage nach Bekanntwerden der Insolvenz des Betriebs. Die Bauern waren wie die Hornissen. Es schien ihm das Beste, die Türe aufzumachen und den Bauern zu sagen, ihr Unmut und ihr Zorn gehe ihn nichts an, und dann die Türe wieder zu verschließen. Doch sein Standesdünkel erlaubte es ihm nicht. Er musste auf seinem Platz ausharren. Verzagt sah er auf den Schreiber, der steif da saß. Im Flur wurde es immer lauter. Was für ein Unterschied zu den Bauern von einst! Früher hatten dieselben Menschen ganze Stunden im Flur verbracht und ruhig darauf gewartet, dass sich ihnen die Türe öffnen würde. Nun hört er ein Geschiebe, und eine Stimme rief:

»Worauf wartet ihr denn dort drinnen? Ich bin schon die ganze Nacht auf den Beinen!«

Das waren die Leute aus Koprivna, die bis Dobrije einen Fußmarsch von gut fünf Stunden hatten.

Der Buchhalter musste sich letzten Endes für irgendetwas entscheiden. Er schnitt ein freundliches Gesicht, öffnete die Türe und trat vor die Bauern hin. Als er aber zu reden anfangen wollte, fiel ihm nicht das Richtige ein, und so verschwand er sofort wieder. Die Bauern drängten ihm nach und füllten das Büro. Jene, die früher vor dem Haustor gewartet hatten, konnten nun in den Flur. Zehn Gesichter richteten sich auf den verschreckten Beamten, der nach einiger Zeit sagte:

»Wir müssen miteinander auf einen grünen Zweig kommen ...!«

Da ihm niemand widersprach, sagte er:

»Regt euch nicht auf, meine Herren! Das Unternehmen hat zwar die Zahlung zeitweise eingestellt, das bedeutet aber nicht, dass Sie das Geld, das Ihnen zusteht, nicht bekommen werden. Die Krise ... «

Der Buchhalter war überzeugt, er werde die Bauern unter Kontrolle bekommen, doch da rief jemand vom Flur her:

»Wir sind nicht Herren, wir sind Bauern ...«

»Die Krise hat auch uns nicht verschont ...!«, versuchte der Buchhalter fortzusetzen.

»Wir wollen Geld, unser Geld ...!«

»Wir haben Millionen verloren, sonst wäre es nicht so weit gekommen«, erläuterte der Buchhalter rasch und überhörte den Zwischenruf. »Der nunmehrige Zustand wird jedoch nicht lange andauern. Sobald die Sache bereinigt ist, werden wir weiterarbeiten. So ein großes Unternehmen geht nicht so schnell zu Grunde. Das brauchen Sie nicht zu glauben! Ihr seht doch, dass das Vermögen da ist. Das Sägewerk, das volle Lager. Bald kommen bessere Zeiten.«

Die Bauern hörten ihm eine Zeitlang ganz ruhig zu, in der Hoffnung, zu erfahren, was der Grund für die Notlage sei. Als sie aber merkten, dass der Buchhalter nur so in den Tag hineinredete, um sie zu beruhigen und auf elegante Weise loszuwerden, wollten sie ihm nicht mehr zuhören; und plötzlich entstand ein Wirbel.

»Das ist nichts, alles zusammen nichts! Sagt uns lieber, wie es wirklich steht ... Wann bekommen wir unser Geld ...?«

»Werden wir es überhaupt bekommen, oder ist es schon verloren ...?«

»Sind wir deswegen um Mitternacht aufgestanden und waren sechzehn Stunden unterwegs, damit wir jetzt verlieren, was uns gehört? Haben wir uns dafür zugrunde gerichtet, und unser Vieh?«, riefen die Bergbauern.

Der Buchhalter schnaufte.

»Wartet, mit allen zugleich kann ich nicht reden!«

Seine Worte waren in dem Lärm kaum zu hören. Einige schrien:

»Wo ist der Obertauč?«

»Wo ist der Koroš, der Začen und die anderen?«

»Mit ihnen wollen wir reden, den Aktionären ...!«

»Wollt ihr nun schon auf diese Weise weitermachen ...?«, rief jemand ganz außer sich.

Jene im Hausflur drängten nun noch entschiedener in die Schreibstube. Der Buchhalter merkte, dass er so nicht weiterkam, deshalb gab er dem Ganzen rasch eine neue Wendung:

»Was wollt ihr von mir? Ich bin ein gewöhnlicher Angestellter. Ihr kennt mich alle gut. Habe ich irgendwem etwas getan, jemandem einen Schaden zugefügt? Niemals! Gebt also Frieden, damit wir uns so unterhalten können, wie es sich gehört. So hat es ja keinen Sinn ...«

»Geld, unser Geld ...!«

Es waren die Jamnitscharen, die ihn neuerlich unterbrachen. Der Buchhalter nahm eine Gruppe von Männern wahr, die ihn hasserfüllt anstarrten. Die Jamnitscharen waren bekannte Unruhestifter, und deshalb wandte er sich direkt an sie:

»Jamnitscharen, all das ergibt keinen Sinn. So können wir uns leicht bis zum Abend streiten und werden doch zu keiner

Einigung kommen. Lasst es euch erklären! Ihr seid ja nicht die einzigen, was sollten jene aus Koprivna sagen, aus Javorje, Sele und von anderswo ...?«

»Gut, wenn es schon so ist, dann erklärt uns, wie die Sache steht und was wir tun sollten, dass wir zu unserem Recht kommen!«, sagte der Obad.

Die Bauern schwiegen und starrten den Buchhalter wissbegierig an.

»Wie ich euch schon gesagt habe. Wartet, dass die Sachen in Ordnung kommen und wir sehen werden, wo wir stehen, dann werden wir euch zusammenrufen. Wenn die Krise mit heutigem Tag zu Ende geht, bekommt ein jeder das Seine ...«

Mehr brachte der Angestellte nicht heraus, denn schon diese Erklärung kostete ihn eine Menge Angstschweiß, der ihm über die angespannte Stirn floss. Halblautes Murmeln war die Antwort, doch immerhin stellte sich eine gewisse Beruhigung ein. Die Mehrheit ergab sich in ihr Schicksal.

»Also gibt es wirklich kein Geld?«, fragte der Pernjak.

»Nicht einen Groschen«, antwortete der Angestellte.

»Auch dort drinnen nicht ...?«

Die Bauern drehten sich nach diesen Worten zum Zimmereck, wo die breite, eiserne Kassa stand, und blickten sie an wie ein fremdes Wunderwesen. Sie gedachten der Zeiten, als sie ins Büro gekommen waren und sich das Wunderding mit einem langgedehnten Seufzer geöffnet hatte, dann waren volle Fächer mit Geld zu sehen gewesen. Über ihre Gesichter ging ein Schatten von Misstrauen, und während des Schweigens, das nun entstand, schien es, als hörte man das Arbeiten der Gehirne, von wo der Gedanke emporstieg, ob man dieses Wunderwerk nicht zerschlagen und sich seinen Inhalt ansehe sollte.

Die quälende Angespanntheit wurde von der Frage unterbrochen:

»Und wann wird das sein …?«

»Gewiss in acht Tagen, oder in zwei Wochen …«, beeilte sich der Buchhalter zu versichern, wohl wissend, dass er log.

»Gut, wenn es aber nicht so ist, dann werden wir in zwei Wochen wieder hier sein, doch dann sprechen wir in einer anderen Tonart …«

Mit dieser Androhung verließen die Bauern langsam das Büro und den Flur und gingen auseinander. Wegen des Zornes machten sie sich aber nicht sogleich auf den Heimweg, obwohl es ein Werktag war, sondern teilten sich auf die Gasthäuser von Dobrije auf und begannen zu trinken. Auch die Jamnitscharen machten es so und tranken bis in den späten Nachmittag in dem Gasthaus, bei dem sie gewöhnlich einkehrten. Dann gingen sie wieder gemeinsam Richtung Jamníca. In ihrer Begleitung waren noch einige Leute aus Sele, welche die gleiche Notlage ertränkt hatten wie die Jamnitscharen. Es dämmerte bereits, als sie zu Černjaks Gasthaus kamen.

»Gehen wir noch hinein!«, schlug der Ložékar vor.

»Da hinein gehe ich nicht!«, beteuerte der Pernjak Tevžej, der jetzt schon der Hofbesitzer in Drajna war.

»Wozu sich so anstellen!«, knurrten einige der Bauern. »Solche Dinge muss man vergessen! Glaubst du, der Černjak hat nicht darauf vergessen?«

Und wirklich trat die ganze Gesellschaft ins Gasthaus ein. Der Černjak war zwar ein wenig überrascht, als er nach so langen Jahren zum ersten Mal wieder den Pernjak in seinem Haus sah, doch sein Gesicht zeigte keinerlei Hass. Es dauerte nicht lange, und die einstigen Gegner sprachen miteinander. Pernjak war so gerührt, dass er ganz groß einlud und schrie:

»Heute nach dem Gewitter sind zwanzigtausend verloren gegangen, dann soll auch noch das hier gehen …«

Beim Trinken vergaßen die Bauern beinahe all ihre Sorgen mit der Firma *Podjuna* und tranken auf die Versöhnung von zwei Einheimischen und auf die Überwindung alter, hässlicher Sünden, die schon so lange auf Jamníca lasteten.

»Die Firma 'Podjuna' musste baden gehen, damit diese Sache aus der Welt verschwindet ...«

Der Pernjak verließ als letzter Černjaks Gasthaus. Beim Abschied umarmte er den Černjak und trompetete ihm ins Ohr: »Vielleicht wird der Lukej noch einmal der Pernjak ...«

Das war durchaus möglich, denn der Tevžej war noch immer unverheiratet, und es war auch keine passende Braut in Sicht.

Der Zusammenbruch der Firma *Podjuna* verursachte in Jamníca eine allgemeine Niedergeschlagenheit. Das Versprechen, das der Buchhalter den Bauern gegeben hatte, wurde selbstverständlich nicht eingehalten, weder nach vierzehn Tagen noch nach einem Monat, und auch nicht in zwei Monaten. Die davon betroffenen Bauern sprachen einzeln oder in Gruppen beim Unternehmen vor, um eine Auskunft über den Stand der Dinge zu erhalten, doch die Antwort war stets dieselbe:

»Wartet ab, die Sache ist noch nicht geregelt ...«

Vom Geld war noch immer nichts zu sehen, dagegen sprach man von einer Ausgleich zwischen dem Unternehmen und den Gläubigern, der erreicht werden sollte; die Gerüchte gingen jedoch auch in Richtung Konkurs. Das Sägewerk stand noch immer, aber die Aktionäre mit dem Obertauč an der Spitze taten so, als wären auch sie vernichtet, obwohl sie ihr Unternehmen weiter betrieben so wie eh und je.

Es gab aber auch einige, denen der Zusammenbruch der Firma *Podjuna* sehr recht kam. In Jamníca war nämlich vor einiger Zeit eine eigene Genossenschaft zur Vermarktung bäuerlicher Erzeugnisse gegründet worden. In erster Linie dachten die Gründer dabei an den Holzverkauf. Diese Genossenschaft hatten der Dvornik und seine engsten Mitläufer unter Berufung auf die bäuerliche Selbsthilfe und Eigenverwaltung ins Leben gerufen, um sich auf solche Weise etlicher Holzwürmer in diesem Geschäft zu entledigen. Beinahe alle Bauern in Jamníca waren der Genossenschaft beigetreten. Doch die Sache lief nicht so, wie man es sich gedacht hatte, die Genossenschaft vegetierte mehr oder weniger vor sich hin. Denn kaum hatte die Genossenschaft angefangen zu arbeiten und sich einen eigenen Lagerplatz in der Nähe des Bahnhofs angemietet, erhöhte die Firma *Podjuna* postwendend die Einkaufspreise für Holz. Dasselbe taten auch andere Holzhändler in der Umgebung. Gezahlt wurden so horrende Preise, dass die Genossenschaft nicht mehr mithalten konnte. Sie war überzeugt davon, dass die Konkurrenten ganz bewusst Verluste in Kauf nahmen, um der Bauerngenossenschaft das Wasser abzugraben. Deren Vorstände versuchten die Mitglieder dazu zu bringen, sich an die eigene Institution zu halten, im Geiste der Selbsthilfe und des genossenschaftlichen Verständnisses, doch das half alles nichts, es war verlorene Liebesmüh. Die Bauern zuckten mit der Achsel, hörten eine Zeitlang zu und meinten:

»Ja, alles recht und schön, doch die Firma *Podjuna* zahlt mir einen Dinar mehr für den Kubikmeter, und so ein Dinar ist heutzutage nicht zu verachten.«

Jetzt aber ließen sie die Köpfe hängen. Neben den Verlusten mussten sie auch noch die Vorhaltungen des Dvorník und seiner engsten Mitläufer über sich ergehen lassen.

»Hättet ihr auf uns gehört, ehé!!«

Auch der Apát und der Lukáč wetzten ihre Zungen, so wie dies auch andere Holzhändler taten, und sagten: »Jetzt habt ihr eure hohen Preise! Haben wir es euch nicht schon früher gesagt ...«

Die Firma *Podjuna* war für die kleinen Händler ein schlimmer Konkurrent, von dem sie rücksichtslos zu Boden gedrückt wurden. Die meisten fretteten sich durch, aber es gab auch einige, die in diesem Kampf zu Boden gingen und ihr Geschäft aufgaben. Die Bauern ertrugen die Vorwürfe schweigend und dachten:

»Wie immer sich der Bauer dreht, hat er den Arsch hinten ...«

In Jamníca gab es einen, der sich über den Niedergang der Firma *Podjuna* von Herzen freute, das war der Sečnjak in Drajna. Er und seine Frau waren schon in die Jahre gekommen und längst nicht mehr fähig, weiter zu wirtschaften. Der Sečnjak sehnte sich nach dem Ruhestand und baute sich an der Straße ein Haus, in das er übersiedeln wollte, wenn er seine Wirtschaft an den Mann gebracht hätte. Für den Grund interessierten sich in erster Linie die Holzhändler, da es allgemein bekannt war, das Sečnjaks Wald der schönste in ganz Drajna war. Nach langem Zaudern verkaufte der Sečnjak seinen Grund nicht dem Apát, sondern dessen Sohn Zep. Bei Vertragsabschluss bekam der Sečnjak ein paar Zehntausender in die Hand, das übrige Geld sollte ihm der Käufer in Jahresfrist auszahlen. Da die Apáts jedoch mit dem Geld nicht so gesegnet waren, hatte der Zep noch vor dem Firmenzusammenbruch Holz an die *Podjuna* verkauft, um so ans nötige Bargeld zu kommen. Bis zum *Podjuna*-Zusammenbruch war Sečnjaks Wald noch unangetastet geblieben.

Schon beim Verkauf hatte das ganze Dorf davon gesprochen, dass der Sečnjak den Grund viel zu billig hergegeben hatte und dass der Zep mit diesem Kauf trotz der Krise zu einem Vermögen kommen werde. Jedenfalls würde der unbelastete Grund dann ihm gehören. Viele standen auf der Seite Sečnjaks und fühlten mit ihm mit, doch die Mehrzahl sagte:

»Der Sečnjak hat doch keine Kinder. Wenn schon er nicht zu leben verstanden hat, sollen doch die anderen leben ...«

Der Sečnjak hatte übrigens bald eingesehen, was für eine

Dummheit er mit dem Verkauf des Grundes begangen hatte, und machte sich Vorwürfe. Aber da ihn der Vertrag band, konnte er sich nicht mehr heraushelfen. Beim darauf folgenden Zusammenbruch der Firma *Podjuna* keimte jedoch neue Hoffnung in ihm auf. Er ahnte, dass der Käufer den Vertrag nicht fristgerecht einhalten, ja, ihn gar nicht erfüllen werde können. Die Apáts steckten nun bis zum Halse im Schlammassel. Der Sečnjak meinte, der Zep werde selbst zu ihm kommen, um ihn um die Auflösung des Vertrages zu bitten. Im Streit um seinen Grund erwuchs ihm neue Kraft und er verspürte wieder Freude zum Weiterarbeiten.

Der Zusammenbruch der *Podjuna* hatte aber nicht nur wirtschaftliche Folgen, sondern auch politische. Der Obertauč und die Mitglieder seiner Gesellschaft waren ja alle auch führende Persönlichkeiten in der Bauernpartei. Diese Partei war zwar schon länger nicht mehr in der Regierung, sondern in der Opposition, aber im Ort selber hatte sich nichts verändert, und der Obertauč war noch immer Bürgermeister.

Eines Tages betrank sich der Pernjak beim Lukáč und begann plötzlich gegen den Pfarrer Virej zu schreien, der mit dem Ložékar beim Bier saß.

»Ho, was ist denn das ...? Kann sich der Mensch auf die eigenen Leute nicht mehr verlassen? Eine schöne Partei, die solche Anführer hat wie den Obertauč, den Koroš, den Začen ...«

Und Obad, der auch schon angetrunken war, fügte hinzu:

»Teufel, dann sag' einmal jemand, der Perman Ahac habe nicht recht ...«

Der Pfarrer Virej konnte sich nicht anders helfen, als aufzustehen und das Gasthaus zu verlassen.

Den Vertrauensleuten in Jamníca begann die Sache Sorgen zu bereiten. Sie bangten um ihre Anhänger. Die Gegner, die es an allen Ecken und Enden gab, begannen sich den Mund zu zerreißen, und die Dorfgemeinschaft wurde immer mutloser. Dvornik, der die heimische Organisation leitete, schrieb einen langen Brief an die Zentrale, in dem er die schädlichen Folgen der *Podjuna*-Insolvenz erläuterte und sie beschwor, alles Mögliche zu unternehmen, damit die Bauern zu ihrem Geld kämen. Da aber die Zentrale nicht wusste, was sie tun sollte, wartete man in Jamníca vergeblich auf eine Antwort. Das Schweigen jener, von denen sie eine Erklärung oder gar die Rettung erhofft hatten, drückte sie noch tiefer zu Boden.

Nach langem Warten begann sich bei der Firma *Podjuna* doch endlich etwas zu bewegen. Jene Bauern in Jamníca, die Forderungen an sie hatten, erhielten Briefe von ihr. Aber nicht alle auf einmal, sondern der Reihe nach. Heute erhielt der Munk eine Aufforderung, den Tag darauf der Pernjak, am dritten Tag der Zabev ... Im Büro empfing sie nicht mehr der Buchhalter, vielmehr saßen dort die führenden Leute der Firma, der Aktionär Obertauč und andere, die aus ihren Löchern herausgekrochen waren. Außer ihnen saß dort aber auch noch – ein Anwalt.

Den Bauern boten sie aus heiterem Himmel eine vierzigprozentige Zahlung an. Als die Bauern groß dreinschauten und anfingen zu widersprechen, schwiegen die Aktionäre, und der Advokat ergriff das Wort und erklärte den entmutigten Gläubigern, wie die Sache stehe. Die Gesellschaft sei ein Opfer der Krise, an der weder die Bauern noch die Firma Schuld trugen. Krise sei Krise, und niemand könne wissen, wie lange sie noch andauern werde. Die Gesellschaft könne sich mit einer freiwilligen vierzigprozentigen Abfindung der Bauern einverstanden erklären, bei einem Scheitern dieses Ausgleichs wegen der Uneinsichtigkeit der Bauern drohe jedoch der Konkurs. Dann bekämen die Gläubiger aber vielleicht nur mehr die Hälfte davon, im schlimmsten Falle aber würden sie leer ausgehen.

Die Bauern hörten sich die Erklärung an, doch niemand unterschrieb. Sie wollten sich zuvor noch beraten.

Die Gläubiger waren in der Klemme, und in Jamníca war erneut ein Grollen zu vernehmen. Es wurde etwas Neues ruchbar. Im Dorf in der Senke gab es auch solche, die der Firma *Podjuna* noch nicht alles geliefert hatten, was vereinbart worden war. Diese Leute waren im ersten Moment überglücklich, da sie auf eine Minderung des Schadens hofften. Doch die Mehrheit hatte mit dem Unternehmen Verträge abgeschlossen, und die Gesellschaft erklärte ihnen, Vertrag sei Vertrag und daher auch zu erfüllen, und aus diesem Behufe würden sie auch die vorgeschlagenen Ausgleichszahlungen erhalten. Unter jenen Leuten waren der Munk, der Pernjak, der Ložékar und noch etliche andere. Es gab nur wenige, die keinen Vertrag unterschrieben hatten und sich somit schadlos halten konnten.

Die Bauern ächzten und schimpften, was nur ging, denn sie hatten das bereits zugestellte Holz um weniger als die Hälfte des Preises hergegeben. Das Unternehmen aber wollte sie dazu zwingen, noch weiteres Holz anzuliefern, das noch in ihren Waldungen lagerte oder zu einem Teil noch stand.

Unter den Geschädigten war am meisten der Munk betroffen. Laut Vertrag hätte er an die Firma *Podjuna* noch einige Kubikmeter erstrangigen Holzes liefern müssen, doch er hatte bis jetzt nur einen kleinen Teil davon zum Firmenlagerplatz gebracht; das übrige war noch im Wald, teils aufgearbeitet, teils aber noch nicht einmal geschlägert. Das Unternehmen hatte jedoch bereits die gesamte Lieferung festgeschrieben. Der Munk versuchte sich mit Bitten und Drohen aus der Klemme zu befreien; es half nichts. Laut Abmachung hatte er sogar die Arbeiter selbst zu bezahlen, die ihm das Holz schlägern und aufarbeiten würden, das er dann quasi umsonst in das drei Stunden entfernte Holzlager der *Podjuna* zu bringen hätte. Da er sich nicht zu helfen wusste, begann er gemeinsam mit anderen Betrogenen und Gefoppten zu trinken.

Eines Tages trat der alte Munk zum Schwiegersohn und fragte ihn: »Wie bist du mit der *Podjuna* ins Reine gekommen?«

Der Besitzer staunte nicht wenig. Seit der Bunk flöten gegangen war, hatte sich der Alte um nichts mehr gekümmert. Er war binnen kürzester Zeit alt geworden, mied die Leute und ging nicht mehr aus der Keusche, außer wenn die Sonne besonders kräftig schien; dann trat er aus dem Häuschen, um sich aufzuwärmen. Da ihm der Schwiegersohn nicht gleich antwortete, sagte der Alte:

»Ich werde zum Obertauč gehen ...«

»Sie ...?«

Im Jungen keimte schwache Hoffnung auf, und nach einiger Zeit setzte er hinzu:

»Ja, wenn Ihr nichts ausrichten könnt, dann wird niemand etwas ausrichten ...«

Dieser Entschluss war im alten Munk gereift, als er gesehen hatte, welches Unrecht seinem Nachfolger geschah. Schon das Bunk'sche Unglück hatte ihn tief getroffen und ihn noch kleinmütiger und misstrauischer gegenüber den Nachfolgern gemacht, und gegenüber der Jugend allgemein. Beim Munk war ja ansonsten keineswegs das gleiche Schicksal abzusehen, wie es den Bunk ereilt hatte; doch der Schaden, der ihm von der Firma *Podjuna* drohte, war so gewaltig, dass er einen der vier Hauspfeiler zum Einstürzen bringen konnte. Es war umso schlimmer, als es deutliche Anzeichen dafür gab, dass der junge Besitzer das Unglück nicht so einfach ertragen konnte, sondern sich dem Trunk ergeben würde. Mit dem Obertauč, der Seele des Unternehmens *Podjuna*, standen sie in alter Freundschaft, obwohl jener um etliches jünger war als er. Es verband sie vor allem das politische Band, die Erinnerung an die Kulturkämpfe in den Vorkriegszeiten, als sie beide im gleichen Lager gestanden waren. Zwar hatte sich inzwischen ein Schatten auf die Freundschaft gelegt, als damals Munks Sohn dem Obertauč das Holz zu einem weit zu niedrigen Preis verkauft hatte, doch das konnte der alte Munk weder ihm noch jemandem anderen vorwerfen, da die Zeiten halt so gewesen waren. Indem der Munk auf seine alte Bekanntschaft setzte und auch ein wenig auf seine weißen Haare, hatte er sich zum Einschreiten zugunsten des Munk'schen Besitzes aufgerafft.

Obertaučs vornehmes Haus stand in einiger Entfernung von der Niederlassung der *Podjuna*. Während um die Firma herum alles verändert hatte und sich auf dem riesigen Lagerplatz keinerlei Leben zeigte, war beim Haus noch alles beim alten. Hinter dem Wohnhaus standen mächtige Wirtschaftsgebäude, und ein einziger Blick auf das Anwesen überzeugte den Besucher davon, dass hier der Wohlstand zu Hause war. Überall herrschte Ordnung und andächtige Stille. Dieser Eindruck verstärkte sich beim Anblick des schön umgrenzten Feldes, das hinter dem Stall lag und bis zum Bach hinab reichte, wo Obertaučs stillgelegtes Sägewerk stand.

Munk musste einige Zeit warten, ehe Obertauč erschien. Sobald er des Munks ansichtig wurde, drückte er ihm sofort die Hand.

»He, du bist es, alter Haudegen! Das freut mich aber, dass du dich endlich einmal herausgewagt hast aus deinem Berg. Sei nicht bös, dass du warten musstest. Ich habe gerade meine Tochter zum Zug begleitet, da sie nach Wien fährt, wo sie auf der Hochschule für Welthandel studiert. Studenten – du weißt, was da bedeutet. Du hast es ja selber gespürt ...«

Dann geleitete er den Gast in die Stube, ließ ihn Platz nehmen und reichte ihm Wein und Rosinenbrot. So war es immer, wenn ein alter Bekannter in sein Haus kam. Die beiden Männer saßen einander gegenüber und sahen sich an. Der alte Munk betrachtete Obertaučs Gesicht, das er etliche Jahre nicht mehr gesehen hatte. Der Mann hatte sich in der Zwischenzeit nicht allzu sehr verändert, er war noch immer glatt und wohlgenährt, nur seine Gesichtszüge waren tiefer geworden, und das Haar an der Schläfe wurde langsam grau. Das bekümmerte den alten Munk jedoch keineswegs. Er suchte etwas ganz anderes in dessen Gesichtszügen, einen Schatten dessen, was in der letzten Zeit seinen Sohn und so viele andere Bauern in Jamníca in Unruhe versetzt hatte; er hätte gerne Sorge und Zweifel wegen des Zusammenbruchs der Firma *Podjuna* entdeckt. Doch wie sehr seine Augen auch suchten, er bemerkte nichts davon.

»Das ist äußerst seltsam«, dachte sich der alte Munk. »Wie kann ein Mensch so gleichgültig sein, wenn auf einmal all das zusammenbricht, was er ein Leben lang aufgebaut und wofür er beinahe zwanzig Jahre gearbeitet hat? Ich könnte das nicht einfach so schlucken ...«

Auch der Obertauč versuchte aus Munks Gesicht den Grund seines Besuches herauszulesen, wohl wissend, dass es kein Zufall war, der diesen alten Wurzelstock zu ihm geführt hatte. Den Grund konnte er zwar leise ahnen, doch er entdeckte nichts davon auf dem Gesicht des alten Freundes, da in ihm außer den zwei lebhaften, runden Augen alles grau und tot war.

»Trink, Munk, das wird dir guttun«, sagte nach einiger Zeit der Obertauč.

Munk befeuchtete sich abermals die Kehle, dann heftete er seine Augen auf sein Gegenüber:

»Das Unglück hat dich heimgesucht, Obertauč ...«

Munk war es nicht gewohnt, im bittenden oder nachgiebigen Ton zu reden, doch diesmal war seine Stimme ungewöhnlich verhalten. Er fürchtete, seiner schwierigen Aufgabe schon im ersten Anlauf zu schaden. Denn die Freundlichkeit, mit der ihn Obertauč empfangen hatte, weckte Hoffnung in ihm.

Unangenehm berührt, begann Obertauč regelrecht zu zappeln.

»Ja, du denkst an den Zusammenbruch? Das ist des Teufels, das sage ich dir … Der Mensch arbeitet, bemüht sich Tag und Nacht, Jahr für Jahr, und dann misslingt es ihm … Doch was sollen wir; die Krise ist schuld; sie verschont keinen von uns! Wo sind wir hingekommen, nicht wahr …?«

Obertauč verstummte und sah den Freund mit mitleidsheischendem Blick an. Nach kurzer Unterbrechung seufzte er:

»Und zuletzt würde der Mensch noch um seinen guten Namen kommen …«

Der alte Munk wandte seinen Blick nicht von Obertauč. Er dachte angespannt nach, was er tun sollte; sollte er sofort mit dem Anliegen herauskommen? Im Stillen fühlte er Mitleid mit dem alten Freund, doch er fürchtete ebenso sehr, dass dieser ihn mit seinen Seufzern zu früh entwaffnen würde. Um irgendetwas zu sagen, meinte er so in den Tag hinein:

»Das waren gewiss keine Krokodilstränen!«

Doch plötzlich, als Obertauč am wenigsten damit rechnete, kam der alte Munk mit der Sache an den Tag:

»Weißt du, ich bin in der Munk'schen Angelegenheit zu dir gekommen …«

Der Obertauč sah ihn trübe an, doch der Gast fügte eilig hinzu:

»Wegen der Munk'schen Sache bin ich da! Ich will nicht lang um breit herum reden! Was geschehen ist, ist geschehen, der Munk ist ja nicht allein in der Lage … Es wäre nicht schlimm, wenn er das verliert, was er geliefert hat; doch jetzt müsste er noch das Holz hergeben, das noch nicht gemacht ist und woran ihn der Vertrag bindet. Das ist ein bisschen viel, und seltsam ... Deshalb habe ich mir gedacht: Ich gehe zur dir, da wir uns schon seit jeher kennen, und du wirst die Sache gewiss regeln, wie es sich gehört, damit nicht allzu viel Schaden entsteht ...«

Der Obertauč saß wie angenagelt da. Sein Gesicht war starr, als er sagte:

»Ich weiß von der Sache; doch ich muss dir gleich sagen, dass es schwer wird, anders zu verfahren. Das alles fällt zur Vermögensmasse der Firma *Podjuna*. Meinst du, mir ist das alles nicht zuwider? Und wie, mein Lieber!! Doch was sollte ich tun? Das Unglück hat seinen Lauf genommen, und jetzt kann man nicht mehr helfen. Es wäre ganz anders, wenn der Munk nicht vertraglich gebunden wäre ...«

Den Munk konnte die eisige Stimme des Freundes nicht beeindrucken, obwohl er nicht darauf gefasst gewesen war.

»Warum sollte man nicht helfen können?«, fragte er ruhig, doch fest. »Du bist doch der Kopf der *Podjuna* ...«

»Der Kopf! Da irrst du, Munk. Ich war es ... wir waren es, die gearbeitet haben ...doch weißt du, wer heute der Kopf ist? Die Bank ... Du wirst selbst verstehen, dass wir das viele Geld, das wir in den letzten Jahren bewegt haben, nur bei der Bank bekommen konnten. Wir haben mit der Bank gearbeitet, wie sonst! Und jetzt hat uns die Bank die Luft abgeschnürt; die Bank sitzt jetzt auf der ganzen Sache, und wir Aktionäre haben kein Wort mitzureden. Die Leute aber denken, dass wir weiß Gott was für Götter sind. Nein, die Bank ist der Gott ... Ich habe genau wie die anderen sechzig Prozent von dem verloren, was ich in die Firma gepumpt habe ...«

Obertauč sprach zum Teil die Wahrheit. Das Ganze mit der Bank entsprach den Tatsachen. Die Bank versuchte mit einem Kommissär die Überschuldung des Unternehmens abzubauen, insbesondere auf Kosten der zuliefernden Bauern. Die Aktionäre gingen ihr dabei zur Hand, soweit es ging. Er sagte aber nichts davon, dass er mit seinem verhältnismäßig kleinen Anteil an der *Podjuna* lange Jahre Millionengewinne gemacht hatte. Natürlich war nur ein Teil davon bar ausgezahlt worden, ein anderer Teil aber lag in zwei, drei zugekauften Waldbesitzungen oben hinter der Alm, mit einem riesigen jährlichen Zuwachs an Holz.

Ein großer Teil des Gewinns zerrann in verschiedenen Kurbädern, welche das Ehepaar Obertauč wegen des Rheumatismus aufsuchte, hin und wieder zu zweit, häufig aber jeder für sich; oder sie wurden von den Kindern ausgenommen, die in verschiedenen Großstädten studierten.

Obertauč krümmte sich am Tisch, als säße ihm ein Vampir im Nacken, der ihm das Blut aussaugte. Den alten Munk überkam ein Grauen. Es schien ihm, als habe er auch hier, wo er es nicht erwartet hatte, jenes unsichtbare Scheusal getroffen, das aus seinem Hinterhalt das mühevoll Erarbeitete verschlingt, die Ersparnisse, das bäuerliche Eigentum. Das Wort *Bank* hallte hohl durch die weitläufige Stube. Ihn erfasste ein Zittern.

»Wunderliche Dinge sind das, Obertauč, und meine Gehirnwindungen sind gewiss schon zu alt, um sie verstehen zu können! Du hast uns Bauern vor dich hergejagt, aber wer jagt die Bank? Wer steht hinter all dem? Wem gehört das alles einmal, was aus unseren Händen verschwindet? Ich weiß nicht, was ich dafür geben würde, wenn ich das noch vor dem Tod erfahren könnte ...«

Der *Podjuna*-Aktionär Obertauč aber tat, als habe er diese Worte überhört. Er sah, dass sein alter Freund in Bedrängnis war, und das wollte er ausnützen.

»Ich als Aktionär kann gar nichts machen. Ich kann nichts entscheiden; nicht ich, nicht der Koroš, nicht der Začen, und auch die anderen nicht, die noch dabei sind. Unsere Hände sind gebunden. Die Verluste können wir nicht mehr abwehren.

Am vernünftigsten wäre es, wenn die Bauern auf unser Angebot eingingen. Dann bekämen sie wenigstens einen Teil. Ansonsten müsste es wegen der Halsstarrigkeit einiger Gläubiger zum Konkurs kommen, und dann würden wir alles verlieren. Du hast großen Einfluss auf Jamníca! Wenn du ein Wort verlautest, tust du den Leuten etwas Gutes.«

Munk konnte seinen Ohren nicht glauben. Obertauč verlangte von ihm, zum Vertreter des havarierten Unternehmens zu werden und die Bauern in seinem Sinne zu beeinflussen. Sie sollten nachgeben und tun, was von ihnen gefordert wurde. In Munks alte Sehnen floss die Rebellion, sodass er sich abermals hoch im Stuhl aufrichtete. Er wollte schon schreien: Nein, das werde ich auf keinen Fall tun! – doch der Obertauč kam ihm zuvor:

»Sonst – muss ich dir etwas sagen! Die kleinen Gläubiger werden in dieser Sache nicht entscheiden. Denn wenn sich jene damit einverstanden erklären, die über fünfzig Prozent der Anteile halten, werden die restlichen gar nicht mehr gefragt. Und sie haben sich bereits einverstanden erklärt ...«

Seine Worte klangen messerscharf. Genau mit so einer Stimme hätte der Obertauč auch sagen können, was er fühlte und dachte:

Wenn ein stiller Vergleich glücke, würden die Aktien zwar ein wenig an Wert verlieren, auf der anderen Seite würde das Unternehmen mit der Abschreibung eines Großteils der Forderungen sehr viel gewinnen, und die neue Bilanz würde umso günstiger ausfallen – für ihn wie für die übrigen Aktionäre. Sämtliche Immobilien würden erhalten bleiben, die vollen Lager und das aufgearbeitete Holz in den Wäldern. Das Unternehmen werde bereinigt und erleichtert in neue, bessere Zeiten gehen, die sich schon am Horizont zeigten. Was bleibe, sei nur die Bank, der einzige dunkle Fleck am Himmel. Doch mit der Bank werde es gar nicht so schwer sein, zurecht zu kommen, denn sie brauche für ihr Überleben solche Firmen, wie es die *Podjuna* sei.

Die Hand des alten Munk langte wieder nach dem Glas auf dem Tisch, aber sie zog sich jedes Mal wieder zurück; in der Kehle empfand er einen brennenden Durst, doch er fühlte schon im Vorhinein auch den Ekel vor dem Wein. Der Obertauč sprach wie ein Fremder, so als würde er ihn das erste Mal im Leben zu einem Handel treffen. Vor Zeiten war er ihm nicht so erschienen, obgleich er kein gewöhnlicher Bauer, sondern auch Händler war, Gastwirt und wer weiß, was noch alles; der Munk dagegen war nur Bauer. Wo waren jene Zeiten, als sie gemeinsam für dieselbe Sache gekämpft hatten, für die Freiheit der Menschen und des Landes. Es war unsinnig, jetzt an solche Dinge zu denken. Der Mann, der ihm gegenüber saß, war nicht mehr jener von früher, und er würde ihn auch nicht verändern können. Ein Rest alter Anständigkeit musste aber dennoch auch in ihm vorhanden sein, und auf diesen Rest pochte er nun voll Entschlossenheit:

»Gut, auf all diese Dinge, von denen du mir erzählst, verstehe ich mich nicht. Du bist der Obertauč, ich bin der Munk, nicht wahr …? Meinem Schwiegersohn, der schon sechs Kinder hat, droht davon Schaden, dass er sich mit deinem Unternehmen eingelassen hat. Was das für den Besitz bedeutet, weißt du selbst am besten. Wenn es mit der *Podjuna* so steht, wie du sagst, dann ist das ein Kreuz. Doch dann bist immer noch du da; du bist immer noch der Obertauč. Wie ich sehe, wirst du mit deinem Vermögen wegen des Zusammenbruchs keinen Schaden erleiden. Du wirst immer noch vermögend bleiben. Kannst du nicht das tun, was die Gesellschaft nicht will oder nicht vermag? Was würde es dir ausmachen zu helfen?«

Der Obertauč verzog das Gesicht zu einem Lächeln, dann sagte er:

»Du redest, als wenn du nicht von dieser Welt wärst. Was denkst du denn? Davon kann ja keine Rede sein. Wenn ich das für den einen täte, müsste ich es auch für den anderen tun. Was würden die anderen sagen? Ist es nicht genug, dass ich fast alles verliere, was ich seinerzeit ins Unternehmen eingezahlt habe? Das sind kaufmännische Dinge. So ist es einmal auf der Welt ...«

»Der Apát hat es so gemacht«, antwortete Munk, dem die Geschichte einfiel. »Einmal, vor dem Krieg, war der alte Apát in eine schlimme Krise geraten und hat dennoch den Bauern in Jamníca ihre Forderungen voll und ganz ausbezahlt. Damals erzählten die Leute, der Apát habe sich den Balg abgezogen.«

Der Obertauč zuckte mit der Schulter.

»Der Apát, sagst du. Mein Gott, für die Paar Fuhren Holz hat er es leicht machen können. Was hat denn das ausgemacht! Für so eine Bagatelle würde das jeder machen. Bei uns geht es um große Beträge! Soll ich das zerstören, was ich habe? Denk nicht, dass dort hinter der Alm die Gründe alle mir gehören! Die sind auf meine Kinder überschrieben!«

»Das ist doch reiner Betrug, was ihr mit der *Podjuna* macht!! Ich würde mich nicht trauen, so etwas zu tun!«, brach es aus dem alten Munk hervor. Wie seine Stimme erzitterte auch sein Körper, und der Bart stellte sich auf wie bei einem Dachs.

Der Aktionär Obertauč versuchte ihn mit verschiedenen Ausreden zu beruhigen, er sprach von kaufmännischen Regeln und Pflichten, über die Krise, die schuld an allem sei, und bot ihm noch Wein an. Doch im alten Mann kam so ein Zorn hoch, dass er von all dem nichts mehr hören wollte. Er war nicht nur über den Obertauč wütend, sondern auf alles, was so ohne jede Rücksicht gegen Anstand, Recht und Ordnung verstieß, was die Welt zerstörte und alles zusammen auf den

Kopf stellte. Munk erhob sich und begann, Schritt für Schritt, auf die Türe zuzugehen; dann schrie er los:

»Das ist Betrug, was ihr da treibt, ganz normaler Betrug. Die Bauern sollen alles verlieren, was ihnen gehört, was sie sich hart erarbeitet haben. Deshalb also sollen die Bauern von ihrem Grund weichen, deshalb ist der Perman baden gegangen, deswegen ist mein Sohn Bunk pleite gegangen mit zehn Kindern ... Wisst ihr, was ihr da tut? Euch selbst grabt ihr die Grube! Ist es nicht verwunderlich, dass heutzutage die Leute nicht einmal mehr an Gott glauben, dass sie an nichts mehr glauben ...? Denk einmal, mein Sohn, der Bunk! Zehn Kinder, zehn Keuschen, zehn Menschen auf der Straße ... Gut, macht nur so weiter, ihr werdet schon sehen, wohin ihr kommt ...«

An der Tür verstummte der Munk für einen Augenblick und blieb unentschlossen stehen. Als er aber sah, dass sich ihm der Obertauč mit seinem nach Milde suchenden Gesicht näherte, schrie er ihn drohend an:

»Ich sage dir, dass ihr das Holz, das ihr noch vertraglich beim Munk liegen habt, nie bekommen werdet. Wenn es kein anderer anzündet, dann werde ich es tun. Soll es der Teufel holen, nur ihr sollt es nicht verschlingen ...«

Der alte Munk schlug die Türe so kräftig zu, dass das ganze Haus erzitterte.

*

Als sich der alte Sečnjak darauf gefreut hatte, dass er durch den Niedergang der Firma *Podjuna* seinen Grund zurückbekommen würde, hatte er die Rechnung ohne den Wirt gemacht. Ihn erwartete etwas ganz anderes. Der Käufer des Besitzes, der Apátov Zep, hatte mit der Firma *Podjuna* eine Vereinbarung unterschrieben, wonach er das ganze Holz aus Sečnjaks Wald an sie verkaufe. Der rechtliche Eigentümer war der Zep, und da der Vertrag Rechtsgültigkeit hatte, fielen alle darin enthaltenen Verbindlichkeiten an die Ausgleichsmasse. Der Besitzer konnte sich noch so winden, letztlich ging es darauf hinaus, dass die Firma *Podjuna* das Recht hatte, den verkauften Wald zu schlägern und vom Erlös nur die Quote auszuzahlen, über die sie mit den Gläubigern beim Ausgleich übereingekommen war. Daher würde der Zep auf diesem Wege nur ein gutes Drittel des wahren Wertes zukommen, und so viel würde auch der Sečnjak dann von ihm erhalten.

Die Sache mit Sečnjaks Grund ließ alle übrigen Neuigkeiten in Jamníca in den Hintergrund treten. Die Leute behaupteten, der Zep ziehe dem Sečnjak die Haut ab, so wie die Firma *Podjuna* es mit ihm mache. Der alte Sečnjak schwänzelte um den Zep herum und ächzte, drohte und flehte, doch der Zep konnte ihm genauso wenig helfen wie sich selbst.

Um zu retten, was zu retten sei, nahm jeder der beiden einen Anwalt, und sie begannen sich vor Gericht zu streiten. Dieser Streit war für Jamníca umso interessanter, als niemand sagen konnte, wer im Recht war. Zuletzt meinten die Leute, dass beide Recht hätten. Bei der Frage, wer dabei gewinnen würde, neigten die meisten der Ansicht zu, dass es die Advokaten wären. In Sečnjaks Grund pickten drei Schnäbel, die langsam aber unaufhaltsam jenen Saft aus ihm heraussogen, der vom alten Bauern, seiner Frau, den Mägden und Knechten in fast fünfzig Jahren aus den Knochen in die unersättliche Erde geflossen war. Der erste Schnabel war die Firma *Podjuna*, die beiden anderen waren die Advokaten.

Eines Vorfrühlingstages aber erschienen im strittigen Wald der Cofel Peter, der Bajnant, der Gačnik Zenz und noch andere Zimmerer, die von der Firma *Podjuna* angeheuert worden waren, damit sie die Äxte in den alten, schönen Stämmen versenkten. Der alte wie der neue Besitzer mussten diesem gleichförmigen Lied der Äxte und dem Fallen der Baumstämme tatenlos zuhören.

Als die einstigen Sečnjak-Wälder in eine traurige Wüstenei verwandelt wurden, bedeckt mit Streu, Schwarzkraut und Erika, und mit Haufen weißem, entrindetem Holz, war auch der Streit zwischen dem Sečnjak und dem Apátov Zep zu Ende. Gewonnen hatte der Sečnjak. Er bekam den Besitz zurück und auch jene Geldforderung bei der *Podjuna*, die aber der Advokat noch rechtzeitig an sich genommen hatte. Ein Drittel des Geldes musste er für die Prozesskosten hergeben. Der Sečnjak riss sich die letzten grauen Haare vom Kopf. Ein Jahr zuvor war er ein vermögender Bauer gewesen, der seine alten Tage in der Ruhe und Beschaulichkeit seines Auszugsstübchens zu verbringen gedachte; nun aber war er der Eigentümer eines leeren, nackten Besitzes, und wenn er überleben wollte, musste er neuerlich die Ärmel hochkrempeln und den Pflug anpacken. Dazu war er aber nicht mehr in der Lage, da ihn das Unglück so niedergeworfen hatte, dass er zu phantasieren begann. Zum ersten Mal kam das an den Tage, als er mit dem *Podjuna*-Geld nachhause zurückkehrte. Allein schon die Tatsache war verwunderlich, dass er nicht wie üblich direkt nach Hause ging, sondern unterwegs alle zwei Gasthäuser aufsuchte, die Dobrije besaß. In jedem zahlte er Getränke, und wenn schon niemand da war, dem er etwas zahlen konnte, dann drängte er den Wirt zum Trinken. Als er in Dämmerung nachhause nach Drajna kam, traf er zuerst auf den Ložékar, der abends zum Trinken ging. Er fragte den Ložékar:

»Ložékar, brauchst du Geld?«

»Geld?«, wunderte sich der Ložékar mehr über den betrunkenen Mann als über das Geld.

Mir nichts, dir nichts zog der alte Sečnjak ein Bündel Geld aus der Rocktasche und streckte es dem Ložékar hin:

»Na, nimm, soviel du brauchst! Bei mir gibt's davon so viel wie Laub und Gras ...«

Der Ložékar hatte sein ödes »Drei Tage wohl, oljé, oljó« auf der Zunge, doch beim Anblick von Sečnjaks Gesicht verstummte er voller Grauen und machte sich davon.

Der Sečnjak traf daraufhin noch zwei Eisenwerker, die aus Jamníca heimgingen, und bot beiden Geld an. Die vierte Person, die ihm entgegenkam, war die Ajta.

»Ajta, brauchst du Geld?«, fragte er sofort.

»Gib's her, wenn du es hast!«, sagte die Alte, ohne eine Sekunde zu zögern.

Der Sečnjak reichte der Alten ein Bündel Hunderterscheine, die sofort in den Taschen der Ajta verschwanden.

Der Sečnjak kehrte daraufhin in seine Wüstenei zurück und erwartete im Siechtum sein Ende. Über diese Vorkommnisse sprach man in Jamníca so lange, bis nicht etwas anderes geschah, was neue Aufmerksamkeit erregte.

Nach dem verlorenen Rechtsstreit mit dem Sečnjak verlor den Apátov Zep beinahe zur Gänze seinen klaren Kopf. Die Leute zuhause versuchten ihn zu trösten, so gut es ging, doch ihre Mühe war vergeblich; sie konnten ihn zu keinem alltäglichen Leben mehr bewegen. Er ging wie ein Verlorener durch die Gegend und trank. Was sonst kein Trinker aushielt, nicht einmal der Cofel Peter, das vermochte er: Er trank die ganze Woche mit dem Ložékar und ertrug auch dessen ständiges Trompeten. Danach verschwand er für drei Tage und war nicht mehr zu sehen. Diese drei Tage versteckte er sich bei seiner Geliebten, der Mesnerin Therese.

»Ich habe alles satt. Jetzt, jetzt werde ich dich nehmen!«, versprach er ihr mit aller Entschlossenheit.

Dann stromerte er wieder umher, ehe er nicht wiederum für drei Tage verschwand. Er war beim Kupljènik versteckt und versprach auch der Roza:

»Jetzt ist mir alles eins! Ich habe mich dazu entschlossen, dich zu nehmen!«

»Wenn es nur wirklich so ist?«, zweifelte seine zweite Geliebte.

»Es wird, es wird! Wenn ich es dir sage!«

Vom Kupljènik ging der Zep zu seinem Genossen und Freund, dem Unterpetzen-Bassisten, der nach dem Verludern seines Besitzes sein Unterkommen in der eigenen Keusche gefunden hatte. Ohne jede weitere Erklärung legte er einen Tausender vor ihm hin und sagte:

»Freund, ich werde mich aufhängen. Hier ist mein letztes Geld. Für das Geld müsst ihr mir beim Begräbnis lange, lange aufspielen ...«

Sein Genosse war überzeugt, dass er Spaß machte und dass der Streit mit dem Sečnjak und das Unglück mit der Firma *Podjuna* daran schuld seien. Bevor er aber noch etwas sagen konnte, war der Zep schon aus der Keusche verschwunden.

Am nächsten Morgen fanden sie den Zep. Er hatte sich zuhause auf der Tenne aufgehängt.

Das war in Jamníca seit langem der erste Selbstmord. Denn bei der Černjak'schen Terba war es nicht sicher, ob sie ins Wasser gegangen oder unglücklich in die Fluten geraten war.

Da der Zep aus einer angesehenen Familie stammte, wurde ihm ein getrübter Verstand attestiert, und so bekam er ein kirchliches Begräbnis. Während der Beerdigung spielte ihm zu Ehren endlos lang die Jamníca-Kapelle, zu der sich viele Musiker aus der Nachbarschaft dazugesellt hatten. Die Kapelle spielte auch noch lange danach, als das Grab schon längst zugeschüttet war ...

Als aber ihre Klänge verstummten, ertönten von Dobrije her ganz andere Töne über Jamníca: Das Lied des *Podjuna*-Sägewerks, ihrer Gattersäge und Cirkulare. Die Krise in der Holzindustrie war vorüber, und das Sägewerk wieder in Vollbetrieb ...

Sechstes Kapitel

Die Ajta kriegt doch noch Besuch

Die Ajta war vierzehn Tage nicht zu sehen. Jamníca war es ansonsten gewohnt, dass die Alte immer wieder verschwand und oft wochenlang nicht da war. In früheren Tagen hatte sich niemand darüber aufgeregt. Wer mochte um ihre verschlungenen Pfade, um ihre heiligen Wege wissen, auf denen sie wandelte? Doch die Ajta war in letzter Zeit merklich schwächer geworden. Das konnte man zwar nicht an ihrem Gesicht ablesen, das noch immer mager, ausgetrocknet und von feinen gelblichen Falten bedeckt war. Auch ihre Gestalt war noch immer hochaufgerichtet. Doch ihrem Gang war anzusehen, dass auch sie dem Tod nicht ausweichen würde. Ihre eisernen Beine, die in ihrem langen Leben Zehntausende an Kilometern und hunderte Male den Weg zwischen Jamníca auf der einen Seite und Maria Luschari auf der anderen Seite des Landes zurückgelegt hatten, zeigten deutlich das Nachlassen der Kräfte. Der knorrige Buchenstock, den sie öfter als Zeichen des Bettlertums und der Pilgerfahrt verwendet hatte denn als Gehstütze, war nun ihr drittes Bein geworden, ohne welches sie die übrigen zwei nicht mehr benützen konnte. Doch auch mit drei Beinen ging es nicht mehr so gut wie früher mit zwei. Die Frau blieb beim Gehen immer öfter stehen und ruhte sich aus. Dabei kam aus ihrem Mund ein unverständliches Murmeln; es war, als streite sie mit jener unsichtbaren Macht, welche die Stärke ihrer Beine untergraben und sie des grundlegenden Werkzeugs berauben wolle, mit dessen Hilfe sie sich schon ein dreiviertel Jahrhundert durchgeschlagen hatte.

Alle im Dorf in der Senke waren im Glauben, der Alten vertrockne die Seele im knochigen Körper, und sie begannen zu flüstern:

»He, auch die Ajta ist nicht mit dem Teufel verheiratet ...«

Da sie auf der Straße nicht mehr zu sehen war, blickten die Augen der Dorfnachbarschaft jeden Tag hinauf zum Berg, zum Tumpež-Stall, wo sich die Ajta in den alten Schafunterständen einen Wohnplatz geschaffen hatte, an dem sie schon seit Jahrzehnten festhielt. Das war die höchst gelegene Wohnstätte in ganz Jamníca, denn weiter hinauf wuchsen nur mehr Lärchenbäume. Wenn aus den beiden Unterständen Rauch kam, wussten die Jamnitscharen, dass die Ajta zuhause war.

Voll ungewisser Ahnung wandte sich Jamníca auch jetzt zum Berg hinüber. Am späten Vormittag zeigten sich dort gewöhnlich weiße Rauchwölkchen. Im Dorf in der Senke gab es gewiss keinen Menschen, der die Ajta gut leiden konnte. Das galt auch für die Familie Dovganoč, die mit ihr in Verwandtschaft stand. Eher das Gegenteil war der Fall. Die Menschen fürchteten sie und betrachteten sie wie ein Schreckgespenst. Dennoch nahm sich das ganze Dorf ihrer an. Ihr geheimnisvolles, verschlungenes Leben war allzu sehr verwachsen mit Jamníca, mit den Bewohnern unter dem Berg, mit allen Feuerstellen und Tischen unter ihren grauen, schiefen Dächern. Die Ajta war das lebendige Gewissen aller Jamníca-Geschlechter.

Vierzehn Tage lang hintereinander zeigte sich dort immer gegen Mittag der weiße Rauch, und jedes Mal atmete Jamníca auf: Dort oben ist Leben ... Eines Tages zeigte aber sich kein Rauch, obwohl die Luft so klar und rein war, dass man jeden Strauch auf dem Berg erkennen konnte. Die Jamnitscharen hegten die Erwartung, dass sich die Ajta irgendwo auf der Straße zeigen würde; doch da sie weder an diesem noch am darauffolgenden Tag auftauchte, und auch am zweiten Tag kein Rauch von Tumpež' Schafstall kam, sahen sich in Jamníca zweitausend Augen fragend an:

»Was ist mit der Ajta ...?«

Auch am dritten Tag war am Berg kein Rauch zu sehen.

Die Ložékarca hatte schon einige Tage auf die Bettlerin gewartet, da sie versprochen hatte, ihr Bürsten für den Küchengebrauch mitzubringen. Die Ajta versorgte schon jahrzehntelang die Bauernhaushalte unter dem Berg mit Besen und Bürsten, die aus dem zähen Erikakraut der Almen hergestellt waren. Niemand verstand es wie sie, solche Bürsten zu binden. Da die Bettlerin ansonsten überaus pünktlich war und stets Wort hielt, hielt auch die Frau des Ložékar täglich Ausschau nach dem Rauch vom Berg. Sein Ausbleiben erschien ihr verdächtig. Sie rief den Moškoplet zu sich, der schon ein paar Tage im Stall umherlag, und sagte zu ihm:

»Moškoplet, gehe auf den Berg hinauf und schau' nach, was mit der Ajta ist!«

Dem Moškoplet, der die Ajta nicht leiden konnte, traten die Augen hervor. Er gab scharfzüngig zurück:

»Zu der alten Hexe geh ich aber wirklich nicht!«

»Wenn du nicht hinaufgehst, bekommst du keinen Strudel! Auch zum Schlafen kannst du woandershin gehen«, drohte ihm die Ložékarca.

Moškoplet war mit dem Alter kränklich und des Herumgehens überdrüssig geworden. Am liebsten war er beim Ložékar, wo er Streu schneiden konnte, wenn es ihm behagte, ansonsten aber, falls ihn die Faulheit befiel, konnte er sich im Stall aufhalten und in Ruhe schlafen. Im Haus, wo für eine große Familie gekocht wurde, fiel stets auch für ihn etwas ab. Und am liebsten hatte er Strudel. Deshalb ergriff ihn die

Furcht, die Hausfrau könnte ihre Drohung wahrmachen, und ergab sich in sein Schicksal.

»Dann geh ich halt, wenn es so ist.«

Die Ložékarca gab ihm einen Korb, gefüllt mit Lebensmitteln, mit, und so machte sich Moškoplet düsteren Gesichts auf den Weg. Eine so schwierige Aufgabe war ihm offenbar in seinem Leben noch nie aufgebürdet worden. Schon der lange und steile Weg den Berg hinauf ärgerte ihn, noch mehr aber juckte ihn die Tatsache, dass er der Alten das Essen hinaufbringen musste. Noch wenige Jahre zuvor hätte er den Korb unterwegs ins Gebüsch geworfen und dem Ložékar die Hörner gezeigt. Doch das Alter hatte auch ihn weicher gemacht. Hätte die Ajta all die Flüche und Schimpfwörter gehört, die er ihretwegen ausstieß, hätte es sie gewiss aus dem Bett geworfen, an das sie ein Schwächeanfall schon drei Tage lang kettete.

Die Rinne, in welcher die Schafställe des Tumpež standen, waren bei Moškoplets Ankunft still und verlassen wie immer. In den leeren Almwinkel blickte nur die Sonne, aus dem nahen Wald war das Gezwitscher von Vögeln zu hören, die lieber auf der Alm blieben als unten im Tal; und am Fuß der Rinne plätscherte gleichmäßig die Quelle der Jamníca, die hier heroben ihren kurzen Lauf begann. Auf der Lichtung vorm Stall, wo die Tumpež-Leute jedes Jahr für eine gute Fuhre altes Gras mähten, wiegten sich in einer leichten Brise seltene Almblumen.

Die Unterstände waren viereckig gebaut worden, zur Hälfte in den Hang hinunter hängend, mit zu großen Toren und kleinen Fenstern, in die kräftige Eisenkreuze eingebaut waren. Dem Gebäude sah man an, dass es in Zeiten errichtet worden war, in denen noch Wölfe über die Almen strichen, vor denen man das Vieh schützen musste. An der Mauer war etwas Reisig aufgeschichtet, doch vor der Türschwelle lag ein Haufen von Abfall und anderem wertlosen Zeug. Der Steg, der vom Wald bis zur Tür reichte, war ausgetreten und zeugte nebst dem Abfallhaufen davon, dass der alte Stall eine menschliche Wohnstätte war.

Moškoplet näherte sich langsam den Unterständen, wobei er mehr nach hinten sah als auf sein Ziel. Das düstere Gebäude und die öde Gegend waren ihm äußerst zuwider. An der Türe blieb er unschlüssig stehen und fing an nachzudenken, was er tun sollte, damit alles glücklich ausgehe. Die Türe zu öffnen, einzutreten und zu grüßen, fiel ihm gar nicht erst ein. Er trat hinter die Ecke und gewahrte ein Fensterchen. Mit aller Vorsicht wagte er einen Blick hinein. Er erblickte einen dunklen, niedrigen Raum; in einem Winkel stand ein schwärzlicher, niedriger Herd, im anderen eine Bettstatt, die einer Futterkrippe ähnelte. Von den Wänden hingen verschiedenste Fetzen, auf dem nackten Boden aber lagen Haufen von Erikakraut und anderes Material zum Besenbinden.

In der Krippe konnte Moškoplet zuerst nichts ausmachen. Er atmete schon etwas auf, in der Meinung, ein leeres Haus vorgefunden zu haben, die Ajta aber wäre weiß Gott wohin verschwunden! Als er aber noch eine Zeitlang durch das schmutzige Fensterglas starrte, erkannte er mit Grauen, dass sich auf der Bettstatt unter einer Schicht von Fetzen eine dürre menschliche Gestalt abzeichnete. Auf den Fetzen erkannte er sodann zwei Arme und Hände, auf dem Polster aber ein zur Hälfte bedecktes Gesicht. Die Fetzen, Arme und das Gesicht hatten alle die gleiche Farbe, sodass sie ein weniger geübtes Auge nicht hätte unterscheiden können. Alles war gleichförmig schmutzig und welk.

Die Entdeckung war für den Bettler Moškoplet so überraschend, dass er für einen Augenblick das Gesicht von der Scheibe abwandte und sich an die Mauer lehnte. Er musste Luft holen. Die Ajta war zu Hause und offenbar wirklich krank, denn ihr Leib bewegte sich während der ganzen Zeit, in der er sie beobachtete, überhaupt nicht. Der Anblick der Kranken und dieser furchtbaren Armut und Verlassenheit rührte den Moškoplet aber keineswegs. Mitgefühl war ihm unbekannt. Seine Aufgabe erschien ihm nun noch unangenehmer, da es offenbar notwendig war, den Raum zu betreten, wovor ihn eine unsagbare Furcht erfüllte.

Nach kurzem Überlegen beugte er sich wieder zum Fensterchen. Die Ajta lag noch immer unbeweglich in der Krippe. Moškoplets Auge, das sich ans Dämmerlicht im Stall gewöhnt hatte, konnte jetzt das Gesicht der Alten noch genauer erkennen. Es glich der großen, knochigen Faust eines Zimmerers. Moškoplet erinnerte sich, dass der Riese Bajnant solche Fäuste hatte, wenn er sie nach der schweren Arbeit auf die Tischplatte legte. Nur Haut und Knochen. In diesem zerfurchten Knorren inmitten der Fetzen war nichts Lebendiges, nichts Offenes; dort, wo der Mund sein sollte, war nichts als eine längliche Ritze, und dort, wo die Augen sein sollten, waren zwei mit welker Haut bedeckte Höhlen. Den Moškoplet überlief der Angstschweiß, und all die entsetzlichen Einbildungen, mit denen er sich zuvor dem einsamen Gebäude genähert hatte, flatterten jetzt wiederum durch seine Gedanken. Sein ganzes Leben lang hatte er geglaubt, dass dieses Weib mit dem Teufel in Verbindung stehe. Das Gespenst, das jetzt vor seinen Augen lag, konnte ihn in seiner Überzeugung nur noch bestärken. Ihn erfüllte die Angst, die Ajta könnte schon tot sein, und er war nahe daran, von der Mauer zurückzufahren und davonzulaufen, dorthin, von wo er gekommen war. Doch zum Glück erkannte er, dass sich die Fetzen, die den Leib bedeckten, gleichmäßig hoben und senkten. Die Ajta lebte also noch. In seiner Verwirrung begann er am Fenster laut zu husten.

Beim Geräusch seiner Stimme begannen sich die Hände der Ajta, die früher unbeweglich auf den Fetzen gelegen hatten, unruhig zu bewegen, und das Häufchen Haut und Knochen am Polster begann sich plötzlich an drei Stellen gleichzeitig aufzurichten. Dort, wo Mund und Augen sein müssten, erblickte Moškoplet auf einmal drei furchtbare, hohle Löcher, die ihm das Blut zu Kopf steigen ließen. Der Haufen verwandelte sich mit einem Male in ein Leichenbild. Ajtas Auge richtete sich auf die Erscheinung am Fenster, und auch auf ihr Antlitz legte sich Angst wie auf das Gesicht am Fenster. Die Alte erkannte, dass jemand draußen war. Ihre buschigen Wimpern bedeckten mit einem Male die Augenhöhlen, doch sie öffneten sich jedes Mal noch weiter als zuvor. Dann stützten sich ihre Ellbogen auf, das Haupt erhob sich aus den Fetzen, gleichzeitig aber kam aus ihrem Mund eine unbeschreibliche, hasserfüllte und halbtote Stimme:

»Verfluchter Mann, was suchst du denn hier …?«

Der Körper der Alten bebte, dennoch überwand sie ihre Schwäche und versuchte sich aufzurichten.

Moškoplet schien es, als sähe er Tod und Teufel in einer Gestalt vor sich. Seine Hand ließ den Korb zu Boden fallen, dass darin mit klirrendem Geräusch die Flasche mit der Milch zu Bruch ging; er selbst sprang vom Fenster herunter, rannte Hals über Kopf über die Wiese zum Wald und ins Tal hinunter. Der Weg vom Tumpež-Stall bis zum Ložékar währt sonst eine Stunde, doch der Moškoplet legte ihn in einer halben Stunde zurück, immer noch gejagt von der Erscheinung in der Futterkrippe und dem totengleichen Fluchen hinter ihm.

Beim Ložékar wollte er sich verkriechen und im Heu verstecken, doch das Glück war ihm an diesem Tag nicht wohlgesonnen. Am Hof lief ihm wie absichtlich die Ložékarca über den Weg, die den entsetzten Bettler nur mit Mühe anhalten konnte.

»Warst du bei der Ajta?«

»War ich!«, ächzte Moškoplet.
»Ist sie zu Hause?«
»Ja, zu Hause!«, ächzte er und sah an ihr vorbei.
»Was hat sie denn gesagt?«, seufzte die Bäuerin.

Statt einer Antwort traf sie sein entsetzter und flehender Blick. Sie war überzeugt, dass Moškoplet die Alte tot im Unterstand aufgefunden hatte. Sie drang vergeblich in ihn. Er war nicht mehr in der Lage, eine vernünftige Antwort zu geben, sondern verschwand zwischen den Stallgebäuden, wo er am nächsten Tag nicht mehr aufzufinden war.

Noch am gleichen Tag kam der Dovganoč auf einen Krug Most zum Ložékar. Doch statt eines Krugs bekam er an dem Abend drei. Mehr wollte ihm die Ložékarca aber nicht geben; sie erzählte ihm, dass sie den Moškoplet zur Ajta geschickt habe und in welch erschrockenem Zustand er von dort zurückgekehrt sei.

Dovganoč machte sich sofort auf den Weg zu den Unterständen am Berg. Ihm machte die Ajta keine Angst. Sie war eine Art Tante für ihn, obgleich auf der anderen Seite in ihm keinerlei Verwandtschaftsgefühl mehr vorhanden war. Wie die übrigen Menschen, mochten die Ajta auch ihre wenigen Verwandten nicht leiden. Früher einmal hatte sie der Dovganoč, ahnend, dass die Alte Geld besaß, des Öfteren zu einer 15er-Kartenpartie verleiten wollen, was ihm aber nie gelang. Dann lebten sie mit der Ajta im Dorf nebeneinander her, als würden sie sich überhaupt nicht kennen. Er hatte seine eigenen Sorgen, sie aber wandelte auf ihren geheimnisvollen Wegen. Die Nachricht, die er gehört hatte, überraschte ihn nicht. Jeder Mensch musste einmal sterben, und nun kam offenbar die Ajta an die Reihe, denn sie musste ja schon über neunzig sein, wie ihm seine Mutter erzählte, welche die Jüngste von den drei Ajtas war. Als er den einsamen Weg hinaufschritt, erinnerte er sich wieder an ihr verstecktes Geld, das nun gewiss zum Vorschein kommen würde. Dass sie Geld hatte, davon war er fest überzeugt. Dieser Gedanke belebte ihn; rasch stieg er zur verlassenen Rinne empor.

Am angenehmsten wäre es ihm gewesen, wenn er die Alte bereits als Tote gefunden hätte. Dennoch empfand er es ein wenig bitter, dass die Ajta sterben sollte, ohne dass ihr ein letztes Licht entzündet würde und auch ohne das Sakrament der Ölung. Doch wenn die Tante nicht anders leben wollte? Was konnte er dafür? Einmal hatte er ihr gesagt, sie könne bei ihm wohnen, doch ihre Antwort war für ihn eine Beleidigung gewesen. Andererseits konnte so ein Mensch aber auch ohne letzten Trost sterben, da nichts das Gewissen belastete, und wenn, dann war das Gewicht dieser Sünden durch die ewigen Pilgerwege schon längst aufgehoben.

Umso überraschter war der Dovganoč, als er die Ajta lebend im Unterstand antraf. Er merkte aber sofort, dass ihre letzte Stunde nahe war. Beim Anblick dieses ausgezehrten, alten Körpers empfand er jedoch großes Erbarmen und schob seine früheren Gedanken zur Seite. Er blieb fast die ganze Nacht auf den Beinen, kochte für die Alte Kaffee, den er im Häuschen fand, warf einige verschmutze Fetzen aus der Futterkrippe und deckte die Alte mit sauberen Decken zu, die er in der Truhe fand. Aus dem Stall entfernte er den ganzen Mist und machte so aus der früheren Höhle eine angenehmere Wohnstätte.

Danach zu schließen, wie ihn die Ajta empfangen hatte, war Dovganoč überzeugt, dass ihre Stunden gezählt seien. Sie war sehr schwach und hatte schon einige Tage nichts zu sich genomen, nicht einmal den Durst hatte sie löschen können, da sie nicht aus dem Bett herauskam. Er wusste um ihren Geiz und ihre Angst, dass jemand in ihrer Habe herumstöbern könnte. Solange sie gesund gewesen war, hätte sie ihn angesichts eines solchen Vorgehens sicherlich aus dem Haus gejagt. Jetzt aber lag sie friedlich da und gehorchte ihm in allem. Dovganoč empfand darüber eine beinahe kindliche Freude und tummelte sich voller Liebenswürdigkeit um sie herum. Trotz seiner Armut war der Dovganoč ein guter und mitfühlender Mensch.

Am nächsten Morgen ließ er sie allein und lief nach Hause, um seine Frau zu holen; dann ging er zum Geistlichen, ohne aber der Ajta von alledem etwas zu sagen. So wie die ganze Pfarre wusste auch er, dass die Ajta wahrscheinlich schon länger nicht mehr bei der Beichte gewesen war, denn sie war in letzter Zeit der heimischen Pfarrkirche ausgewichen und nur dann dorthin gekommen, wenn es eine Bescherung für die Armen gab. Den Dovganoč hielt man in Jamníca zwar für einen Ungläubigen, und er konnte sich ja selber nicht mehr genau erinnern, wann er das letzte Mal bei der Beichte gewesen war, doch nun dachte er sich, dass es für eine Pilgerin ins Jenseits gut wäre, sich mit Gott zu versöhnen. Wenn es auch nichts nützte, schaden konnte es auf keinen Fall.

Der Ajta hatte die Krankheit das Reden verschlagen, und der Pfarrer Virej war mit ihrer Beichte schnell zu Ende. Doch die Alte widersetzte sich dem Tod immer noch hartnäckig. Sie lebte noch drei Tage bei bloßem Wasser. Obwohl sie nicht mehr reden konnte, war sie bis zur letzten Minute bei Bewusstsein. Die Augen brannten ihr, und sie beobachtete die Menschen, die in den Unterstand kamen. Da die Alte nicht sofort starb, begann der Dovganoč wieder an ihr Geld zu denken, noch mehr aber seine Frau, welche die Alte pflegte. Heimlich versuchten sie nach dem Gold zu stöbern, doch die Ajta vertrieb sie stets mit ihren Augen, die sie öffnete, sobald sie in einem Winkel etwas rascheln hörte.

Am dritten Tag kam der Tod. Im Unterstand waren die beiden Dovganoč und die Munkinja, die mit der Enkelin heraufgekommen war und einen vollen Korb an Stärkungen mitgebracht hatte. Plötzlich traten Schweißtropfen auf Ajtas Stirn.

»Jetzt kommt der Tod, wo habt ihr denn die Kerzen?«, fragte die Munkinja ruhig.

Der Dovganoč entzündete die Kerze, die schon die gesamten drei Tage auf dem Fensterbrett bei Ajtas Bett bereitgehalten wurden, sodass die Alte sie immer vor sich hatte, wenn sie die Augen öffnete. Er gab sie der sterbenden Tante in die Hand. Es war Brauch, dass der nächste Verwandte das letzte Licht entzünden musste. Die Ajta drückte die Kerze fest in ihren trockenen Fingern und schaute einige Augenblicke starr in die kleine Flamme, die über ihrer Brust brannte. Dann schlossen sich ihre dicken, häutigen Lidern langsam über den Augen und bedeckten sie. Alle vier Zeugen ihres Todes knieten sich auf den Boden, und die alte Munkinja begann laut das Gebet der Fürsprache für die Sterbenden zu sprechen.

Sie betete den schmerzensreichen Teil des Rosenkranzes. Sie hatte ihn schon bis zur Hälfte heruntergebetet, aber die Ajta atmete immer noch, wenn auch unregelmäßig und heftig, sodass es den Zeugen bei jedem Atemzug vorkam, es sei der letzte. Doch auf einmal hob sich die Brust der Alten noch einmal. Die ohnehin kurze Kerze war schon zur Hälfte niedergebrannt, und die kleine Flamme näherte sich unaufhaltsam dem Wachs, das die Kerze umgab und über die knöcherne Hand der Alten rann, sodass sie aussah wie ein Klumpen Erde.

Der schmerzensreiche Teil des Rosenkranzes war schon zu Ende, und die Munkinja musste mit dem zweiten Teil, dem freudenreichen, beginnen. Die Kerze war hinuntergebrannt; den Dovganoč erfüllte die Sorge, was dann geschähe, wenn die Alte nicht stürbe, denn eine zweite Kerze war nicht in der Keusche. Die Alte atmete noch immer.

Auf einmal aber wurde der Todesschweiß auf ihrer Stirn trocken, und die Gesichtsfarbe bekam einen hellen Glanz. Es schien, dass der Todeskampf nachgelassen hatte, denn ihr Atmen wurde schneller und gleichmäßiger. Die kleine Flamme brannte nur mehr in der zerschmolzenen Wachsmulde. Da öffneten sich die Augen der Ajta für einen Augenblick, und die Zeugen ihres Todes sahen in ihnen ein leuchtendes, jugendliches Strahlen, das sie noch nie gesehen hatten. Alle überkam ein eine Art heiliges Grauen. Dieser wundersame Aufblick währte nur kurze Zeit. Bald schlossen sich die Augen wieder, langsam und müde, doch jenes Strahlen, das vorher in den Augen gelegen hatte, begann sich unter den Augenlidern auszubreiten und bedeckte auf einmal das gesamte verfallene, alte Gesicht mit einem schönen, überglücklichen Schein. Dann öffnete sich langsam Ajtas zusammengepresster Mund, und die Zeugen ihres Sterbens vernahmen ein leichtes Murmeln:

»Schaut, die Kutsche ... die Kutsche ... Drei Paar weißer Pferde ... Sie bringen sie her ...zu mir her ... zu mir her bringen sie sie ...«

Der Mund schloss sich wieder. Die Ajta hörte auf zu atmen und lag tot auf der Futterkrippe, doch ihr Gesicht war noch immer leuchtend und voller Glück ... In ihrer letzten Stunde hatte sie ihre geliebte Tochter gesehen, von der sie an die fünfzig Jahre geträumt hatte.

Die knienden Zeugen dieses Todes spürten einen geheimnisvollen Schauer, sodass sie einige Zeit lang wie erstarrt auf dem Boden knien blieben. Der alten Munkinja war das Gebet in der Kehle stecken geblieben, und durch den Unterstand ging ein schwaches Schluchzen, das statt des Gebetes aus ihrem Mund kam. Doch bald schüttelten die Betenden ihre Benommenheit ab. Als Erster stand der Dovganoč auf, beugte sich über die Ajta und blies das Flämmchen aus, das noch leicht in den toten Händen flackerte. Nach ihm richtete sich auch die alte Munkinja auf, trat zur Ajta und machte ihr Kreuzzeichen auf Stirn, Mund und Brust. Dabei sagte sie:

»Sie ist gestorben ...«

Nach ihr bekreuzigten sie auch die übrigen Zeugen.

Gleich nachdem sich die Ajta ausgekühlt hatte, nahmen ihr die Dovganočka und die Munkinja die Kleider vom Leib, wuschen sie und legten sie eilig auf die Bahre. In der Truhe, die voll von altem, aber gut erhaltenem Gewand war, suchten sie das beste davon heraus, ein Kleid aus schwarzer Seide, das nicht einmal die ältesten Leute von Jamníca jemals an ihr gesehen hatten. Ums Haupt banden sie ihr das schönste seidene Tuch, das sie in dem Haufen fein zusammengelegter Tücher gefunden hatten. Weder die Dovganočka noch die Munkinja ahnten, dass es jenes Tuch war, das die Zabev'sche Magd damals dem Zabev ins Gesicht geschleudert hatte, als in Jamníca vier Hochzeiten gleichzeitig stattfanden, und das die Bettlerin Ajta auf der Erde gefunden und aufbewahrt hatte.

Als die Ajta aufgebahrt war, verließ die Munkinja mit ihrer Enkelin den Unterstand. Der Dovganoč und seine Frau waren nun allein in der Keusche und begannen wie im Fieber nach Ajtas Geld zu suchen. Sie durchstöberten die Truhe, tasteten alle Taschen von Ajtas weiten Gewändern ab, durchsuchten die armselige Einrichtung und sämtliche Winkel der Keusche. Doch das Geld war nirgendwo. Was sie fanden, war ein wenig Kleingeld in einem irdenen Topf auf dem Regal. Sie waren während des Suchens ordentlich ins Schwitzen gekommen, doch als sie einsehen mussten, dass alle Mühe vergeblich gewesen war, sahen sie einander erstaunt an, und es überkam sie ein Frösteln. Nirgendwo der geheimnisvolle Schatz, von dem nicht nur sie, sondern ganz Jamníca geträumt hatte. War die Ajta doch eine richtige Bettlerin gewesen, die von der Hand in den Mund gelebt hatte?

Die Sonne stand schon hoch über dem Berg, als die beiden Dovganoč die Suche aufgaben. Denn wenn sie mittags für die Ajta ausläuten lassen wollten, war es höchste Zeit, nach Jamníca hinunterzugehen, um den Tod der Alten bekannt zu geben, ausläuten zu lassen und den Sarg zu bestellen.

»Gehst du, oder soll ich?«, fragte der Dovganoč unentschlossen seine Frau.

»Ich gehe«, sagte sie gereizt, da sie kein Geld gefunden hatten. Sie wollte nicht allein mit dem Leichnam sein, der sie so hässlich hereingelegt hatte. Ihr alter Groll gegen die Ajta erwachte wieder in ihr.

»Gut, dann bleibe ich hier. Ich habe keine Angst«, sagte wie entschuldigend der Dovganoč, wohl wissend, welche Gedanken seine Frau hegte. Dann ermahnte er sie:

»Aber sag, dass das Läuten, das Begräbnis und alles weitere die Gemeinde zahlen muss. Sag, wir hätten nur ein wenig Kleingeld gefunden, sonst nichts. Hol auch beim Lukáč ein paar Kerzen!«

Die Dovganočka machte sich auf den Weg.

Dovganoč blieb mit dem Leichnam allein zurück. Es war ja sonst bei der Keusche nichts zu tun, nur das Heu draußen auf der Wiese musste verbrannt werden. Er trat vor die Türe, doch bevor er das Heu auf einem Haufen verbrannte, durchstöberte er noch einmal die Hütte. Diese Arbeit war freilich vergeblich, und er zündete gedankenverloren den Heuhaufen an. Der hochsteigende Rauch verkündete dem Dorf in der Senke und seiner ganzen Umgebung, dass in der verlassenen Rinne unterm Berg die Ajta verstorben war.

Doch er fand keine Ruhe. Er konnte einfach nicht glauben, dass seine Tante nicht ein wenig mehr Geld besessen hatte. Ihr ganzes Leben hatte sie nichts anderes getan, als Kreuzer zu sammeln, ansonsten aber zu knausern. Die Truhe mit den Kleidern war ein geringer Trost, besonders für ihn. Alles, was darin war, würden seine Frau und seine Kinder erhalten, für ihn würde es nicht einmal für eine Stange Tabak reichen.

Noch einmal machte er sich auf die Suche und durchstöberte neuerlich das ganze Haus.

Er durchsuchte jede Ritze und Öffnung in der Wand und stieg auch unter das Dach hinauf, wo er den Boden und die Trame absuchte, doch es war nichts zu finden.

Atemlos und verstört setzte er sich auf die hohe Türschwelle und zündete sich die Pfeife an. Einige Zeit lang zog er versonnen den Rauch ein. Die Ruhe, die in der Bergrinne herrschte, tat ihm ganz gut, aber seine Sorgen konnte sie nicht vertreiben. Vom Graben hinter der Wiese war das Wasser zu hören, und einige Vögel kamen herbeigeflogen und setzen sich sogar auf das Dach des Unterstandes. Wie blind starrte er eine Zeitlang ins Jamníca-Tal hinunter, dann überkam ihn Bitterkeit, und er senkte den Blick auf die Türschwelle, auf der er saß. Längere Zeit schaute er geistesabwesend zu Boden, doch auf einmal blieben seine Augen an einer kleinen Öffnung hängen, die er unter sich wahrnahm. Der, der als Erster hier herauf gekommen war, um die Schafe zu weiden, hatte wegen der hohen, hölzernen Türschwelle eine breite Felsplatte herangewälzt, um den Fuß nicht so hoch heben zu müssen, wenn er über die Schwelle trat. Zwischen der Felsplatte und der Türschwelle aber gähnte eine breite Lücke.

Den Dovganoč durchfuhr der Gedanke an das Geld. Was, wenn es hier in diesem Spalt verborgen wäre? Er beugte sich nieder und versuchte, mit seiner Hand durch die Öffnung zu gelangen. Es ging nur bis zum Ellbogen, doch er war mit der Hand noch nicht am Grund der Öffnung. Er wusste sich sogleich zu helfen. Er nahm eine leichte Stange von der Hauswand, steckte sie in die Öffnung und konnte so die Felsplatte von der hölzernen Türschwelle weghebeln. Nun zeigte sich ein kleines Versteck. Dovganoč beugte sich hinunter und streckte den Kopf hinein. Auf einmal wurde es ihm heiß. Zwischen den Steinen der Grundmauern erblickte er in einer Aushöhlung die Umrisse einer schwarzen, viereckigen Schachtel. Er erfasste sie und zog sie heraus. Es war eine kleine, etwa zwei Spannen breite und ebenso tiefe Schachtel aus Eisenblech. Nach ihrem Gewicht erkannte der Dovganoč sofort, dass sie nicht leer war, und noch mehr war er davon überzeugt, als er sie schüttelte. In der Schachtel raschelte und klirrte es.

Der Zimmerer war überzeugt, das gefunden zu haben, wonach er sein Leben lang gesucht hatte. Er war so überrascht und so voller Glücksgefühl, dass er halb erstarrt auf der Schwelle sitzen blieb. Ohne es zu wollen, kam ihm die Unverfrorenheit der Verstorbenen in den Sinn, die kalt auf der niedrigen Bahre lag, nur wenige Schritte von ihm entfernt. Ein besseres Versteck hätte die Alte nicht finden können. Hier drinnen war ihr Schatz vor Dieben sicher, und auch vor dem Feuer. Seine Tante war ja oft mehrere Wochen unterwegs gewesen und hatte alles genau bedacht.

Es waren einige Minuten vergangen, doch Dovganoč saß immer noch auf der Türschwelle. Hin und wieder hob er die Schachtel zum Ohr, schüttelte sie und lauschte ganz betört dem Rascheln und Klimpern, dann aber legte er sie zurück auf den Fels und starrte sie verzückt an. Dabei vergaß er, dass seine Pfeife schon längst ausgegangen war. Er vergaß auch, dass er vor der Totenbahre seiner Tante saß. Er war so glücklich, dass seine harten Zimmererknochen weich geworden waren wie ein Teig. Selige Gedanken gingen ihm durch den Kopf; sein Leben lang war er ein armer Schlucker gewesen, obgleich er jeden Tag von früh bis spät gearbeitet hatte. Solang er auf der Höhe seiner Kraft und Fähigkeit gewesen war, hatte er auch schön verdient – auch die Zeiten waren damals besser gewesen –, doch er hatte eine vielköpfige Familie zu ernähren und schlug sich kaum durch. Später hatten sich die älteren Kinder schon in der Welt verstreut, und es mussten weniger Münder gestopft werden. In letzter

Zeit jedoch begann er zu kränkeln und brachte nicht mehr so viel Geld nach Hause wie früher. Und auch die Zeiten waren schlechter geworden. Sein Leben lang hatte er sich kaum den Tabak leisten können, den er kaute und rauchte. Und wenn er sich manchmal beim Apát den Durst löschte, oder auch beim Lukáč, dann musste dessentwegen seine Familie Not leiden.

Nun aber hatte sich vor ihm ganz unerwartet ein neues Leben eröffnet. In der Schachtel raschelte und klimperte das Geld. Sein Leben würde sich nun ändern, und wenn er dann zeitweise die Axt ruhen ließe, würden die Suppentöpfe trotzdem nicht leer bleiben. Sein Leben lang hatte er Polenta gekocht und Einbrenn- oder Kartoffelsuppe geschlürft. Wenn er einmal etwas Fleisch haben wollte, musste er sich einen Hund oder eine Katze besorgen. Nun würde auch etwas anderes in den Topf kommen. Und wenn es einmal regnete oder klirrenden Schnee gab, musste er nicht mehr die Kate verlassen, er konnte zuhause bleiben und auf besseres Wetter warten. Und wegen der paar Krüge Most würde er nicht mehr bei den Bauernhäusern umherziehen müssen und sich bei den Ložékars und Mudafs einschmeicheln, sondern würde sich selber ein Getränk leisten können. Und wenn ihn einmal die Kräfte komplett versagen sollten, dann würden sich weder er noch seine Frau vor dem bitteren Gemeindebrot fürchten müssen, das ihn in letzter Zeit immer mehr geängstigt hatte. Immer wieder hob er die Schachtel zum Ohr, schüttelte sie und lauschte hingebungsvoll dem geheimnisvollen Rascheln und Klimpern und murmelte halblaut: »Ja, schlimm ist sie, schlimm …«

Erst als er sich von der größten Überraschung ein wenig erholt hatte, dachte er daran, die Schachtel zu öffnen. Sie war versperrt. Er versuchte sie zu öffnen, doch der kleine Verschluss hielt eisern. Es musste einen Schlüssel geben, doch Dovganoč konnte sich nicht erinnern, irgendwo einen passenden Schlüssel gesehen zu haben, obwohl er das ganze

Haus abgesucht hatte. Trotzdem begann er mit der neuerlichen Suche. Die Schachtel mit sich tragend, durchstöberte er noch einmal sorgsam alle Fächer, griff Ajtas Kleider ab und ließ sogar jene nicht aus, die die Ajta auf der Bahre trug. Die Mühe war vergeblich, es war kein Schlüssel da. Ganz benommen stand er vor der Bahre und starrte beinahe flehend zum Kopfkissen, wo sich unter dem weißen Tüchlein Ajtas Gesicht abzeichnete, als wollte er sagen:

»Tante, sag mir doch, wo der Schlüssel liegt!? Jetzt kann es dir doch egal sein ...«

Die Alte aber scherte sich nicht um ihn, und so musste der Zimmerer mit dem kleinen Meißel auf der Anrichte vorlieb nehmen. Noch einmal setzte er sich auf die Türschwelle und begann die Schachtel gewaltsam zu öffnen. Dovganoč geriet anständig ins Schwitzen, bevor es ihm gelang, den Meißel an einem Ende unter den Deckel zu bringen. Dann begann er ihn mit aller Macht anzuheben. Da riss ihn eine krächzende Stimme aus seiner Versunkenheit:

»He, Dovganoč, hebst du den Schatz ...?«

Die Hände des Zimmerers erstarrten, und es hätte nicht viel gefehlt, und die Schachtel wäre auf den Boden hinuntergepoltert. Vor ihm standen seine beiden Genossen, der Bajnant und Cofel Peter, und starrten mit grinsenden Mündern auf ihn. Es war so in seine Arbeit vertieft gewesen, dass er sie nicht wahrgenommen hatte, als sie über die Lichtung herübergekommen waren. Der Bajnant und der Cofel Peter hatten jenseits des Grabens, hoch oben in Mudafs Wald, Holz gemacht; von dort sah man die Rinne so deutlich wie auf der Handfläche liegend. Sie wussten, dass die Ajta auf der Totenbahre lag; und als sie bemerkt hatten, dass draußen auf der Wiese Ajtas Liegestatt verbrannt wurde, da wussten sie auch, dass sie der Tod im Unterstand ereilt hatte. Aus Respekt vor ihrem alten Arbeitskollegen Dovganoč hatten sie sofort die

Werkzeuge weggelegt und waren zur Rinne hinübergegangen, um an Ajtas Bahre zu beten.

Der Dovganoč hätte sich in diesem Augenblick gewiss viel lieber mit der Wilden Jagd getroffen, die in schwarzen Sturmnächten über die Senken und Hänge von Jamníca tobt. Ohne es zu wollen, verschwand seine Hand mit der Schachtel hinter seinem Rücken. Die Lächerlichkeit seines Unterfangens wurde ihm sogleich bewusst, und er legte die Schachtel wieder auf seine Knie. Auf seinem besorgten Gesicht erschien ein gezwungenes Lächeln. Seine beiden Kollegen waren aber ganz offensichtlich in keiner solchen Klemme wie er, und der Cofel Peter sagte freimütig:

»Lässt sich das Teufelsding nicht öffnen, was?«

»Nein, weil ich den Schlüssel nicht finden kann«, erwiderte Dovganoč.

Die Schachtel in den Händen ihres Kollegen hatte für die beiden eine große Anziehungskraft. Sie hatten sofort darauf vergessen, dass sie eigentlich hergekommen waren, um die Ajta mit Weihwasser zu besprengen. Die Entdeckung des Schatzes, von dem ganz Jamníca träumte, war für sie offenbar keine Überraschung.

»Wart, wir helfen dir«, sagte der Cofel Peter und griff mit seinen pechigen Händen sogleich nach der Schachtel und legte sie auf den Fels vor der Schwelle. Dovganoč schluckte seine Bedenken hinunter und legte wieder seine ganze Kraft in den Meißel. Da der Peter die Schachtel fest zum Fels drückte, gab nun der Deckel nach und die Schachtel öffnete sich.

Drei haarige Köpfe beugten sich nieder, schauten eine Weile in die Schachtel, dann hoben sich Bajnants und Cofel Peters Köpfe langsam, und man sah zwei seltsam grinsende Gesichter. Dann kam aus beider Mund ein langgezogenes: »Ahh …«

Dovganoč' Kopf war aber noch immer über die Schachtel gebeugt, es schien, als würde er sich immer tiefer zu ihr neigen. Vor Dovganoč' Auge lachte ein Haufen Geld; zuoberst lagen bunte Hunderter- und Tausenderscheine. Er starrte lange darauf, ehe seine Finger nach ihnen griffen und sie an einem Ende hochhoben. Unter den Scheinen glänzte Gold und Silber. Dovganoč war so überrascht, dass er nicht gleich hochschauen konnte. Über seine Augen zog ein blendend heller Nebel, und als er vor sich hinblickte, sah er gar nichts. Lange saß er da wie eine Statue. Die Stille in den Unterständen und um sie herum wurde noch tiefer, und es war beinah so, als hörte man das Flackern und Brennen der kleinen Flamme im Talghaufen an der Totenbahre. Die Szene war ungewöhnlich. Hinter der weit geöffneten Eingangstür lag die niedrige Bahre mit dem weißen Tuch, unter welchem die Konturen der Toten zu sehen waren; kaum einige Schritte von der Bahre aber saß der Dovganoč mit gespreizten Beinen, vor ihm aber standen zwei Zimmerer mit breiten, pechigen Schürzen und starrten auf den sprachlos dasitzenden Mann. In diesem Moment war dieser Troika nichts fremder als der Tod ...

Die Stille wurde von der leisen Stimme des Cofel Peter durchbrochen:

»Dovganoč, jetzt bist du ein reicher Mann ...«

Der Zimmerer auf der Türschwelle erwachte aus seiner Erstarrung. Mit einem verrückten Lächeln starrte er seine Zunftgenossen an, dann aber beugte er sich wieder zur Schachtel. Mit der Linken nahm er eine Faust voll Scheine heraus, mit der Rechten aber langte er zum Grund der Schachtel, wohin sich seine steifen Finger langsam vortasteten, die dann durch den funkelnden Inhalt schifften, ihn emporhoben und wieder ausließen ... Es waren Gold- und Silberstücke aus der österreichischen Zeit. Die Stille wurde nur vom leichten Rascheln und Klirren des Geldes unterbrochen.

Es war, als ob aus dem harten Fels die Perlen eines wundersamen, unbekannten Quells strömten ...

Aus ihrer Versunkenheit riss sie die große Glocke der Pfarrkirche von Jamníca, die zum Mittag läutete. Ihre mächtige Stimme erscholl langsam vom Tal herauf, umfing die Rinne und füllte sie mit einem schönen, kräftigen Widerhall. Der Cofel Peter nahm mit einem Schwung seinen zerdrückten Hut ab und begann laut ein Gebet zu sprechen. Obwohl der Dovganoč noch ganz in seinen Gedanken war, fügten sich seine Hände wie von selber zusammen, und er betete laut mit.

Zugleich mit dem Geläut verstummte auch das Gebet. Die Männer blickten sich an, und der Dovganoč erhob sich. Es war ihm, als schmerzten ihn die Beine und drücke ihn eine ehemals nicht gekannte Last zu Boden. Eine schwere Müdigkeit kettete ihn einige Augenblicke lang an den Boden. Da erklang von Jamníca wieder das Geläut. Das war das Ausläuten für die verstorbene Ajta. Zuerst erklang die kleinste Glocke, jene schon hunderte Jahre alte Glocke mit ganz reinem Ton; erst als diese der Nachbarschaft verkündet hatte, dass die Verstorbene eine Frau sei, erklangen auch die anderen Glocken.

Das Totengeläute brachte den Dovganoč wieder zurück in diese Welt. Während des Läutens erinnerte er sich, dass man für die Ajta nur kurz ausläuten würde, wie man das bei gewöhnlichen Bettlern zu tun pflegte, vielleicht nur fünf Minuten. Die Gemeinde drückte es an allen Ecken und Enden. Da wurde er von einem großen Gefühl der Dankbarkeit übermannt, zugleich fühlte er auch einen bislang nicht gekannten Stolz. Er starrte kurz auf die Bahre, dann wandte er sich rasch um:

»Peter, weißt du was, lauf schnell hinunter nach Jamníca und bestelle, sie sollen der Ajta so lange ausläuten, wie es sich gehört! – Eine ganze Stunde sollen sie läuten, damit es so ist, als wäre der Dvornik oder der Munk gestorben. Jetzt habe ich

Geld, und die Gemeinde muss nicht für das Begräbnis aufkommen ... Es wird nicht umsonst sein ...«

Der Cofel Peter nickte ihm zu und begab sich im Laufschritt Richtung Wald hinunter und weiter ins Tal. Er rannte mit der gleichen Eile, wie vor einigen Tagen der Moškoplet gelaufen war. Bis zur Pfarrkirche war es eine gute Stunde zu gehen; um noch in der Mittagsstunde dort zu sein, wie Dovganoč es wünschte, musste er sich beeilen. Außerdem aber trieb ihn auch die Entdeckung von Ajtas Schatz an, welche er persönlich im Dorf verkünden wollte. Beim Tumpež, wo der Weg vorbei führte, traf er am Hof die Leute an, die sich zum Mittagessen aufmachten.

»Wir haben Geld gefunden!«, schrie er von weitem und rannte an den verwunderten Leuten vorbei ins Tal hinunter.

Vom Tumpež bis zum Munk benötigte er nur die Hälfte der Zeit, die er ansonsten brauchte.

»Wir haben Geld gefunden!«, schrie er zum alten Munk hinüber, der sich vor der Keusche an der Sonne wärmte, und rannte weiter, dass seine lose Vorbindschürze im Wind flatterte. Und überall, wo er vorbeikam, beim Dvornik, beim Ložékar, beim Zabev, schrie er:

»Wir haben Geld gefunden ...!«

Das Läuten der Pfarrglocken verstummte, als der Peter beim Tumpež vorbeirannte. Die Pfarrleute schlossen aus dem Läuten sofort, dass die Ajta gestorben war. Außer bei Bettlern läuteten die Glocken bei niemandem so kurz.

Als der Peter völlig außer Atem im Dorf ankam, erblickte er auf dem Marktplatz die Mesnerin Therese, die sich über dem Bach hinüber mit der Rudafica unterhielt. Schon von weitem schrie er:

»Therese, läuten, läuten! Wir haben Geld gefunden ... eine ganze Stunde musst du läuten!«

Kaum hatte ihr der Peter alles erzählt, rief die Therese

sofort einige Pfarrjungen von den nahen Höfen zusammen, und bald ertönte aus den Kirchturmluken das harmonische Geläut der Pfarrglocken. Eine ganze Stunde lang. Die Menschen blieben im Hof oder auf dem Feld stehen und wunderten sich, was geschehen sei, dass wiederum mit allen Glocken geläutet wurde. Die Unkundigen waren überzeugt, dass wieder jemand gestorben sei, eine Frau; es erschien ihnen aber seltsam, da niemand im Dorf krank war. Doch schon an diesem Tag drang die Nachricht, dass man Ajtas verborgenen Schatz gefunden habe, bis in den letzten Winkel und an jede Türschwelle von Jamníca, und auch noch weiter hinaus in die Umgebung, und so wurde letztlich das Rätsel dieses wunderlichen Geläutes entwirrt.

Nach Peters Weggang begannen Dovganoč und Bajnant das gefundene Geld zu zählen. In Papier fanden sie etwas über zwanzigtausend Dinar, darunter auch jenes Bündel Banknoten, das die Ajta vom Sečnjak bekommen hatte. In Gold und Silber war es aber ein noch größeres Vermögen, jedenfalls fürs Auge. Bis zum Weltkrieg hatte die Ajta nur Golddukaten und Silbertaler zur Seite gelegt. Den Wert dieses Goldes und Silbers konnten sie zwar nicht einschätzen, doch es war so viel, dass ihnen die Augen übergingen. Als sie mit dem Zählen fertig waren und das Geld wieder in der eisernen Schachtel lag, sah Bajnant seinen Genossen trübe an, dann seufzte er:

»Dovganoč, jetzt, wo du auf einmal reich geworden bist, wirst du sicher auf uns vergessen ...!«

Diese Worte schmerzen den Dovganoč, und er sagte hastig:

»Du irrst dich, Bajnant! Nie werde ich euch vergessen. Ich bin nicht so einer ...«

Bajnant aber wollte es nicht glauben.

»Ha-ha-ma ... das wirst du, ich weiß, was Reiche sind ...«

Der Dovganoč bereitete seiner Tante ein würdiges Begräbnis. Zuerst kaufte er beim Tumpež ein Fass Most für jene, die in großen Scharen gekommen waren, um die Ajta mit Weihwasser zu besprengen, das Dovganoč in einen Topf mit Wasser vom nahen Quell füllte, da es im Häuschen der Ajta kein geweihtes Wasser gab. Er bestellte beim Roprat einen schönen Sarg und beim Pfarrer Virej ein Hochamt. Zum Begräbnis lud er alle Zimmerer von Jamníca ein, und noch andere mittellose Leute, seine ehemaligen Kameraden und Freunde, und bestellte für sie alle beim Lukáč ein gediegenes Essen. Er sagte:

»Jamníca soll wissen, wann die Ajta gestorben ist.«

Die Ajta trugen der Bajnant, der Gačnik Zenz, der Cofel Peter und der Tehant. Beim Begräbnis war alles voller schwarzgekleideter Menschen, die von nah und fern herbeiströmten, einige wegen ihrer Verbundenheit mit dem Leben der Ajta, andere aber wegen des geheimnisvollen Schatzes, über den man in Jamníca alle möglichen Dinge erzählte. Die Leute behaupteten, man habe ein ganzes Vermögen gefunden, und dass das Geld von Gott weiß welchen Königen und Kaisern beisammen war. Manche sahen den Dovganoč neidvoll an, und mit einem Schlag war so manche Begebenheit aus seinem Leben vergessen, seine Trinkgelage, das Treiben der Dovganočka und etliche Fehltritte seiner Kinder.

Auf dieser Welt gibt es aber immer Menschen, die kein Glück haben. Und zu ihnen gehörte auch der unglückliche Dovganoč. Drei Tage nach dem Begräbnis der Ajta stand er gerade vor Apáts Gasthof und stritt sich mit dem Mvačnik aus Hoje um den Preis der alten, halb verfallenen Keusche, die er kaufen wollte. Schon den ganzen Nachmittag hatten sie mit dem Mvačnik um den Preis gefeilscht, und immer, wenn sie knapp vor einer Einigung standen, zog der Mvačnik zurück.

»Dovganoč, was willst du mit der Keusche, wenn du so reich bist. Kauf mir lieber den Grund ab!«

Der Dovganoč erwiderte ihm:

»Für mich reicht die Keusche, was soll ich mit dem Grund!«

Auf der Straße wiederholte sich das.

»Den Grund kauf mir ab, die Keusche gebe ich dir nicht!«

Der Dovganoč wurde zornig und schrie:

»Gut, was willst du für ihn haben?«

Bevor der Mvačnik antworten konnte, unterbrach sie der Lärm eines Wagens, der die Straße herunterkam. Auf ihm saß der Dvornik. Der Fahrer hielt vor Apáts Gasthof. Dovganoč und der Mvačnik wandten sich zum Gefährt, von dem der Dvornik herunterstieg. Auf dem Bauernwagen sahen sie noch eine halb liegende, halb sitzenden Gestalt, in eine Pferdedecke gehüllt, aus der ein aufgedunsenes Frauengesicht blickte. Sie sahen den Fahrer fragend an. Der Dvornik lächelte, dann drehte er sich zum Dovganoč und sagte:

»Ich habe eine neue Ajta mitgebracht!«

Der Dovganoč erstarrte. Das Gesicht auf dem Wagen hatte er noch nie gesehen; dennoch überkam ihn eine furchtbare Ahnung …

Die Wahrheit erfuhr er sehr bald. Der Dvornik hatte Ajtas Tochter aus der Marktstadt hergebracht, die als Halbwüchsige aus Jamníca verschwunden war und welche ganze fünfzig Jahre von niemandem hier im Ort gesehen worden war. Diese fünfzig Jahre hatte Ajtas Tochter in Triest, und auch in anderen Küstenorten, gelebt. Sie hatte gelebt, so gut es ging; solange sie schön gewesen war, hatte sie es angenehm und leicht; als sie alterte, wurde auch ihr Leben schwieriger; und als sie krank und schwach geworden war, hatte man sie kurzerhand über die Grenze gebracht, wo festgestellt wurde, dass sie nicht in jene Gemeinde gehörte, sondern nach Jamníca irgendwo in den Karawanken. Diese funkelnde Kutsche, von der die Ajta ihr Leben lang und auch noch am Totenbett geträumt hatte, stand jetzt mitten in Jamníca ...

»Mein Gott ...«, rief der Dovganoč und lehnte sich, nahe der Bewusstlosigkeit, an den Holzzaun. Dieses aufgedunsene, fremde Antlitz, das er auf dem Wagen erblickte, wuchs an und wurde breiter, und zuletzt sah der Mann nichts anderes mehr als ein einziges riesiges, ihn angrinsendes Gesicht ...

»Was sollen wir denn mit ihr ...?«, fragte der Apát, der inzwischen aus dem Gasthof herausgekommen war und sich wunderte.

»Wird nicht so schlimm werden«, sagte der Dvornik mit einem Unterton. »Die Alte ist zwar lahm, aber man wird sie nicht von Haus zu Haus schaffen müssen. Ihre Mutter hat so viel hinterlassen, dass wir sie in ein Siechenheim geben können.«

Der Mvačnik, schon angeheitert vom Wein, den er auf Kosten des Dovganoč getrunken hatte, wurde schlagartig wieder nüchtern. Er verspürte eine seltsam angenehme Empfindung. Er wandte sich an den Zimmerer Dovganoč, der noch immer wie betäubt am Holzzaun stand, und schrie:

»He, Dovganoč, nun kauf die Keusche ... kauf sie doch ... kauf sie!«

SIEBENTES KAPITEL

Alte Rechnungen

Wovon in Jamníca schon lange geredet wurde und worüber alle Zeitungen schrieben, die dorthin gelangten, wovon verschiedene politische Agitatoren und Vertreter der bäuerlichen Institutionen sprachen, die von Zeit zu Zeit auch den Weg nach Jamníca fanden, das wurde Wirklichkeit: der Schutz der bäuerlichen Besitzungen. Die Schulden der Bauern waren in den letzten Jahren so angewachsen, dass die Schuldner selbst den Überblick verloren hatten. Und weil es den Bauern zu dumm wurde, hörten sie sogar damit auf, die Zinsen zu zahlen, und auch die Steuern. An die Abzahlung der Schulden dachte ohnehin niemand mehr.

Ein Gesetz befreite dann die Bauern von der Hälfte ihrer Verpflichtungen bei den Darlehenskassen, Kaufleuten, Gewerbetreibenden und privaten Gläubigern. Die andere Hälfte ihrer Schulden mussten die Bauern gemäß den neuesten Bestimmungen in genauestens festgelegten Raten abzahlen. Es war schon eine Woche vergangen, seit die Blätter diese rettende Nachricht in Umlauf gebracht hatten, die sich die Bauern in den abendlichen Mußestunden zu Gemüte führten. Von all dem, was dort geschrieben stand, verstanden sie nur das eine, dass den Bauern die Hälfte der Schulden zu bestimmten Bedingungen erlassen wurde. Das genügte aber auch schon, und daneben waren alle anderen Bestimmungen unwichtig. Das politische Gleichgewicht, das bis dahin für die Bauern völlig gestört gewesen war, begann sich wieder einzupendeln. Aus dem Mehrheitslager waren wieder optimistische Stimmen zu hören:

»Seht, das haben wir zustande gebracht ...«

Am Sonntag versuchte auch der Pfarrer Virej von der Kanzel herab den Gläubigen zu erklären, dass es ganz und gar nicht so sei, wie einige Leute behaupteten, und dass sich die Behörde sehr wohl um die Bauern kümmere, und dass den Regierenden das Wohl des Bauernstandes sehr am Herzen liege. Dann sang er das Halleluja auf den Bauernstand, der die Welt aufrecht halte, und indem er noch seine Überzeugung zum Ausdruck brachte, dass auch der Arbeiterstand alles bekommen, was ihm zustehe, beschwor er die Pfarrkinder, sie sollten den alten Grundsätzen und ihren erfahrenen Vertretern treu bleiben. Den Gläubigen kam das zwar so vor, als wollte er das Eisen schmieden, solange es heiß war, doch da ja tatsächlich etwas geschehen war, was mit Händen zu greifen war, wurde dem Pfarrer die Predigt nicht übel genommen.

Nach der Messe war im Gasthof Lukáč so ein Andrang, wie schon lange nicht mehr. Seit beim Apát das Unglück mit dem Zep geschehen war, gingen die Leute viel lieber zum Lukáč, obwohl sie nicht gerade seine Freunde waren. Immerhin hatte er auch die Trafik, den Gemischtwarenladen und handelte mit Holz; außerdem standen mehr Getränke zur Auswahl. Alle sprachen vom Schutzparagraphen für die Bauern. Dem Dvornik, dem jungen Munk, dem Pernjak und nach anderen leuchteten die Gesichter vor lauter Genugtuung.

Der Keuschler Kozjek saß mit dem Dovganoč und dem Tehant an einem Tisch. Von den Zimmerern trank jeder sein Frakerl Schnaps, nur der Kozjek hatte Wein bestellt. Als sie sich einige Zeit wortlos angesehen hatten, bemerkte Kozjek mit spitzer Zunge:

»Seht mich an, ich kann Wein trinken, denn für mich wird der Staat zahlen ...«

Die beiden Zimmerer verstanden ihn gut und blickten mürrisch drein. Sie wussten, dass der Kozjek beim Lukáč eine ganze Litanei im Buche stehen hatte, worunter sich auch einige Mengen an Getränken befanden. Dem Kozjek würden die Schulden zur Hälfte erlassen, während ihrer beider Liste unverändert lang blieb. Für die Bauern wurde tatsächlich gesorgt, um die Arbeiter, die ohnehin schwerer auskamen, kümmerte sich niemand.

Am anderen Tische schrie der Ložékar aus vollem Halse: »Lukáč, heut trinke ich nicht Most, sondern Bier! Hätte ich gewusst, dass der Schutz der Bauern kommt, hätte ich nie einen Most angerührt.«

Der Lukáč versuchte ein gleichmütiges Gesicht zu machen, aber innerlich nagte es an ihm. Die Bauern hatten früher auf Pump bei ihm getrunken, jetzt aber machten sie ihn zum Narren.

Der ehemalige Bunk, nunmehrige Pernjak-Keuschler, den sie aber immer noch Bunk nannten, hielt den Kopf betrübt über den Tisch geneigt. Das Getränk, das vor ihm stand, wollte ihm nicht schmecken. Seine Trinkgenossen wussten, was ihn quälte, und fühlten im Stillen Mitleid mit ihm, nur der Ardev konnte es sich nicht verkneifen, ihn zu sticheln:

»Bunk, was hast du denn so schnell verkauft!? Hättest du noch zugewartet, wärst du heute immer noch der Bunk.«

»Sei ruhig! Was erinnerst du mich daran!« brüllte der Bunk beinahe und goss sich alles in die Kehle, was im Glas war. Als er sich so gestärkt hatte, fügte er hinzu: »Wart nur, die Zeit kommt noch, in der jedes Unrecht gutgemacht wird ...«

»Meinst du?«, sagte Ardev mit zweifelnder Stimme.

»So sicher, wie ich hier sitze!«

»Was wird denn der Mudaf dazu sagen?«

Der Mudaf saß am Nachbartisch und stellte sich taub.

Rudaf, der im Eck saß, fragte zum dritten Mal mit lauter Stimme:

»Mich wundert es aber schon, wer das alles zahlen soll!«

Es schien, als wollten ihn seine Nachbarn nicht hören; es war ihnen unangenehm, wenn jemand beständig in den Sachen weiterbohrte, an die niemand mehr denken wollte. Letztlich bekam er dennoch eine Antwort. Der Zabev sagte trocken:

»Sei ruhig, jemand wird es schon zahlen!«

»Aber wer? Das würde ich gerne wissen!«

»Der Staat!«, rief der Munk laut.

Der Rudaf kratze sich am Ohr:

»Der Staat ...? Gut, doch der Staat sind ja auch wir ...«

»Na, jetzt weißt du also, wer zahlt ...!«

Die Trinker sahen einander an. In einigen Gesichtern lag Sorge, in anderen aber spiegelte sich blanke Böswilligkeit. Über die Stube legte sich eine hitzige Stimmung. Mlatej, der dem Dvornik gegenüber saß, fragte abermals:

»Der Teufel möge wissen, warum sie das gemacht haben ...«

»Was fragst du? Um dem Bauernstand zu helfen, was sonst!«, ließ ihn der Dvornik mit Nachdruck wissen.

»Ach so?« Das Zischen einiger ungläubiger Stimmen war zu vernehmen.

»Eh, was denkt ihr denn ...?«

Die Zweifler gaben keine Ruhe; in ihnen gloste noch der Aufruhr. Der Obad, der mit dem Ložékar trank, sagte:

»Wozu sie das gemacht haben? Damit das Rad weiterläuft.«

»Wie meinst du das?«

»Ach, wie ...? Wer von uns hat denn nun wirklich seine Schulden bezahlt? Ich nicht! Der Ložékar auch nicht! Und der Rudaf ebenso wenig wie die anderen ...Doch sie haben sich gedacht: Tun wir etwas, damit die Menschen wieder

Freude bekommen und sich an ihre Schulden erinnern. Nicht einmal der Ochs geht dir aus dem Graben heraus, wenn du ihn nicht verschnaufen lässt ...«

Die Gruppe der Zweifler wurde wieder lauter, und die anderen, die von der Sache uneingeschränkt begeistert waren, schwiegen.

»Ja, auch der Ochs muss Luft bekommen ...«

»Wie denn sonst ...? Es musste so kommen! Wir haben die Schulden nicht bezahlt, weil wir nicht wussten, womit. Wo nichts ist, dort kannst du auch nichts nehmen. Sagen wir zum Beispiel, sie würden anfangen uns zu pfänden; da würden sie ganz Jamníca pfänden. Davon hätte niemand etwas. Wenn sie uns von unserem Grund vertrieben, wer würde dann arbeiten ...? Wenn wir nicht leben könnten, würde es auch kein anderer hier können. Und wozu dann die Bauernschaft, die Erde? Einer muss arbeiten, sonst ist sie die Erde ja nichts wert ... Ist es nicht so?«

»So ist es«, stimmten ihm verschiedene Stimmen bei.

»Unter diesen Umständen werden wir aber doch etwas zahlen, oder nicht ...?«, grinste der Rudaf.

Der Kozjek überlegte, dann sagte er:

»Jemand wird das bezahlen müssen, was fehlt. Die Darlehenskassen werden der Reihe nach in Konkurs gehen, wenn sie plötzlich die Hälfte verlieren. Mir tut das zwar nicht weh, doch irgendwo wird es fehlen ...«

Da schrie der Zabev auf:

»Die Verluste sind längst bezahlt, fürchtet euch nicht! Bezahlt haben sie jene, die ihr Geld verloren haben. Gezahlt hat der Perman Ahac, der das Geld aus der Darlehenskasse erhalten sollte, wohin es die alte Permanca getragen hat; gezahlt hat der Sečnjak, dem es genauso ergangen ist; und viele andere haben gezahlt. Wir wissen doch, wie die Sache ist ...«

Dabei verschwieg der Zabev, dass auch von ihm einiges Geld eingefroren auf der Darlehnskasse lag.

»Und die Kaufleute?«, feixte jemand.

»Die Kaufleute sollen ruhig was verlieren; sie haben uns genug weggenommen. Ist denn in den letzten Jahren nicht schon genug Grund in Hände von Nichtbauern gekommen?«, antwortete der Zabev, ohne sich um den Lukáč zu kümmern, der das hören musste.

In der Stube war es eine Zeitlang still, bis endlich der Ložékar zum Lukáč hinüber rief:

»Ein neues Maß ... drei Tage wohl, oljé, oljó!«

Der junge Munk erhob sich vom Tisch, streckte seine Hände aus und plärrte:

»Es mag sein, wie es will, doch ich sage euch: Der Schutz der Bauern möge leben!«

»Der Schutz der Bauern möge leben!«, schloss sich ihm beinahe die ganze Stube an.

Trotz aller Bedenken, die es gab, und trotz allen Misstrauens, das in einigen aufkam, waren die Bauern doch froh über das neue Gesetz. Das Joch, das auf ihnen lag, wurden sie zwar nicht los, aber die Last war doch auf eine andere Deichsel verlagert worden, und drückte fürs erste nicht mehr so stark. Jetzt war die Hauptsache, dass die Zahlungen für länger eingestellt waren und dass man nicht immer in Angst vor der Pfändung leben musste. Was nachher sein würde, das mochte Gott wissen, doch das war für Erste völlig gleichgültig. Irgendetwas würde schon sein ...Allzu Rosiges hatten die Bauern ohnehin nicht zu erwarten.

Die rebellische Stimmung, die Jamníca schon längere Zeit in Atem hielt, ließ mit der Gesetzwerdung des Bauernschutzes sichtlich nach. Die Menschen gewannen wieder Hoffnung auf eine gewisse Gerechtigkeit, Zutrauen in sich selber. All das half ihnen ein wenig weiter auf ihrem Weg. Und das war in diesen Zeiten schon viel. Virej, Dvornik, Munk und andere Dorfgrößen, die schon selbst an Jamníca und sich gezweifelt hatten, fanden wieder einen Grund, selbstbewusster und hoffnungsfroher aufzutreten.

Doch bald erkannten sie, dass ihre Festigkeit und ihr Zutrauen auf schwankendem Boden standen. Es war kein Monat vergangen, als eine neue Unglücksbotschaft in Jamníca eintraf. Eine erregte Nachricht machte die Runde:

»Die Gemeinde wird aufgelöst ...«

Jamníca erging es wie ehemals dem Dovganoč, dem Ajtas Schatz auf so unerwartete Weise wieder entrissen wurde. Es war schon länger her, dass solche Gerüchte aufgekommen waren, die jedoch niemand ernst genommen hatte. Jamníca war schon seit eh und je eine eigene Gemeinde. Es gab die Überlieferung, dass Jamníca eine der ältesten Gemeinschaften weit herum war. Davon zeugten auch einige Namen in Jamníca. Ein Haus in Sonnenort hieß »Pri Županu« (Beim Bürgermeister«) und mehrere Familien hatten den Zunamen »Župán«. Die Gemeinde und die Pfarre bildeten eine schöne, abgerundete Ganzheit. Und die Natur selbst, welche das Becken schuf – die Senke von Jamníca mit der klar um sie herum gezogenen Grenze der Hügel und Berge – hatte ihr den Stempel der Eigenständigkeit und Besonderheit aufgedrückt. Sogar dort, wo die Jamníca-Senke mit der Außenwelt in Berührung kam, in Dobrije, trennte sie eine enge Schlucht von ihr, durch welche sich der Jamníca-Bach mit seinen Erosionen von Drajna und Sonnenort seinen Weg in die Welt hinunter bahnen musste.

Für diese Sache warfen sich vor allem die Bürger von Dobrije ins Zeug, mit dem Munk-Sohn Ladej an der Spitze. Der hatte mit Jamníca noch alte Rechnungen offen und wollte sie offenbar auf diese Art und Weise bereinigen.

Vielleicht hatte die Behörde gewisse Gründe für ihren stiefmütterlichen Umgang mit dem Dorf. In den letzten Jahren war die Bewirtschaftung der Gemeinde nicht ganz reibungslos verlaufen. Wegen der Krise steckte das Gemeindebudget in der Klemme. Die Mandatare verloren jede Lust an ihrer Arbeit; viele von ihnen wollten überhaupt nicht mehr zu den Sitzungen kommen und entzogen sich so ihrer Verantwortung. Der Bürgermeister musste hunderte Male auf eigene Faust Entscheidungen treffen und im Alleingang aktiv werden. Doch wie man erfuhr, war es auch in anderen Gemeinden nicht besser, wenn nicht sogar schlechter.

Eines Tages berief man den Bürgermeister auf die Bezirkshauptmannschaft und teilte ihm unverblümt mit, dass seine Amtstage gezählt seien, denn Jamníca werde zur Gänze an Dobrije angeschlossen. Als der »Župán« sich widersetzen wollte, indem er sich auf den Volkswillen der Jamnitscharen berief, teilte man ihm mit, dass die Zusammenlegung der Gemeinden von der Regierung bereits in der vergangenen Sitzung beschlossen worden sei und es jetzt nur mehr um die Durchführung gehe.

»Vom Standpunkt der Verwaltung ist dies die einzige richtige Lösung«, betonte der Bezirkshauptmann. »Jamníca ist eine vollkommen passive Gemeinde, und solche kleinen Einheiten sind nicht lebensfähig. Die neuen Großgemeinden werden etwas ganz anderes sein!«

»Aber unsere Gemeinde ist älter als jene von Dobrije«, wandte der Bürgermeister ein.

»Das bedeutet noch gar nichts! Dobrije ist heute ein wichtiger Wirtschaftsmittelpunkt ...«

»Doch soviel ich weiß, ist auch die Gemeinde Dobrije passiv, und noch weit mehr als Jamníca. Wenn wir zwei Fretter zusammenwerfen, entsteht daraus erst recht ein armer Schlucker. Damit ist der Wirtschaft überhaupt nicht geholfen ...«

Da der Bürgermeister Dvornik dem Bezirkshauptmann

dessen Beweise klar widerlegte, wurde dieser wütend und sagte in alle Schärfe:

»Gut, wenn Ihnen das alles nicht genügt, muss ich Ihnen erklären, dass all das zum ‚höheren Nutzen' geschieht. Haben Sie mich nun verstanden ...?«

»Ich habe es verstanden. Ich bin jedoch keineswegs von der Rechtmäßigkeit dessen überzeugt, was Sie behaupten«, antwortete Dvornik in ebensolcher Schärfe und ging.

In den Einwohnern der altehrwürdigen Senke erwachte der frühere Stolz, und ganz Jamníca wehrte sich wie ein Mann gegen die Absicht, die Gemeinde an das nachbarliche Dobrije anzugliedern. Es herrschte eine solche Einmütigkeit wie schon lange nicht mehr.

»Nein, unters Joch von Dobrije wollen wir nicht! Soll geschehen, was mag!«, war die Losung.

Von der Vereinigung der beiden Gemeinden konnte sich Jamníca keine besonderen Vorteile erwarten, obwohl man sich auch vor keinem besonderen Schaden fürchten musste. Doch was die Gemüter so erhitzte, waren der verletzte Stolz und die Angst vor einer Minderwertigkeit. Den Menschen kam es vor, als wollte ihnen irgendjemand ihre wohlerworbenen Rechte rauben. Wen ging es denn etwas an, ob Jamníca eine Gemeinde war oder nicht!

Vom ‚höheren Nutzen' wurde gesprochen.

»Was für ein ‚höherer Nutzen'?«, fluchte Jamníca.

Jene, die Kontakte zu den Eisenwerkern hatten, erfuhren, dass die Behörde Jamníca deshalb an Dobrije angliedern wollte, damit die Arbeiter bei den Gemeinderatswahlen nicht die Mehrheit bekämen. Das war auch der heimliche Wunsch der Bürgerschaft in Dobrije, die alleine nicht weit kommen konnte.

»Hoho, aus so einem Mehl wird kein Brot! Sie fürchten die Arbeiter! Wenn sie uns an Dobrije anschließen, werden wir alle rot wählen!«, drohten die Leute.

Der Bürgermeister rief eine Gemeinderatssitzung ein und setzte den Einspruch gegen die Aufhebung der Gemeinde Jamnıća auf die Tagesordnung. Und während sonst der Roprat zwecks Beschlussfähigkeit von Haus zu Haus gehen musste, um die Gemeinderäte herbeizuholen, waren diesmal sämtliche Mandatare schon einige Zeit vor Beginn der Sitzung versammelt. Es wurde ein scharfer Einspruch gegen die Auflassung der Gemeinde beschlossen und an verschiedene Behörden verschickt. Alle waren davon überzeugt, dass dies Wirkung zeigen würde, das Ergebnis war jedoch, dass der Bürgermeister auf die Bezirkshauptmannschaft zitiert wurde, wo man ihm zersetzende Aktivitäten zum Vorwurf macht.

»Euer Unterfangen ist vergeblich, da von höheren Stellen etwas anders verlangt wird. Sagt das euren Jamnitscharen!«, trug der Bezirkshauptmann dem Dvornik auf. »Ihr seid doch ein aufrechter Mann und werdet nicht gegen unseren Nutzen agieren!«

Der Bürgermeister kehrte mit so einem roten Kopf nach Jamnıća zurück wie damals, als er ein wenig zu viel vom Lukáč'schen Wein getrunken hatte. Wenn er ihn nicht geschmerzt hätte, hätte er nicht gewusst, dass er ihn zwischen den Schultern trug. Die Sache wurde von Tag zu Tag verzwickter. Dvornik konnte sich gar nicht vorstellen, dass irgendein höherer Nutzen die Auflassung der Jamnıća-Gemeinde verlangen würde. Die Parteivorteile in Jamnıća waren vor allem ihm und dem Pfarrer Virej bekannt sowie jenen, die sich schon jahrelang gegen eine große Zahl an offenen und versteckten Gegnern wehrten. Hinter dem ganzen Teufelsding musste seiner Meinung nach etwas ganz anderes stecken, das ihm aber nicht einleuchten wollte.

Die Bewohner der Talmulde wollten sich dem Druck der Behörde nicht ergeben. Der Kampfgeist wurde immer größer.

Die Jamnitscharen wurden feindselig gegenüber den Leuten aus Dobrije, und nach langer Zeit kam es in einem Marktgasthaus wieder einmal zu einer Rauferei zwischen einer Gruppe von Jamnitscharen und den einheimischen Dobrijanern, wobei man laute Rufe über den Markt hörte:

»Wartet nur, wir werden euch die Gemeinde schon geben ...!«

Die Marktbürger wagten sich gar nicht mehr nach Jamnica.

Der Pfarrer Virej kam immer häufiger in Bedrängnis, da sich die Pfarrkinder jedes Mal bei ihm aufregten, sobald sie seiner in irgendeinem Gasthaus ansichtig wurden. Wenn es schon nichts anderes war, musste er auf bissige Fragen antworten:

»Herr Pfarrer, wird man uns wirklich die Gemeinde nehmen?«

Der Wahrheit zuliebe musste man anerkennen, dass auch Virej nicht verstand, warum man höheren Orts mit solchem Eifer die Großgemeinden verfocht. In den langen Jahren, in denen er in Jamníca gelebt hatte, war er mit dem Dorf und seinem Lebensalltag ziemlich verwachsen. Außerdem war er in die Jahre gekommen und kein Freund von solchen Neuerungen. So stand er in dieser Sache entschieden auf Seiten der Leute.

Die Wortführer in Jamníca griffen noch zu einem anderen Mittel. Sie riefen zu einem Protestmarsch auf, zu dem sie ihren Delegierten aus der Stadt einluden. Bei den letzten Wahlen hatten sich die Jamnitscharen der Teilnahme an der Wahl nahezu gänzlich verweigert, wiewohl die Partei einen Kandidaten aus ihren Reihen gestellt hatte, der aber dann nicht zum Zug gekommen war. Der gewählte Kandidat kam von einer anderen Partei, doch als der Regierungswechsel kam, wechselte auch er die Fronten und wurde ihr Abgesandter, obwohl er in Jamníca selbst nicht eine einzige Stimme erhalten hatte.

Die Räumlichkeiten beim Lukáč waren zu eng für alle Versammlungsteilnehmer. Zum Protestmarsch war Alt und Jung erschienen. Sogar der alte Munk war gekommen, und auch der Moškoplet fehlte nicht. Der Bürgermeister Dvornik sagte vor dem Marsch zum Abgeordneten, worum es eigentlich gehe und wie er reden sollte, damit die Teilnehmer des Protestmarsches mit ihm zufrieden wären. Der Abgeordnete nickte ihm großherzig zu, sprach aber dann des Lagen und Breiten über alle möglichen staatlichen Fragen, innen- und außenpolitische Dinge und so fort. Als er aber das Thema erschöpft hatte, begann er über den Schutz der Bauern zu reden und lobte ihn über den grünen Klee.

Da war es mit der Geduld der Zuhörer zu Ende, und der alte Munk plärrte ihn an:

»Das kennen wir alles schon! Erzählt uns lieber etwas von der Gemeinde!«

»Von der Gemeinde wollen wir etwas wissen! Werdet ihr uns wirklich verschlucken?«, riefen einige.

Wohl oder übel musste der Angeordnete in den sauren Apfel beißen und über die Gemeindezusammenlegung reden, für die auch er im Parlament gestimmt hatte. Er erläuterte den Jamnitscharen den tieferen Sinn des Gesetzes und versuchte ihnen darzulegen, dass kleine Gemeinden nicht lebensfähig seien. Jamníca habe nun einmal nur tausend Einwohner. Außerdem wolle die Regierung damit erreichen, dass in den neuen Gemeinden das Volk allein zu Wort komme, nur das Volk, auf das man sich in jeder Hinsicht verlassen könne. Hier zielte er ganz offensichtlich auf solche Gemeinden wir Dobrije, die man mit Hilfe von Jamníca bändigen wolle. Doch die erzürnten Gesichter, die ihn von allen Seiten entgegenblickten, belehrten ihn, dass er zu weit gegangen sei. Daher begann er von möglichen Ausnahmefällen zu reden, unter die auch Jamníca fallen könnte, und versprach, bei den Behörden seinen ganzen Einfluss geltend zu machen, um Jamnícas Eigenständigkeit zu bewahren.

Die Jamnitscharen konnten unschwer erkennen, dass der Abgeordnete nicht auf ihrer Seite stand. Nach seiner Rede entstand ein Riesenlärm. Kreuz und quer ertönten die Stimmen:

»Die Gemeinde gehört uns! Wir geben sie nicht her, alles andere ist blanker Unsinn ...«

Der Abgeordnete wandte sich ganz verstört an den Dvornik, den Initiator des Protestzuges.

»Lieber Freund, was für Leute sind das? Jamníca war doch stets in unserem Lager, soviel ich weiß ... Das sind ja Bolschewiken ...«

Beim Umzug waren auch viele Eisenwerker; die Einheimischen waren ohnehin gekommen, aber auch zahlreiche Arbeiter aus Dobrije. Solche Versammlungen waren damals eine Seltenheit und fanden zumeist bei verschlossenen Türen statt, doch jene in Jamníca war eine Versammlung für alle Gemeindebürger. Auch der Perman Ahac war gekommen. Manchmal hatte Jamníca seine Anwesenheit für eine Einmischung in ihre eigenen Angelegenheiten gehalten, diesmal aber war seine Teilnahme für das Dorf sehr willkommen.

»Wer wünscht das Wort?« fragte der Dvornik.

»Ahac, melde dich«, riefen ihm die Versammelten von allen Seiten zu.

Ahac erhob sich vom Tisch. Obwohl er erst vierzig war, sah er um einiges älter aus. Sein Gesicht hatte schon längst jene Züge verloren, die ihm in seiner Jugend die Jamníca-Flur und deren Sonne verliehen hatten; an ihrer Stelle waren Furchen eingezeichnet, die vom Feuer und der Eisenschmelze herrührten. Seine Augen lagen tief und waren ausgebrannt, trotzdem aber heimisch und von warmem Glanz. Die schaufelförmigen, verrußten Hände waren ungewöhnlich lang, dafür waren seine Schultern schmäler und weit gebeugter als früher einmal. Um wieviel seine Arme zu lang waren, soviel schmaler waren seine Schultern. Obwohl er eher mager als wohlgenährt war, besaß er doch einen zu großen, schlaffen Bauch, dem man es ansah, dass er mit Kukuruz, Kaffee und Suppe erzeugt worden war. So wie er waren beinahe alle Eisenschmiede, die nun in acht Stunden genau so viel zu leisten hatten wie früher in zwölf oder mehr Stunden.

Dem Ahac sah man es an, dass er aufgewühlt war. Die Stimmung, die rund um ihn brodelte, verwirrte ihn. Was für ein Unterschied von einst und jetzt! Es war nicht das erste Mal, dass er in seiner Heimatumgebung als Eisenwerker das Wort ergriff. Doch ehemals hatte er um sich nur die düsteren Gesichter seiner Arbeitskollegen gesehen, darunter auch hasserfüllte Leute, die ihn oft mit Zwischenrufen gestört hatten: ‚Was wirst denn du uns Predigten halten! Dein Leben ist doch anders als das unsere. Misch dich nicht in unsere Angelegenheiten; die werden wir schon selber in Ordnung bringen …!' Heute aber entstand in den Räumen tiefes Schweigen, sobald er aufgestanden war. Überall blickte er in angespannte, erwartungsvolle Gesichter. Diese Veränderung bewegte ihn so sehr, dass er sich zuerst räuspern musste, ehe er zu reden anhob. War es denn wirklich so, wie es sich seinen Augen darbot? Ja, es waren mehr als fünfzehn Jahre verflossen, seitdem er aus dem Kreis der Einheimischen heraus- und in ein neues Leben eingetreten war. Und in dieser Zeit hatte sich auch Jamníca verändert.

»Jamnitscharen, so sei es also! – Ihr wollt hören, was wir Arbeiter über diese Angelegenheit – über eure Gemeinde – denken! Ihr habt den Redner gehört, der euch gesagt hat, aus welchen Gründen man eure Gemeinde an Dobrije angliedern will. Sie brauchen euch dazu, um über uns regieren zu können, die wir ihnen nicht Folge leisten. Wir aber sagen: Jamníca soll eine eigene Gemeinde haben, so wie es auch bisher der Fall war. Dobrije braucht die Jamníca-Gemeinde nicht! Wir fürchten euch nicht, aber wir wollen auch nicht, dass euch unseretwegen die alten Rechte entzogen werden ...«

Ahac konnte nicht weiterreden, da sich im Raum ein stürmischer, begeisterter Beifall erhob. Die Versammlungsteilnehmer lärmten und schrien: »So ist es!! Hört, die Arbeiter sind auf unserer Seite! Ahac lebe hoch!«

Der Abgeordnete wurde grün vor Zorn. Mit dem Pfarrer Virej, den ein unangenehmes Gefühl überkam, tauschte er ein paar geflüsterte Worte, dann wandte er sich an den Dvornik und forderte:

»So entzieht ihm doch endlich das Wort, er spricht doch wie ein Aufwiegler ...«

Dvornik biss sich auf die Lippe, dann schlug er mit dem Löffel ans Glas:

»Ruhe, Ahac hat das Wort ...«

Der Ahac fuhr fort:

»Sie erzählen euch etwas von einem höheren Nutzen. Was ist denn dieser höhere Nutzen? Nicht nur, dass sie euch die Gemeinde nehmen wollen, sie wollen uns die Gemeinden überhaupt wegnehmen, die eigenständige, unabhängige Verwaltung. Nach dem neuen Gesetz werden nicht mehr die Gemeinden die Sekretäre anstellen, sondern eine höhere Kraft wird das tun. Die Bürgermeister und Gemeindemandatare werden nur mehr Knechte sein. Das ist die Wahrheit. Doch dagegen müssen wir uns alle zur Wehr setzen. Es gab Zeiten, wo wir uns nicht verstanden und uns gegenseitig nicht vertraut haben. Diese Zeiten sind hoffentlich für immer vorbei. Und sie sollten auch wirklich vorbei sein! Wir sind nicht eure Feinde und können es auch nicht sein! Sind wir denn nicht alle von gleicher Geburt, kommen wir Arbeiter denn nicht auch vom Bauernstand ...? Wenn nicht schon aus dem ersten Knie, dann aus dem zweiten oder dritten. Auch mich hat eine Bauernfrau geboren ... Das Brot verdienen wir uns halt jeder auf seine Weise, aber immer noch ist es das Brot, das uns verbindet! Und deshalb sage ich: Lasst unsere Gemeinden in Ruhe, schreibt lieber neue Gemeinderatswahlen aus ...«

Ahac hatte zu Ende gesprochen, und ein stürmischer Applaus der Zustimmung brachte Lukáč' Gasthof zum Beben. Es dauerte einige Minuten, ehe man wieder sein eigenes Wort vernehmen konnte. Der Abgeordnete stand auf und sagte wütend zum Vorsitzenden:

»Das ist kein Ort für mich, eine Versammlung von Revolutionären!«

Der Bürgermeister Dvornik, dem die Versammlung sehr wohltat und dem es ganz recht war, dass der Abgeordnete die Stimme von Jamníca hörte, sagte zu ihm:

»Wartet doch, jetzt haben ja Sie das Wort!«

Bevor sich der Abgeordnete wieder gesammelt hatte, begannen die Leute schon in Scharen wegzugehen. Der Vorsitzende forderte sie vergeblich zum Bleiben auf, doch als er sah, wie die Sache stand, rief er: »Wir müssen eine Resolution beschließen!«

Das hielt die Leute wieder ein wenig bei der Stange. Dvornik verlas eine schon im Vorhinein verfasste Resolution, in der die versammelten Jamnitscharen gegen die Auflassung ihrer Gemeinde und die Angliederung an Dobrije protestierten. Der Text war ziemlich scharf formuliert, weswegen es keinen Versammlungsteilnehmer gab, der nicht gerufen hätte:

»So ist es! Schickt es nur an die richtigen Stellen!«

Und von hinten schrien einige sogar:

»Jetzt verteidigen wir unsre Gemeinde auf dem Papier, aber wehe, wenn wir sie mit den Fäusten abwehren ...«

Der Aufstand der Jamnitscharen, mit dem sie ihre Gemeinde verteidigten, war freilich vergeblich. Bald danach langte in der Gemeinde der abschließende Erlass ein, mit dem die selbständige Arbeit der Gemeinde beendet wurde. Der Kommissär der Bezirkshauptmannschaft kam angereist, holte die Bücher und das Archiv ab und brachte alles nach Dobrije. Bis zur nächsten Gemeinderatswahl sollten die Mandatare von Jamníca in der neuen, größeren Gemeinde weiterarbeiten. Doch diese legten gemeinsam mit dem Dvornik wie ein Mann ihre Funktionen nieder und wollten sich um nichts mehr kümmern, was immer auch in der Gemeinde an Wichtigem vorlag. Der gute Eindruck, den das Gesetz zum Schutz der Bauern gemacht hatte, verblasste bald, und Virej musste seine langen Nachmittage wiederum zu Hause verbringen, da es ihm nicht schmeckte, irgendwo hinzugehen, bloß um sich den noch größeren Groll der Leute zuzuziehen. Doch eines Tages platze die Nachricht herein:

»Den Perman Ahac jagen die Gendarmen!«

Achtes Kapitel

Bittere Zeiten beim Munk

Bei der jungen Munkinja war es wieder so weit. In fünfzehn Jahren hatte sie sechs Kinder zur Welt gebracht. Nun war das siebente unterwegs. Die Kinder und die leidvollen Erfahrungen auf der Wirtschaft hatten sehr an ihr gezehrt, sodass ihre schmale, magere Gestalt kaum mehr an die ehemalige bildschöne Munk Mojtzka erinnerte. Sie war ja erst wenig über dreißig, sah aber so aus, als wäre sie schon in den Vierzigern. Es war wie ein Wunder – die Mojtzka war schmal und sanft, die Kinder aber genau das Gegenteil: breit und kräftig. Wenn sie die Leute inmitten ihres Nachwuchses betrachteten, zwischen lauter großköpfigen und grobknochigen Kindern, dachte so mancher, wo sie dieses starke Geschlecht wohl hergenommen hatte. Es ähnelte dem Wollknäuel auf dem Spinnrad, der sich unablässig entrollt, und aus dem dann neue Knäuel entstehen, größer als das Mutterknäuel, das gibt und gibt, bis es leergerollt ist.

Sie war das genaue Gegenteil ihrer Schwägerin, der ehemaligen Bunkinja. Diese hatte noch einmal so viele Kinder geboren als sie, war aber noch immer eine kräftige Frau geblieben, die sich in ihrer Mutterschaft noch keineswegs erschöpft hatte. Ansonsten aber verlief ihr Leben ohne alle größeren Schwierigkeiten. Ihren Mann liebte sie und war ihm noch immer so zugetan wie damals, als sie sich am Bildstock im Feld lieben gelernt hatten. Ihr damaliges Feuer hatte sich mit den Jahren in eine feinfühlige Ergebenheit verwandelt, die sie unaufhörlich in sich nährte und die ihr die Schwierigkeiten des Lebens milderte und sie in eine feste schicksalshafte Mission verwandelte, die es zu tragen galt.

Das Unglück ihres Bruders hatte einen tiefen Kummer bei ihr ausgelöst, den sie sich aber nicht anmerken ließ. In ihrem geheimen Leben war immer noch der ganze Stolz der Munks und Bunks gegenwärtig. Als ihr Bruder Schiffbruch erlitten hatte, hatte sie versucht, die Mission ihrer Familie weiterzuführen. Sie rückte enger mit den eigenen Leuten zusammen und weihte sich auch stärker dem Gebet. Dem Bruder Bunk und seiner großen Familie half sie, so gut sie es konnte und wusste. Was sie aus Furcht vor ihrem Mann nicht öffentlich tun konnte, tat sie im Geheimen. Die Menschen wussten, dass beim Munk nicht ein einziges Mal Brot gebacken wurde, ohne dass ein Laib Brot hinüber zur Pernjak-Keusche wanderte. Den Vater und die Mutter, die noch lebten, versorgte sie aufs Beste und versuchte, den beiden Alten ihre Schwermut zu lindern. Unablässig war sie auch darum bemüht, die Beziehung der Alten zum Sohn Ladej zu verbessern, damit es wieder so würde, wie es einstmals war, als sie sich noch nicht des Grundes wegen zerstritten hatte. Sie schlichtete die politischen Gegensätze zwischen Ladej und den Munks mit Hilfe ihrer sanften Unparteilichkeit, und als ihr wirklich das Kunststück gelang, dass Ladej wieder zu ihnen ins Haus kam, war sie überglücklich.

Schon bei ihrer sechsten Geburt war es bei ihr um Leben und Tod gegangen. Der Arzt hatte kommen müssen, um sie zu retten. Damals beschwor er sie, sie solle sich vor einer neuerlichen Geburt schützen, wenn sie weiterleben wolle. Drei Jahre waren ohne Kind vergangen, doch im vierten Jahr war es wieder so weit. Sobald sie dem Mann die Neuigkeit erzählt hatte, drängte er sie dazu, zum Arzt zu gehen, indem er sie an dessen damalige Worte erinnerte. Es kam sogar zum Streit zwischen ihnen, dennoch konnte sich die junge Munkinja nicht zu diesem Schritt entschließen. Ihr ganzes mütterliches Gefühl wehrte sich dagegen, sich das Kind nehmen zu lassen. Von ihrer Sendung erfüllt, konnte sie keineswegs verstehen, dass ihre Aufgabe irgendwie mit dem Tod verbunden sein könnte. Doch genauso stark wie ihre Mission liebte sie auch das Leben selbst.

In ihrem Zwiespalt suchte sie den Pfarrer Virej auf, um ihm auch sogleich zu eröffnen, worum es ging und wozu sie sich entschlossen hatte. Bei ihm suchte sie vor allem Seelenruhe. Virej war in der Klemme. Auf der einen Seite freute ihn die Entschlossenheit der Munkinja. Die weiße Pest, wie er die Abtreibung nannte und gegen die er unermüdlich von seiner Kanzel wetterte, hatte ohnehin schon seine Pfarre angesteckt, und wenn ihr nun auch noch solche Mütter wie die junge Munkinja unterlagen, wäre das der Anfang vom Ende. Auf der anderen Seite sagte ihm sein Verstand, dass sein Standpunkt nicht richtig sei und dass er ihr das gleiche anraten müsste wie ihr Arzt. Doch der Sinn des Ehegesetzes hielt ihn davon ab, das entscheidende Wort auszusprechen. Wenn er mit dem Arzt mitgezogen wäre, hätte er die junge Munkinja davon überzeugen können, dass dies notwendig sei. Doch den Mut dazu besaß er nicht, daher sprach er lieber von Gottes Voraussicht und empfahl ihr das Gebet, indem er behauptete, dass die Ärzte nicht allwissend seien. Das fiel ihm umso leichter, als er sah, dass sich die junge Munkinja selbst am allermeisten vor so einem Schritt fürchtete.

Ihre Stunde kam zur Zeit der Weizenernte. Die Munkinja quälte sich schon seit der Morgendämmerung in ihrer Kammer, den siebenten Munk auf die Welt zu bringen. Immer, wenn die Wehen nachließen und sie wieder zu klarem Bewusstsein kam, sah sie das große helle Fenster vor sich, durch das der schöne, sonnige Tag hereinsah. Inmitten dieses Sonnenlichts wiegten sich die Zweige des Apfelbaumes, der schon seit weiß Gott wann an der Hauswand wuchs. Im Frühling hatte er im lieblichsten Rot geblüht, jetzt aber hingen zwischen den Zweigen schon die vollen Früchte, die sich zu röten begannen. Diese Äpfel waren die ersten, die beim Munk reif wurden. Es war, als winkten ihr die Zweige zum Gruß. Vom Hof her erklang das ausgelassene Rufen der Kinder. Jedesmal, wenn die Frau im Kindbett die Augen öffnete, tauchten sie ins üppige Licht, und sie lauschte dem jungen bezaubernden Rufen von draußen. Dann verdämmerte die Welt wieder für sie ...

Nach der Jause kam der Munk in ihre Kammer. Die Mojtzka hatte sich gerade wieder erholt und lag ruhig und nur leicht gerötet auf dem weißen Linnen.

»Wie ist es denn?«, fragte er sie beinahe ängstlich.

»Es ist noch nicht so weit!«, sagte die alte Munkinja, die am Bett der Tochter saß.

Die Mojtzka rührte sich und sah ihrem Mann geradewegs in die Augen.

»Wie ist es mit der Ernte, Tonač? Werdet ihr heute mit dem Weizen fertig werden ...?«

»Das werden wir, wenn es recht geht. Die Schnitterinnen schneiden, wie schon lange nicht mehr«, antwortete der Mann schnell und begeistert, ganz erfreut, dass seine Frau davon zu reden begann. In ihm war schon am Morgen die Lust des Bauern an der Ernte aufgeflammt und hatte ihn ganz eingenommen. Das Korn war dieses Jahr prächtig, und vor seinen Augen wiegten sich die schweren, gelben Ähren, deren Wehen in ihm das Blut betörten. Seine gehobene Stimmung wurde nur durch die sich nahende Geburt getrübt, die ihn regelmäßig aus seinen süßen Empfindungen fallen ließ. Jetzt aber, da sich seine Frau selbst an die Weizenernte erinnerte, erfüllte ihn eine tiefe Zuneigung und Liebe zu ihr. Er trat zum Bett und ergriff ihre schweißnasse Hand. Er hätte ihr gerne etwas Tröstliches gesagt, doch stattdessen kamen aus seinem Mund die Worte:

»Wenn es gut geht, werden es dreißig Vierlinge …«

»Dreißig Vierlinge«, wiederholte die Frau voll Zufriedenheit. Sie hatte erwartet, dass ihr der Mann etwas Schönes sagen werde, um diesen Moment mit seinem Schicksal zu verbinden. Doch er hatte »dreißig Vierlinge« gesagt, und auch diese beiden Worte waren sehr schön. Ausgesprochen aber hatte er sie mit einer noch viel schöneren, bedeutungsvollen Stimme, in welcher sie das vernahm, was ihr Dasein in diesem Augenblick zu hören verlangte. Lange verharrten sie so, tief versunken im gleichen Gedanken. Vor ihnen weiteten sich die engen Wände der Kammer, wichen zurück in unsichtbare Fernen, und auf einmal befanden sie sich inmitten einer wundersam schönen Welt.

Die junge Munkinja entwand ihre Hand der seinen und sagte:

»Jetzt aber geh nur und schau, dass alles schön vollendet wird.«

Der junge Munk verließ die Kammer, und seine Seele war wieder vollkommen beruhigt und ganz bei der Ernte.

Am Nachmittag kam der alte Munk aufs Feld. Er schritt ungewohnt schnell und kümmerte sich nicht um die Schnitterinnen, und auch nicht um den schönen Weizen. Als er beim Schwiegersohn war, sagte er kurz:

»Poa, jetzt musst du aber den Doktor holen gehen!«

Das Gesicht des jungen Munk überzog eine schlimme Angst. Er stand hoch auf der Leiter und schlichtete die Weizengarben, die ihm sein Sohn hinaufreichte, der fünfzehnjährige Jozej. Seine Augen glitten für einen Moment über das Feld und über die Garben, die sich hinter den Schnitterinnen häuften. Der alte Munk verstand den Blick und sagte:

»Geh nur, ich werde für dich schlichten.«

Der junge Munk ging, und schon nach ein paar Minuten sahen die Schnitterinnen, wie er über das Nachbarfeld Richtung Dobrije lief. Übers Feld legte sich eine bedrückende Schwere. Die Schnitterinnen wurden leise, und wenn eine von ihnen sprach, war ihre Stimme fremd und sorgenvoll. Der alte Munk hockte wie ein Specht auf der Leiter und schlichtete schweigend Garbe um Garbe. Sein bärtiges Gesicht war bald von Grannen bedeckt, um die er sich aber nicht scherte. Er sah beinahe selbst aus wie ein kleiner Getreideschober.

In gut zwei Stunden war der Arzt beim Munk.

Als die Schnitterinnen am Abend zum Vesperbrot kamen, trat der junge Munk an den Tisch und sagte zu ihnen:

»Entschuldigt, heute wird das Abendessen ein wenig kümmerlich ausfallen ...«

Er kam nicht weiter, doch die Schnitterinnen wussten, warum es so war. Nicht einmal das Essen, das sie bekamen, wollte ihnen schmecken, da sie sahen, wie tief die Hausleute in ihren Gedanken und Sorgen versunken waren. Um Mitternacht kam der Arzt in die Küche, wo der Munk wach saß und sagte zu ihm:

»Das Kind haben wir gerettet, doch bei der Mutter weiß ich nicht, wie es werden wird ... Ich würde euch raten, dass ihr sie gleich am Morgen ins Krankenhaus bringt!«

»Ist es so schlimm?«, fragte der Munk mit rauer Stimme.

»Schlimm, wirklich ... Solche Dinge muss man ernst nehmen. Schon vor drei Jahren habe ich euch aufmerksam gemacht ...«

Das siebente Kind war ein Knabe. Nach der Geburt fiel die Mutter in einen harten, bewusstlosen Schlaf, der bis in den Morgen hinein anhielt. Der junge Munk wollte den Rat des Arztes befolgen und wartete voller Ungeduld, dass die Frau aufwachen würde. Er hatte Angst, eine bewusstlose Frau ins Krankenhaus zu fahren. An diesem Tag wollten sie den Sommerroggen ernten, und in der Früh kamen die Schnitterinnen zum Haus. Der Munk schickte sie wieder zurück:

»Geht nach Hause; heute wird bei uns nicht geerntet!«

Die Ernteleidenschaft war ihm bei den Worten des Arztes gründlich vergangen. Statt des Kornes sah er trübe Geister vor sich, die immer finsterer wurden, je länger die Frau in der Ohnmacht lag. Er machte sich auch immer heftigere Vorwürfe, warum er sich ihr nicht rechtzeitig widersetzt hatte. Er hatte die Mojtzka gern; für seine Liebe hatte sie ihm zwar den halben Munk'schen Grund in die Ehe gebracht, aber daran dachte er in dem Augenblick überhaupt nicht. Sie war eine gute Frau und eine gute Mutter. Und er fürchtete ein Unglück.

Die Sonne schien schon kräftig ins Geburtszimmer, als die junge Munkinja endlich erwachte. Sie war sofort bei vollem Bewusstsein, und wenn nicht ihre ungewöhnlich leuchtenden Augen und ihre seltsam veränderten Gesichtszüge gewesen wäre, hätte man denken können, sie habe ein gewöhnliches Geburtstrauma überstanden. Der Munk begann ihr mit schonender Stimme zu erzählen, was der Arzt gesagt hatte. Kaum dass sie es gehört hatte, begann sie seltsam zu lächeln und sagte mit schwacher, aber klarer Stimme:

»Tonač, daraus wird nichts ... Ich weiß, was mit mir los ist. In mir ist alles leer, und bald werde ich nicht mehr da sein. Deshalb zahlt es sich gar nicht aus ...«

Munks Augen wurden trübe.

»Ach, Mojtzka, es ist ja nicht so schlimm. Der Arzt hat gemeint, dass das Krankenhaus besser für dich wäre, weil alle Hilfsmittel bei der Hand sind. Dort wirst du schneller gesund als hier zu Hause ...!«

»Nein, ins Krankenhaus gehe ich nicht«, wehrte sich die Munkinja. »Dort können sie mir nicht helfen; ich kann genauso gut zu Hause sterben. Ich will nicht unter fremden

Leuten sterben, sondern in eurer Mitte ... bei dir und bei den Kindern ...«

Den ausgebrannten, schwachen Körper seiner Frau vor sich sehend, war der Munk von den Worten des Arztes umso mehr überzeugt. Deshalb ließ er nicht davon ab, ihr zuzureden.

»Ich könnte ein Auto bekommen und in zwei Stunden wären wir dort. Du würdest gar nicht merken, dass wir fahren ...«

Das Gesicht seiner Frau wurde für einen Moment hart. Es hatte den Anschein, als ergriffe sie ein neuerlicher Schmerz. Da sagte sie unter Mühe und mit Krämpfen:

»Ich will nicht ... lass, dass ich beim Munk sterbe ... Ich bitte dich ...!«

Der Mann wusste sich nicht mehr zu helfen, und es war auch nicht ratsam, sie weiter zu bedrängen. Er ging aus dem Haus und suchte den alten Munk in seiner Keusche auf.

»Könnt Ihr beide sie dazu überreden, dass sie sich hinfahren lässt. Euch beiden gehorcht sie eher!«

Der alte Munk sah ihn eine Zeitlang stumm an, dann sagte er entschlossen:

»Lass sie, wenn sie zu Hause sterben will ...«

Seine Stimme war schwer, beinahe vorwurfsvoll.

Die alte Munkinja, welche die durchwachte Nacht aufs Bett geworfen hatte, ließ sich mit geschlossenen Augen vernehmen:

»Lass ihn; er ist ja nicht schuld!«

Der Munk taumelte wie betäubt aus dem Haus. Er wusste nun, dass die beiden schon das Kreuz über die Mojtzka gemacht hatten, während er noch immer voller Hoffnung war.

Am Vormittag fiel die Munkinja wieder ins Koma. Die Nachbarn kamen nacheinander zum Haus, und gegen Mittag erschienen auch die beiden ehemaligen Bunks. Die Nachricht vom Zustand der jungen Munkinja verbreitet sich schnell im

Dorf. Alle, die sie sahen, wurden nachdenklich, doch sie trösteten den Mann und die Einheimischen, dass die Sache nicht so schlimm sein werde, wie es aussah. Doch übers Haus legte sich die Angst vor dem Tod. Die Anwesenheit Virejs, nach dem geschickt worden war, verstärkte noch die Beklemmung. Der Geistliche war in Bedrängnis, und als er ins Krankenzimmer trat, geriet er ins Zittern. Sein Gewissen sagte ihm, dass er nicht recht gehandelt hatte, als er die junge Munkinja nicht von ihrer Ergebenheit in ihre Mission abgebracht hatte. Es war ihm, als blickten ihn alle Dorfbewohner mit vorwurfsvollen Augen an. Die Munkinja war nicht bei Bewusstsein, deshalb konnte er ihr nicht die Beichte abnehmen.

»Das Kind ist doch ohne Sünde«, sagte er, als wollte er sich selbst freisprechen.

»Auch ich bin dieser Meinung«, erwiderte der alte Munk.

Der Pfarrer verließ in aller Eile den Munk'schen Hof.

Am Nachmittag kam die junge Munkinja wieder zu Bewusstsein, aber sie war viel schwächer als am Morgen. In den weißen Vorhängen lag das Sonnenlicht, und es war für die Kranke fast zu hell im Zimmer. Trotzdem sagte sie:

»Zieht den Vorhang vom Fenster zurück, ich möchte gerne die Sonne sehen ...«

Als sie die Vorhänge zurückgezogen hatten, starrte sie lange durchs Fenster. Draußen zitterten kaum sichtbar die Blätter des alten Apfelbaums, und seine süßen Früchte schwebten ganz leicht im Sonnenlicht. Alles war still draußen, nur das Plätschern des Brunnens war deutlich zu vernehmen. Hinter dem Apfelbaum sah man die riesigen Berggipfel, seltsam niedergedrückt und hell, darüber aber das Blau des Himmels. Dieses kleine Stück der Welt enthüllte der Munkinja all die weite Schönheit jenes Tages, an dem sie sich vom Leben verabschiedete. Nach einiger Zeit regte sie sich kaum merklich und sagte zum Mann:

»Ruf die Kinder ...«

Der Munk sah sie flehend an, doch ihre Augen überzeugten ihn sofort, dass er nicht lange warten sollte. Bevor er die Kammer verließ, rief ihm die Frau noch einmal zu:

»Und auch den Vater, die Mutter und alle ...«

Die Kammer füllte sich bald mit der Munk'schen Familie. Die Kinder stellte man zum Krankenbett, ans Kopfende die kleinen, zum Fußende die größeren, sodass es aussah, als gingen lebendige Stufen von der Mutter zum Vater, der hinter dem ältesten, dem Jozej, stand. Hinter ihm standen die anderen. Zuerst war leichtes Schluchzen zu hören.

Dann sagte die Kranke:

»Wo habt ihr denn ihn ...?«

Da erinnerten sich alle an den Jüngsten, an das kaum geborene Kind, das in der Wiege lag. Die alte Munkinja hob es samt dem Polster heraus und deckte es ab, sodass man sein schmales, rosiges Gesicht sah. Alle wurden von einem Weinen erfasst, doch die Augenblicke waren so kostbar, dass selbst die Kleinen die Tränen zurückhielten. Alle Blicke waren auf die junge Munkinja gerichtet, auf ihr ruhiges, doch im Fieber brennendes Gesicht. Ihre tiefliegenden Augen streichelten lange über die lebendigen Stufen am Bett und öffneten und schlossen sich siebenmal. Dann erzitterte sie, als ob sie etwas schütteln würde, hierauf fing sie an zu sprechen:

»Kinder, mein Kinder, ich werde sterben ... ihr aber werdet leben ... Weint nicht, es gibt keine Hilfe ... Schaut, dass ihr lebt, wie es sich für Menschen ziemt. Wir haben so gelebt, wie wir es konnten. Vielleicht werdet ihr anders zu leben wissen, besser ... Und das wird gut ...«

Es überkam sie eine Schwäche, und sie musste aufhören. Das Zimmer wurde vom Schluchzen erfüllt. Aus der Enge des Raums drang es hinaus durchs Fenster und legte sich über den Hof und über das Feld. Sogar dem alten Munk traten die

Tränen in die Augen, und er musste sich am Bett anhalten, um nicht vor Schwäche zu Boden zu sinken.

Die Munkinja öffnete wieder die Augen. Sie waren aber nicht mehr so klar wie noch eben zuvor. Und auch ihre Stimme war schwächer, als sie sagte:

»Tonač ...«

Sie wollte mit dem Mann sprechen. Vielleicht wollte sie ihm in ihrer letzten Stunde sagen, wie gern sie ihn habe, oder sie wollte ihm die Kinder ans Herz legen, doch ehe sie weiterreden konnte, wurde ihr schwindlig. Es war nur ihr letzter Seufzer zu hören, den sie mit aller Kraft aus sich herausstieß:

»Oh, wie gerne würde ich leben ...«

Dann wurde sie abermals ohnmächtig. Als die Nacht hereinbrach, starb sie.

Jamníca erwies der jungen Munkinja die ganze Ehre, deren eine Mutter nur teilhaftig werden konnte, ein Mensch, der sein Leben für ein neues Leben hergibt. Als sie auf der Bahre lag, war das Haus gefüllt mit Trauergästen, die gekommen waren, um sie mit Weihwasser zu besprengen. An beiden Abenden musste man für sie im Freien Bänke aufstellen, da im Haus nicht genug Platz war. Aus dem Keller wurden eineinhalb Fässchen Most geholt, im Haus aber beteten die Menschen mehr als hundert Rosenkränze. Beeindruckend war auch das Begräbnis, das der Pfarrer Virej vom Munk'schen Haus bis hinunter zum Friedhof begleitete. Doch die Leute sagten, dass ihm noch bei keinem Begräbnis die Stimme so gezittert hatte wie bei diesem.

*

Acht Tage nach dem Tod der jungen Munkinja wurde für sie in der Kirche die Messe gelesen, die Acht-Tage-Verrichtung, verbunden mit einem Hochamt und einer Bescherung für die Armen. Nach der Messe verteilte der Munk vor der Kirche das Brot. Doch eines war seltsam: Obwohl die Zeiten schlecht waren und es überall vor lauter Armen und Arbeitslosen nur so wimmelte, kam nur eine kleine Zahl von Leuten zur Beschenkung. Es war, als schämten sie sich einer offenen Mitleidsgeste.

Von den früheren Armen, die seinerzeit von den Munks in guter Meinung und zum Wohl des Munk'schen Hauses beschenkt worden waren, war nur mehr der alte Moškoplet da. Alle anderen waren neu. Unter ihnen war auch die ehemalige Zabev'sche Magd Mali, die erst vor kurzem zum Bettelstab greifen musste, weil sie wegen ihrer Schwächlichkeit niemand mehr in Dienst nahm.

Der junge Munk hatte mit einem stärkeren Besuch gerechnet und jeden mit einem halben Laib Brot beschenken wollen, da aber so wenige gekommen waren, bekam jeder einen ganzen Laib.

Zuerst trat ohne jede Scham und ganz selbstbewusst die Brezniška Mali zum Wagen, so als hätte sie ihr ganzes Leben nichts anderes getan, als zu betteln.

»Na, da hast du, und bete für die Munkinja!«, sagte der Munk und legte ihr den Laib Brot in die Hände.

»Das werde ich tun«, versprach kurz und bündig die neue Bettlerin und verschwand mit dem Brot hinter der Kirche.

Nach ihr kam Apáts Magd, die Dovganočka Marička.

»Was hättest du denn gerne?«, wunderte sich der junge Munk.

»Ich bin für unsere Tante gekommen«, sagte sie voller Scham. Der Apát hatte nämlich die aus Triest zurückgekehrte Tochter der Ajta in Pflege genommen, damit man sie nicht ins Siechenhaus schicken musste.

»Aber die Tante hat doch Geld«, gab der Munk laut zu bedenken.

»Dann wird für uns mehr übrig bleiben«, gab ihm das Mädchen bedeutungsvoll zur Antwort.

»Ach, so ist das!«, lachte der Munk und reichte ihr den Laib Brot.

Alle Armen waren schon mit dem Brot bedacht, nur Moškoplet stand noch seitlich da und tat, als ob ihn das überhaupt nichts anginge. Er war noch immer der alte, hochmütige Moškoplet, obwohl er sich kaum mehr auf den Füßen halten konnte und alle schon damit rechneten, dass man ihn aus dem Stall des Ložékar zur Heiligen Marjeta hinuntertragen werde. Er wartete, bis der junge Munk ihn zu sich rief.

»Na, Moškoplet, was ist mit dir?«

Der Bettler näherte sich langsam und nahm achtlos das Brot in Empfang.

»Hast du denn nichts anderes? Brot haben wir auch beim Ložékar genug!«

»Sieh ihn dir einmal an, was hättest du denn gerne?«, ärgerte sich der junge Munk. Dann besann er sich rasch und fügte hinzu: »Würdest du denn beten, wenn du Geld bekämst?«

»Nein, das aber nicht!«, erwiderte stur der alte Gottesleugner.

Obwohl dem Munk seine Gottlosigkeit bekannt war, sah er ihn dennoch erstaunt an. Er war wegen des Tods seiner Frau noch immer überempfindlich. Moškoplet aber ging nicht weg, sondern sah den Bauern dreist an. Auf einmal erschien um seinen Mund ein arges Lächeln, dann sagte er mit noch ärgerer Stimme:

»Munk, weil die Stuten oftmals fohlen und die Herrinnen oftmals sterben, ist Reichtum beim Haus ...«

Nach diesen Worten wandte er sich langsam um und schritt wie ein Dämon vom Marktplatz.

Der junge Munk war tief beleidigt und erhob drohend die Faust hinter ihm:

»Wart nur, alter Mann, auch du kommst an die Reihe ...«
Doch Moškoplet hörte ihn schon nicht mehr.

Da zeigten sich an der Friedhofsmauer auch der Zimmerer Bajnant und der Cofel Peter. Sie schritten ruhig dahin, als wären sie auf dem Weg vom Lukáč zum Apát. Genauso war vor vielen Jahren, als noch der alte Munk das Brot verteilt hatte, der selige Prežvek dahingeschritten. Munk sah die beiden Alten, die ein wenig gebeugt waren und mühsam gingen. Sie taten, als sähen sie ihn nicht. Munk überlegte kurz, dann rief er:

»Ho, ho, wo geht denn ihr beide hin? Ihr kommt mir gerade recht. Wäre es für euch nicht zu viel, wenn ich euch ein Brot anbieten würde? Sonst wird es übrig bleiben ... Den Leuten geht es verdammt gut, wenn sie sich nicht einmal über ein Brot freuen ...«

Bajnant und Peter blieben stehen und taten erstaunt.

»Ha-ha-hama«, stotterte Bajnant. Der Cofel Peter aber sagte:

»Hoppla, da sind wir gerade recht gekommen. Beim Essen muss der Mensch flink sein, beim Arbeiten aber gemächlich. Nur her damit, so etwas kommt immer recht!«

Langsam traten sie hinzu, und Munk gab jedem einen Laib Brot. Man sah es ihnen an, dass sie ihre Freude nicht allzu offen zeigen wollten, dennoch gingen ihre Gesichter wie von selber in die Breite. Sie entfernten sich ohne Dank, denn Dank war etwas für Bettler. Als sie schon jenseits der Brücke waren, rief Munk ihnen nach:

»Und bete für die Munkinja ...«

Er bekam keine Antwort, doch die Blicke, die er von weitem spürte, erschienen ihm beleidigt und erniedrigt. Munk wurde sich seines Fehlers bewusst, und es war ihm peinlich. Das waren ja wirklich keine echten Armen, die für ein Gotterbarm-dich beten würden. Das würde erst später kommen ...

Als Letzte kam die Mesnerin Therese aus der Kirche. Die letzten fünfzehn Jahre waren auch ihr anzusehen. Ihr Schritt war nicht mehr so elastisch und leicht wie einstmals, im Gesicht aber war der langjährige Kampf um den Mann eingeschrieben, den sie zuletzt unter so trostlosen Umständen verloren hatte. Sie war aber noch immer eine schöne Frau, und weil sie sich endlich vom Zep gelöst hatte, hoffte Jamníca zu Recht, sie würde bald zu einem Mesner kommen.

»Therese, du bist die Letzte!«, rief der junge Munk und reichte ihr den letzten Laib Brot.

Einige Zeit sahen sie sich in die Augen, dann aber, als hätten sie sich bei unziemlichen Gedanken ertappt, gingen sie rasch auseinander.

Neuntes Kapitel

Krisengewinnler statt Selbstverwaltung. Munks Abschied

In Jamníca war wieder Frühling. Er war sehr früh gekommen, schon im März tauten die Hänge von Drajna und Sonnenort, erst danach auch die Senke rund um Jamníca. Das bedeutete, dass das Frühjahr halten würde. Denn wenn es umgekehrt gewesen wäre und zuerst die Senke von Jamníca aufgetaut wäre, die Stirnseite von Sonnenort dagegen noch im Schnee läge, wäre es trotz des schönsten Wetters kein richtiger Frühling. Die Sonne leckte langsam, aber beharrlich den Schnee vom Tal und trieb ihn in die Höhe, sodass lange weiße Zungen entstanden, die an manchen Stellen schon von Hoje hinunter ins Tal reichten. Doch auch diese Zungen wurden jeden Tag kürzer, sie wichen in die Wälder zurück, in die Niederungen, bevor sie nicht von den Türschwellen der Häuser verschwanden und sich dann nur mehr in den Gräben und Schlünden der Berge noch eine Zeitlang hielten.

Das erste Signal zur Frühlingsarbeit gab wie jedes Jahr auch diesmal der Sečnjak in Sonnenort. Eines Morgens sah ihn Jamníca, wie er im weißen Hemd mit aufgekrempelten Ärmeln das Feld umpflügte. Seine kräftige Stimme, mit der er die beiden Ochsen kommandierte, legte sich über die gesamte Jamníca-Senke bis hinauf in die Berge und kündigte den Jamnitscharen den Beginn ihres alljährlichen Kampfes mit der Erde an.

»Ja, nun aber wirklich, auch der Sečnjak pflügt schon!«, sagten die Jamnitscharen, und einer nach dem anderen kam aufs Feld.

Bald waren die Hänge von Sonnenort und Drajna erdig braun vom umgepflügten Boden, danach kam die Wanne rund ums Dorf an die Reihe, zuletzt die die weiten, ordentlichen Hänge von Hoje. Das Dorf glich wieder seinem Bild aus früheren Zeiten, wenn es nicht die paar Ackerstreifen gegeben hätte, die aus dieser erdfarbenen Fläche wie halbverloren herausgeblickt hätten. Das waren die Höfe, auf denen niemand mehr pflügte und säte. In Drajna gähnte eine große Leere von den Feldern des Perman und Kupljènik, in Hoje vom Mvačnik und Podpečnik, die sich in den letzten Jahren einzelnen aufgelassenen Gründen angeschlossen hatten. Nur dass jene schon früher im Besitz von Nicht-Bauern gewesen waren, sondern Großgrundbesitzern aus der nahen Umgebung von Jamníca gehörten und ihren Eignern als Holzreserve oder als Heuwiesen dienten. Nur kleine Reihen von Furchen rund um diese verfallenen Gründe zeugten davon, dass in den Keuschen Leute wohnten, die bloß ein wenig Kartoffeln ansetzten, die restlichen Lebensmittel aber von woanders holten. Der Mvačnik hatte trotz des Bauernschutzgesetzes über seine Lage verzweifelt und den Grund verkauft, die Kupljènikova Roza aber hatte nach dem Tod des Vaters und dem verlorenen Kampf um den Apátov Zep den Grund verlassen und sich mit einem geldgierigen Beamten aus dem Marktflecken verheiratet.

Nicht einmal zwanzig Jahre waren nötig gewesen, dass sich der Besitzstand in Jamníca deutlich zum Schaden der Bauern verändert hatte. Auf acht Bauernhöfen wurde kein Bauernbrot mehr erarbeitet. Glück war einzig dem Bunk'schen Grund widerfahren, da er den alten Besitzer mit einem neuen getauscht hatte, der ebenfalls Bauer war. Wenn es so weitergegangen wäre, würde Jamníca nach einigen Jahrzehnten nur mehr aus Wald und Flur bestehen. Doch die Entwicklung der letzten zwei Jahrzehnte brachte noch etwas anderes zum Vorschein. Während auf die Felder von einigen Bauern Farnkraut und Erika vordrangen, entstanden in den Gräben immer neue Häuschen. Die Bevölkerung nahm trotz der verfallenden Höfe nicht ab, trotz der Tatsache, dass die jungen Leute die Bauernhöfe verließen und in die Stadt gingen, von wo sie nicht mehr zurückkamen. Schon allein der Blick auf das Dorf in der Senke war ein ganz anderer als vor gut zehn Jahren. Rund ums Dorf entstanden neue Häuser, die mit ihren Zementdächern das alte Bild des friedlichen, stillen Dorfes verunstalteten. Auch der Tischler Roprat hatte sich sein eigenes Häuschen gebaut; vom Rudaf hatte Mudafs Sohn einen Acker gekauft und dort eine Keusche hingestellt. Auch in jenem Graben wuchsen neue Häuser, durch den der Bach von Jamníca Richtung Dobrije floss. Sečnjaks Grund hatte straßenseitig schon zwei Neubauten. Einige neue Häuser versteckten sich in den seitlichen Gräben. Auch in Hoje drängten sich etliche neue Keuschen zusammen, eine wuchs bei der Dvornik-Säge heraus, eine andere bei der Ložékar-Mühle.

In Jamníca entstand die wunderliche Statistik der letzten Jahre.

»Fünf Besitzungen verfielen, aber Jamníca hat um sechzehn Hausnummern zugenommen ...«

»Vor zwanzig Jahren waren wir nicht einmal tausend, jetzt sind wir schon weit darüber ...«

»Vor dem Krieg war fast niemand verschuldet – jetzt ist fast niemand mehr schuldenfrei ...«

»Vor dem Krieg war es schwierig mit den freien Stellen, aber in Jamníca gab es immer an die fünfzig – jetzt sind es um die Hälfte weniger ...«

»Vor zwanzig Jahren waren in Jamníca gut zwanzig Eisenwerker und ebenso viele Zimmerer, doch Leute ohne Beruf gab es nicht. Jeder hatte irgendetwas zu tun, auch wenn er manchmal nichts anderes herstellte als Zockeln – er hatte seine Arbeit. Heute hat sich die Zahl der Menschen, die alles sind und zugleich nichts – Eisenwerker, Zimmerer, Zockelmacher, Besenbinder, Arbeitslose – verdoppelt, ja schier verdreifacht.«

»Vor fünfzig Jahren gab es in Jamníca noch an die tausend Schafe – heute nicht einmal mehr hundert. Vor soundso vielen Jahren züchtete Jamníca sechshundert Rinder, heute vielleicht noch vierhundert.«

»Vor dreißig, vierzig Jahren gab es mehr Brot als heute ...«

»Was ist das – was soll daraus werden ...?«

Aus der Nachbarschaft, dem Mießtal, wo die Eisenbahnlinie verlief und wo der Markt lag, kam die Antwort:

»Seid ihr denn dumm geworden ... Wisst ihr denn nicht, dass früher einmal hier nur eine alte Schmiede war, heute sind es dagegen zwei Fabriken. Wisst ihr nicht, dass neben der Firma *Podjuna* eine schöne, große Villa steht ...? Wisst ihr nicht, dass früher im Markt nur ein einziger Krämerladen war, heute sind es fünf große Geschäfte? Wisst ihr nicht, dass es hier früher keine Darlehenskassen gab, heute aber sind es zwei? Früher einmal war die Steuerbehörde in Dobrla vas/Eberndorf, jetzt aber gibt es von Jamníca bis Eberndorf drei davon ...? Wisst ihr denn nicht ...?«

Und aus Jamníca kam es neuerlich:

»Wer ist das ... warum ist das so ...?«

Mit der Ankunft der warmen Luft füllte sich Jamníca mit neuer Kraft. Die Leute zwinkerten sich zu, ballten die Fäuste, krempelten die Ärmel hoch und gingen an die Arbeit. Als Söhne ihrer Erde durften sie nicht verzweifeln. Die letzten Jahre waren hart gewesen, und sie hatten im Lebenskampf

Schlacht um Schlacht verloren, dennoch ließen sie sich nicht entmutigen. Im Stillen hofften alle, dass auch für die Jamnitscharen neue, bessere Zeiten anbrechen würden. Irgendwo am fernen Horizont schimmerte sogar ein Funken Hoffnung auf einen Triumph ... Sie warfen alles Schwere ab, das sie bedrückte, und gruben die Erde um. Jamníca vergaß die Widrigkeiten des alltäglichen Lebens, die Sache mit der Černjak-Terba, das Unglück mit der Zabevka, den Apátov Zep und sein Pech sowie die vielen anderen Dinge. Alles floss in eine Gemeinschaft zusammen, und das Dorf Jamníca ging neuerlich an die Arbeit wie einst, nicht gut und nicht schlecht, sondern ganz normal, gut und schlecht, groß und klein, geduckt und rebellisch, als etwas, zu dem das Leben es gemacht hatte, das es führte.

Der Frühling war schön und versprach ein gutes Jahr. Im Herbst wartete auf Jamníca die erste Rate zur Abzahlung der bäuerlichen Schulden. Mit diesen Sachen durfte nicht gescherzt werden, denn wer sich nicht an die Zahlungsfristen hielt, den würde der Wind davontragen. Außerdem gab es auch noch einige andere Anzeichen für bessere Zeiten. Die Fabrik in Dobrije produzierte wieder, ihre Hämmer schlugen bei Tag und bei Nacht. Das Wiederaufleben der Fabrik war ansonsten mit bitteren Gefühlen verbunden, und mit Ahnungen, die sich nicht so einfach verdrängen ließen – die Fabrik bekam einen großen Rüstungsauftrag. Die Firma *Podjuna* ließ wieder ihre Gattersägen und Cirkulare laufen. Der Holzpreis hatte sich zwar nicht allzu sehr gebessert, aber er war zumindest angestiegen, und das Wichtigste war: das Holz wurde zu Geld gemacht. Jenes Gespenst, das fünf Jahre lang Jamníca im Würgegriff gehalten hatte und ‚Krise' hieß, verschwand ganz von selbst aus der Welt. Die Menschen gingen aufrecht und waren wieder voller Hoffnung ...

Auf die Leute, die wieder mit ihren ein- und zweischarigen

Pflügen, mit ihren Hauen und mit den nackten Händen die Erde aufwühlten, sah der Berg mit seinen ewigen Schroffen und Schlünden herab. Obwohl die Augen der Jamnitscharen zur Erde gewandt waren, sahen sie dennoch auch den Berg und dachten voll geheimer Wünsche und ferner Erwartungen an ihn ...

Der Berg, der Berg ...

Schon vor Jahren konnte man seltsame Dinge vernehmen. Jamníca besaß an die dreitausend Hektar fruchtbarer Erde, die an die hundert Besitzer hatten. Und ungefähr ebenso viel Fläche besaß der Berg mit all seinen Höhen, Abhängen und Gräben, die ihn von allen Seiten umgaben und weit in sein dunkles Hinterland reichten. Doch das gesamte riesige Gebiet hatte nur einen Eigentümer, und das war das Schloss oberhalb von Jamníca. Über dieses Land sprach man schon vor Jahren, es werde Gegenstand einer Agrarreform werden. Auch die Jamnitscharen juckte das Gerücht. Einige Pächter, die hinter dem Berg lebten, träumten davon, dass die Erde, die sie bearbeiteten, endlich ihr Eigentum würde. Die Keuschler von Jamníca träumten davon, dass sie nun endlich zum Wald kommen würden, der ihnen fehlte. Und ganz Jamníca träumte davon, dass es nach der Agrarreform die großen Weidegebiete erhielte, die sich um den Berg erstreckten und welche die Dorfgemeinschaft so sehr brauchte, wenn sie die niedergehende Viehzucht wieder beleben wollte. Auf diesen Weiden hatten bisher nur Hirsche, Rehe und Bergziegen geweidet.

Doch dann schlief das alles ein wenig ein und dämmerte bis zum vergangenen Winter dahin, in dem neuerlich von der Agrarreform gesprochen wurde. Das waren jetzt nicht mehr nur leere Gerüchte, sondern ernsthafte Überlegungen. Es war zu erfahren, dass den Eigentümern zwei Drittel der riesigen Almflächen entzogen würden, und zwar auf Grundlage des Gesetzes über die Ausführung der Agrarreform.

Das Dorf Jamníca, das den Verlust der eigenständigen Gemeinde noch nicht verwunden hatte, nahm sich der Sache mit großer Begeisterung an. Ohne auf die Gemeinde zu vergessen, wäre für Jamníca der Zugewinn der Alm ein großer Trost. Deshalb blickte im Frühjahr das ganze Dorf mit sehnsüchtigen Augen zum Berg hinauf. Die Bauern sahen zu ihm empor, ebenso die Zimmerer, Tagelöhner, die zumeist arbeitslosen Bauernsöhne und die Keuschler, die schon jahrelang ohne richtigen Verdienst dahinvegetierten. Auf dem Berg war Brot für alle.

Nun aber zeigte es sich erst richtig, welchen Schaden Jamníca mit dem Verlust der Gemeinde erlitten hatte. Wenn Jamníca die Gemeinde noch hätte, könnte sie ohne weiteres die Ansprüche ihrer Gemeinschaft geltend machen und sie vertreten. Das hätte nach Meinung der Jamnitscharen sicherlich größere Aussichten auf Erfolg als einzelne Interessensbekundungen. Da entsann sich Jamníca Gott sei Dank seiner entsprechenden Organe, die es vertreten konnten. Es besaß sowohl eine Wirtschaftsgenossenschaft wie auch eine Weidegemeinschaft, gegründet schon vor langen Jahren, die aber wegen der fehlenden Arbeitsbedingungen nicht aktiv geworden waren. Jetzt aber kamen sie gerade recht. Warum sollte die Wirtschaftsgenossenschaft, die sich mit dem Holzhandel ihrer Mitglieder beschäftigte, nicht die Almen als Nutzobjekt erhalten, und warum sollte die Weidegemeinschaft nicht die großen, saftigen Weiden erhalten, welche es sonst weit herum nicht gab?

Der Berg mit seinen Gräben und seinen Hoffnungen schuf wieder ein politisches Gleichgewicht, das in den letzten Jahren so schweren Schaden erlitten hatte. Verschiedenste Schicksalsschläge und Enttäuschungen hatten die Menschen um jeglichen Glauben an die alte politische Ausrichtung gebracht. Der Pfarrer Virej, der Dvornik, der Pernjak, der

Munk und die übrigen hoben wieder die Häupter, und in Jamníca wurde wieder geredet:

»Schaut, es ist ja doch nicht so! Einige kümmern sich um die Leute. Jetzt wird sogar der Berg in anderes Eigentum kommen ...«

Der Munk Ladej, der Oberlehrer aus Dobrije, versuchte mit seiner Anhängerschaft dieses Gleichgewicht zu stören und schrie:

»Wer hat es denn so weit gebracht? Das waren wir, unsere Partei ...«

Seine Stimme aber vermochte niemanden für sich einzunehmen. Jamníca konnte ihm neben anderen Dingen die verlorene Gemeinde nicht verzeihen, da jeder wusste, dass seine Partei als erste die Zusammenlegung der beiden Gemeinden betrieben hatte.

Jamníca hatte schon im Winter damit begonnen, die Sache mit dem Berg anzugehen. Zuerst trafen sich die Mitglieder der Weidegemeinschaft und der Wirtschaftsgenossenschaft und beschlossen, dass sich die Verbände in dieser Sache zusammentun und die Wälder und Weideflächen für sich in Eigenverwaltung beanspruchen sollten. Der Berg war das Herz des Gemeinwesens von Jamníca. In alten Zeiten, als das Schloss bei Dobrije noch nicht so mächtig gewesen war, befand sich das gesamte Land im Eigentum der Menschen von Jamníca. Niemand auf der Welt hatte also einen größeren Anspruch auf diesen Reichtum als Jamníca selbst. Beide Verbände verkündeten umgehend ihre Beschlüsse bei der zuständigen Behörde. Dabei vergaßen sie auch nicht auf ihre Zentrale in der Stadt. Die Jamnitscharen erweckten zu diesem Zweck eine alte politische Organisation wieder zum Leben, die schon seit vielen Jahren nicht mehr aktiv gewesen war. Es kam sogar dazu, dass einige ihrer Vertreter wieder Mitgliedsbeiträge zahlten. Sie entsannen sich auch des Abgeordneten ihrer Partei, mit dem sie vor der Auflassung der Gemeinde so grob umgesprungen waren. Auch ihm teilten sie ihr Begehren mit.

Die Monate vergingen. Sie zogen sich lange hin wie in jedem Jahr, wenn der hohe Schnee den Berg und die Senke bedeckte und die Menschen den Tag hauptsächlich am Ofen verbrachten. Ihre Hoffnungen hörten nicht auf zu glimmen, aber es war auch viel Ungeduld und Ungewissheit zu spüren. Nach Jamníca drangen verschiedenste beunruhigende, sich widersprechende Nachrichten, die besagten, dass aus all dem nichts werde, da der Staat selbst den Berg behalten wolle, und es wurde sogar gemunkelt, der Berg werde verkauft und die Käufer hätten sich schon gemeldet. Da es im Winter genug Zeit gab, schickte Jamníca eine Deputation an verschiedene wichtige Stellen. Eine von ihnen, unter der Leitung Dvorniks, der die ganze Sache anführte und sich große Hoffnungen auf einen Erfolg machte, begab sich sogar nach Ljubljana und sprach bei allen möglichen Verwaltungsinstitutionen vor sowie bei den bäuerlichen und politischen Verbänden. Einen abschließenden Erfolg konnte auch diese Deputation nicht erzielen, doch sie kam mit der Neuigkeit nach Hause, dass die Sache mit dem Berg noch nicht entschieden sei, dass es aber auch keinen Anlass für Misstrauen gebe. Sicher war nur eines: einige Pächter könnten ihr Land damit retten, dass sie es kauften.

Der Winter verfloss, und der Frühling zog ins Land. Mit ihm kam die Arbeit, doch sie vermochte die Jamnitscharen nicht von ihren Gedanken abzuhalten, die sie im Winter gehegten hatten, ganz im Gegenteil, sie vergaßen auch während der Frühjahrsarbeit keinen Augenblick auf ihre innigsten Wünsche. Jedesmal, wenn sie zum Berg hinaufsahen, flammte es wieder in ihnen auf; ihre Erde, die sie an ihren Schuhsohlen trugen, beflügelte sie mit einer wundersamen Glut.

Eines Tages aber hielt der Lukáč den Zimmerer Bajnant auf der Straße an und fragte:

»Wo arbeitest du denn?«

»Für den Apát spalte ich Holz, aber ich werde schon diese Woche fertig damit. Dann muss ich mir etwas Neues suchen. Hast du was für mich? Beim Apát bin ich fertig!«

Der Bajnant war sehr schwächlich geworden, außerdem ließen seine Augen nach, deshalb rissen sich die Holzhändler nicht mehr so sehr um ihn, wie dies früher der Fall gewesen war.

»Ich habe etwas, ja, warum auch nicht!«, rief der Lukáč voll Begeisterung und mit einem Lachen im Gesicht. »Für dich, für den Cofel Peter, den Dovganoč, den Tehant, den Gačnikov Zenz und für weitere zehn, zwanzig Holzfäller und Zimmerer. In Jamníca gibt es nicht so viele Hände, dass ich nicht Arbeit für sie hätte ...«

Sein Gesicht wurde immer glänzender.

»Ha-ha-hama ...«, krächzte der Bajnant vor Verwunderung. Es dauerte einige Zeit, ehe er fragen konnte: »Was ist denn geschehen?«

»Nichts ist geschehen. Die Firma *Podjuna* hat den halben Berg gekauft. Alles, was nach Jamníca herunter schaut, gehört der *Podjuna*. Wir werden gleich mit den Schlägerungen anfangen. Ich habe alles über ...«

»Und die Genossenschaft, ha-hama ...?«

»Die Genossenschaft? Dummheit! Wo werden denn die Leute so viel Geld hernehmen? Das sind Millionen ...«

Es war so, wie es der Lukáč gesagt hatte. Die Firma *Podjuna* hatte vom Staat den ganzen Wald auf dieser Seite des Berges gekauft und sofort mit den Schlägerungen begonnen. Der genaue Kaufpreis konnte zwar nicht in Erfahrung gebracht werden, doch wie die Leute redeten, war er erstaunlich niedrig gewesen.

Der Lukáč heuerte einige Tage später an die zwanzig, dreißig Arbeiter an, die sich sofort in den Wald begaben. Er beschäftigte nicht nur alle Zimmerer in Jamníca und Umgebung, sondern holte für die Schlägerungen auch die arbeitslose Bauern und Keuschler aus der Umgebung. Im stillen, toten Berg begann es zu knacken und zu krachen ...

Der Schlag, den Jamníca abbekommen hatte, war schlimm. Unter dem Berg loderte es:

»Haben sie uns schon wieder ...«

»Sie tun, als gäbe es uns auf der Welt gar nicht ...!«

»Die Firma 'Podjuna' wird Millionen einstreifen!«

Die Menschen unterm Berg schmerzte es, da niemand auf ihre Wünsche und Bedürfnisse Rücksicht nehmen wollte. In den Zeitungen war stets von den Genossenschaften geschrieben worden und von der Bereitschaft der Entscheidungsträger, diese Verbände und ihr Streben nach Selbstverwaltung zu unterstützen, jetzt aber, wo so eine Genossenschaft da war, die alles in die Hand nehmen wollte, verkauften die gleichen Entscheidungsträger den Wald lieber der Holzhandelsgesellschaft, und zwar jener, die vor Jahren den Betrieb in unkontrollierte Schulden treiben ließ und damit den Bauern so viel Schaden zugefügt hatte. Das konnte man nicht verstehen. Anstatt dass das Geld in heimischer Hand bliebe, würde es Gott weiß wohin fließen. Nach dem Zusammenbruch der *Podjuna* hatten sich der Aktiengesellschaft neue Leute aus der Stadt angeschlossen. Die Bank in der Stadt hatte dort überhaupt das erste Wort ...

Auch dem Lukáč trug man sein Verhalten sehr nach. Bei ihm waren alle Vollversammlungen und Beratungen der Genossenschaft abgelaufen, die sich um den Berg bemüht hatte. Schon das roch nach ganz gewöhnlicher Intrige. Zwar war schon länger bekannt gewesen, dass der Lukáč mit den übrigen größeren Holzhändlern in der Umgebung nicht

Schritt halten konnte, doch dass er derart schnell zu Kreuze kriechen würde, das hatte niemand gedacht. Nun war er zum leitenden Angestellten der Firma *Podjuna* aufgestiegen. Es war klar, dass auch er seinen Teil vom Bergreichtum erhalten würde, denn sonst hätte er seine Selbständigkeit nicht verkauft.

Das Vertrauen in die Gerechtigkeit dieser Welt begann wieder zu bröckeln. Dennoch war dieser erste Schlag noch irgendwie zu verschmerzen. Das Heilmittel, das den Schmerz der Wunden linderte, war die Arbeit. Damit war Jamníca nun für drei, vier Jahre eingedeckt. Jeder, der nur konnte, ging in den Berg zur Arbeit. Für den Winter waren große Holzfuhren zu erwarten. Obwohl die Leute über den Lukáč wütend waren, traute sich niemand, ihn zu beleidigen, denn er war zur einflussreichsten Person im Ort geworden. Während der Gasthof Apát nur mehr so dahinfrettete, war beim Lukáč so viel los, als wäre jeden Tag aufs Neue der *Schöne Sonntag*. Im Berg aber toste das neue Leben, auf seinen dunklen Hängen begannen sich breite Lichtungen zu zeigen, Kahlschläge, die sich mit jedem Tag höher hinauf zogen. Der Jamníca-Bach trug an manchen Tagen braunes, schmutziges Wasser mit, das von der Arbeit auf der Alm herrührte. Der Berg veränderte nach und nach sein Antlitz …

Die Bauern aber hielten an ihrer letzten Hoffnung, was den Berg betraf, eisern fest. Das waren die Weideflächen auf den Almen. Dort wuchs ja kein Holz, und somit wäre sicherlich keiner da, der mit ihnen konkurrieren konnte. Der Staat hatte ja nicht Land verkauft, sondern nur den Wald; aus den nackten Weiden aber konnte niemand einen Vorteil ziehen, mit Ausnahme der Bauern. Und wieder wanderten von Jamníca einige beschriebene Bögen Papier an verschiedene Stellen, womit die Weidengemeinschaft abermals ihr Begehren untermauerte, dass der Staat ihr einen Teil der

Almweiden abtreten sollte, zumindest jene, die zu Jamníca gehörten. Die Antworten, die zurückkamen, waren wiederum nicht ganz klar und deutlich, dennoch waren die Aussichten für die Weidegemeinschaft nun viel besser als ehemals jene für die Wirtschaftsgenossenschaft. Jamníca trug sich in der Hoffnung, wenigstens etwas vom Berg für sich zu retten.

Der Frühling im Dorf in der Senke wandelte sich zum Sommer, und der Sommer ging langsam in den Herbst über. Jamníca hatte die Erde umgebaut, gesät, gemäht, geerntet, auf dem Berg gearbeitet und schon kleinweise mit dem Dreschen begonnen. In der endlosen harten Arbeit gingen die Jahreszeiten schnell vorbei. Alles, was Jamníca angriff, brachte es auch zu Ende, nur die Sache mit den Almweiden zog sich hin. Im Sommer war keine Zeit gewesen, nachzufragen und zu vermitteln, und so musste einfach abgewartet werden.

Bevor sich aber der Herbst verabschieden konnte, war auch diese Angelegenheit gelöst. Eines Tages kam der Ložékar nach einer dreitägigen Gasthaustour in Dobrije nach Jamníca gestolpert. Bereits zwischen den ersten Dorfhäusern begann er zu schreien:

»Drei Tage wohl, oljé, oljó, der Obertauč hat die Alm gekauft ...«

Und Jamníca wiederholte aus tausend Kehlen:

»Der Obertauč hat die Alm gekauft ...«

Die Überraschung war so groß, dass erst mit Verspätung die schmerzliche Frage in die Welt hinausgellte:

»Um Gottes willen, wozu braucht der Obertauč die Alm ...?«

Die Neuigkeit, die der Ložékar als Erster verbreitet hatte, hallte zurück:

»Er hat das gesamte Land gekauft, wo jetzt geschlägert wird, und die Almweiden dazu ...«

»Die gesamten tausend Joch ...?«

»Ja, die gesamten tausend Joch ...!«

Jamníca schwieg erschrocken. Der Schlag, den das Dorf erhalten hatte, war zu schmerzlich gewesen, als dass es ihn mit Schreien und Schluchzen betäuben konnte. Vor ihren Augen flimmerte die Grimasse, genannt Agrarreform. Zuerst hatte man das Holz verkauft, dann noch den Grund. Die Träume, in denen sich Jamníca im letzten Jahr gewiegt hatte, waren zerstoben, an ihrer Stelle legten sich Bitterkeit und Wut. Jamníca fluchte, der Dvornik, Munk, Pernjak, Mudaf und die anderen Bauern, die als die Wortführer galten, gingen wie betrunken umher. So etwas hatten sie nicht erwartet, obwohl auch sie in den letzten Jahren sehr misstrauisch und unentschlossen geworden waren. Es erschien ihnen, dass die Leute an den entscheidenden Stellen sie zum Narren hielten. Das konnten sie nicht auf sich sitzen lassen. Seit die verschiedensten bäuerlichen, genossenschaftlichen und ähnliche Berater nach Jamníca gekommen waren, war nicht einer unter ihnen gewesen, der sich nicht lautstark für eine Verbesserung der Viehzucht, der Weidenhaltung und solcher Dinge eingesetzt hätte. Jetzt aber, wo es tatsächlich darum ging, etwa für die Verbesserung all dieser Sektoren zu tun, und es eine Gelegenheit gab, die sich in tausend Jahre nicht mehr einstellen würde, verkaufte die Ordnungsmacht die Weidenflächen zu einem Spottpreis an den Kapitalisten Obertauč. Er hatte den ganzen Berg um einige tausend Dinar erhalten. Geändert hatte sich nur der Name des Eigentümers, sonst gar nichts ...

Jamníca fluchte wie ein Mann.

»Das werden wir euch niemals vergessen ...!«

Und der Pfarrer Virej versperrte sich wieder in seinem nasskalten Pfarrhof.

*

Am letzten Adventsonntag war es nach der Messe im Gasthof Lukáč wie gewöhnlich wieder voll von Leuten.

Draußen wehte ein schneidender Wind, und das Gewand, das die Jamnitscharen anhatten, schützte sie nur unzureichend vor dem Frost. Deshalb rannte alles zum Lukáč, um sich bei einem Teller saurer Suppe aufzuwärmen oder mit einem Frakerl Schnaps. Wie es schien, war heuer der Winter sehr früh vor der Türe.

Unter den Letzten traten der Kovs Tinej aus Drajna und der Arbeiter Ropas aus Dobrije ein. Da niemand sie bei der Heiligen Messe gesehen hatte, war ihr Erscheinen umso sonderbarer.

»Was hat denn euch beide hergeführt?«

»Erledigungen!«, sagten sie in einem geheimnisvollen Ton und suchten in der Stube einen freien Platz. Sie fanden freie Stühle an dem Tisch, wo der alte Sečnjak mit einigen Nachbarn saß. Es stellte sich heraus, dass sie mit dem Sečnjak verabredet waren, denn sie vertieften sich sofort in ein angeregtes Gespräch. Und es dauerte auch nicht lange, bis der Kovs Tinej einen Bogen Papier aus der Tasche zog und ihn auf dem Tisch ausbreitete.

»Lukáč, bring Tinte und Feder!«, rief der Sečnjak.

Lukáč entsprach umgehend ihrem Wunsch, und der Sečnjak unterfertigte jenes Papier.

»An wen sollten wir uns zuerst wenden?«, fragte der Kovs Tinej.

»Wart, bis die Leute sich ein wenig aufwärmen!«, erwiderte der Sečnjak.

Die beiden Arbeiter sahen sich im Raum um, als suchten sie Leute, mit denen man über die Sache reden konnte, derentwegen sie hergekommen waren. Am Tisch beim Eingang saßen die Zimmerer Bajnant, Gačnik, Dovganoč und noch andere, am benachbarten Tisch der Keuschler Kozjek und der Stražnik sowie noch einige Trinker. Am Tisch neben dem Ofen wärmten sich einige Bäuerinnen. In der Stube waren überhaupt in der Mehrzahl Bauern. Die Gäste sahen neugierig, aber auch ein wenig misstrauisch zu jenem Tisch, an dem der Tinej und der Ropas saßen. Es war ja nicht das erste Mal, dass jemand im Gasthaus Unterschriften sammelte, besonders in den letzten Jahren, als es so manche Aktion gab, wie die Verteidigung der selbständigen Gemeinde, der Kampf um den Berg und Ähnliches. Oft waren solche Aktionen auch mit finanziellen Beiträgen verbunden, was stets unangenehm war.

Tinej und Ropas wollten gerade zu dem Tisch treten, an dem die Zimmerer saßen, als sich der Dvornik vom Nachbartisch meldete:

»Was unterschreibt ihr denn da?«

Ropas sah betroffen den Tinej an, beide blickten zum Sečnjak, dann sagte der Erstere:

»Wir sammeln Unterschriften ... damit sie den Perman Ahac freilassen. Der Ahac sitzt ja noch immer ein, und seine Familie hungert ...«

Man merkte es ihm an, dass es ihm Mühe bereitete, die Sache anzusprechen, danach aber war er doch erleichtert und wurde zufrieden und viel selbstbewusster. In der Stube entstand ein Schweigen, dann waren nachdenkliche Stimmen und ein unverständliches Murmeln zu hören. Tinej wollte eben fragen, wer unterschreiben wolle, als sich auf einmal der Dvornik erhob, sich langsamen Schrittes ihrem Tisch näherte und fragte:

»Kann denn ich auch unterschreiben?«

»Du ...?«, riefen der Tinej, der Ropas und der Sečnjak fast in einem Atemzug.

Die Anfrage war wirklich etwas seltsam. Dvornik war der Eigner eines großen, schönen Besitzes, des zweitgrößten in Jamníca. Er war als Vertrauensmann bekannt sowie als Obmann der Konservativen in der Altgemeinde. Früher war er Bürgermeister gewesen, war vielen Einrichtungen und

Organisationen vorgestanden, die ein Teil der bestehenden Ordnung waren, aufgebaut auf eine unübersehbare Reihe von solchen Gebilden. Gewiss, in letzter Zeit hatte sich viel verändert; so mancher verbissene Parteigänger war weicher geworden und suchte nach einem Ausweg aus dem Dilemma, in das sie der Fortschritt gebracht hatte. Dvornik hatte sich in diesen Jahren, die voll politischer und wirtschaftlicher Misserfolge und Enttäuschungen waren, ziemlich nach links orientiert. Dennoch hatten die Arbeiter von einem Mann wie Dvornik so etwas nicht erwarten können.

»Was ist? Vertraut ihr mir nicht?« fragte nun Dvornik beinahe beleidigt.

»Nein, nein – hier geht es nicht um Vertrauen, doch du weißt ja selbst«, beeilte sich Tinej, ihm zu antworten, dann wusste er nicht mehr weiter.

Inzwischen hatte Ropas das Papier vor den Dvornik hingeschoben und ihm die Feder gereicht. Dvornik unterschrieb. Bevor er aber vom Tisch wegging, warf er zwei Münzen hin und sagte:

»Und das ist für die Familie des Ahac!«

Damit war das Eis, vor dem sich der Ropas und der Tinej gefürchtete hatten, gebrochen und von allen Seiten erhoben sich die Gäste und riefen ihnen zu:

»Ich werde auch unterschreiben ...«

»Für den Ahac unterschreibe ich immer ...«

»Warum habt ihr denn nicht schon früher daran gedacht ...?«

»Sie sollen ihn freilassen! Wozu halten sie ihn denn fest?«

»Eine Schande ...!«

Die große Mehrzahl der Gäste unterschrieb das Papier, sodass wegen des Andrangs der Bauern die Arbeiter erst später an die Reihe kamen. Dabei fiel immer wieder auch Geld auf den Tisch, sodass der Ropas Mühe hatte, beim Einsammeln nachzukommen. Keine Unterschrift leisten wollten nur wenige der Anwesenden, unter ihnen der Gastwirt Lukáč und der alte Mudaf, der aber immerhin eine Münze auf den Tisch legte und beteuerte:

»Ich unterschreibe zwar nicht, aber ich bin auf eurer Seite!!«

Dem Ropas wurden bei diesem unerwarteten Erfolg die Augen trübe. Er blickte um sich, als wäre er betrunken, und als er sich bei den Unterzeichnern bedanken wollte, fand er kaum Worte. Erfreulich war auch der finanzielle Ertrag. Die Arbeiter hatten schon einmal für ihren Genossen gesammelt und waren ziemlich ausgeblutet, denn sie hatten nicht nur für den Ahac selbst zu sorgen, sondern auch für die Familien einiger anderer Kollegen, denen ein ähnliches Schicksal widerfahren war wie ihm. So einen Erfolg hatten sie in Jamníca nicht erhofft, und als sie sich auf den Weg machten, schlug ihnen das Herz vor lauter Frohmut und Glück.

Doch damit war es mit den Überraschungen noch nicht zu Ende. Der Sečnjak schrie auf einmal heraus:

»Geht doch von Haus zu Haus! Hier sind noch zu wenige Jamnitscharen vertreten; ich bin überzeugt, dass noch viele Menschen unterschreiben werden!«

»Ja, so ist es, von Haus zu Haus müsst ihr gehen«, riefen die Leute von allen Seiten, und der Kozjek fügte hinzu:

»Wenn niemand anderer mit euch geht, werde ich es tun, obwohl mich die Beine kaum mehr tragen!«

Auch andere boten sich als Begleiter an, unter ihnen auch der Dvornik höchstpersönlich. Das gab der Sache eine höhere Bedeutung, denn Dvornik war zweifellos der Angesehenste in Jamníca. Zuerst gingen sie den Sonnenort ab sowie jenen Teil von Drajna, der bergseitig lag, daraufhin nach Hoje, wo sie jedes einzelne Haus und jede Keusche aufsuchten. Als sie am Nachmittag auf dem Heimweg beim Munk vorbeikamen, hatten sie schon über zweihundert Unterschriften und eine beträchtliche Menge an Geld gesammelt. Bei einigen Häusern bekamen sie kein Geld, sondern die Zusage, die Perman-Familie möge selbst zu ihnen kommen und etwas Lebensmittel abholen.

Was für ein Unterschied von ehemals und heute! Früher hatte es in der ganzen Umgebung keinen verstockteren Ort gegeben als Jamníca. Wenn sich damals jemand mit so einer Aktion unter die Leute gewagt hätte, wäre er vor Knochenbrüchen nicht gefeit gewesen. Das, was der Weltkrieg angerichtet hatte, war in Jamníca ungewöhnlich schnell vergessen worden. Die Erde, zu der sie aus den Schützengräben und den Lagern zurückgekommen waren, hatte sie rasch an sich gezogen und sie mit ihrer eigenen Leidenschaft durchtränkt. Die Bauern und auch die Mehrheit der Keuschler waren gegen die Arbeiterschaft gewesen und hatten wie auf ein Angstgespenst auf sie geblickt, wie auf einen Feind, der den Bauernstand bedroht und den Fleiß und die Mühsal der Bauernarbeit nicht zu schätzen weiß. Wie gründlich war vor Jahren der Versuch schiefgegangen, als man bei den Gemeinderatswahlen in Jamníca neue Ideen einschleusen wollte! Wie hartnäckig hatte sich Jamníca Jahr für Jahr gegen die neuen politischen Ideen gestemmt und sich an ihre alten Rollen geklammert! Und doch hatte es für die Veränderung dieses Berufstandes nicht länger gedauert als zwanzig Jahre …

Dem Kovs Tinej und dem Ropas schwirrten solche Ideen durch den Kopf. All diese Verhetzungen und Verunglimpfungen, denen sie wie viele ihrer Kollegen in all den Jahren ausgesetzt gewesen waren, konnten angesichts dessen, was sie heute erlebt hatten, vergessen werden. Das Leben erschien ihnen wieder schön und wertvoll.

Es war schon dämmrig, als sich die Unterschriftensammler dem Munk'schen Anwesen in Hoje näherten. Sowohl im

Haus wie in der Keusche brannte Licht. Sie blieben im Hof stehen und überlegten.

»Sollten wir auch zum Munk gehen?«, fragte Ropas seine Gefährten.

»Ich glaube, das wäre vergeblich«, meinte Dvornik. »Der Munk ist ziemlich verstockt. Ich glaube nicht, dass er unterschreiben wird. Sonst gibt er zwar viel auf mich, dennoch habe ich meine Zweifel!«

Seine beiden Genossen schwiegen, als wären sie nicht ganz überzeugt davon, was sie hörten. Der Erfolg dieses Tages hatte sie mit großer Hoffnung erfüllt, und sie waren sich ihrer Sache sicher. Doch der Dvornik fuhr fort:

»Wisst ihr was, gehen wir lieber zum alten Munk in die Keusche. Ich habe mich eben daran erinnert, dass man heute den Herrn Pfarrer zu ihm gerufen hat. Der Alte steht an seinem Lebensende, und ich würde mich noch gerne von ihm verabschieden!«

»Da wirst aber du reden müssen«, sagten die beiden Genossen.

Der alte Munk konnte sich nicht genug wundern, als er drei Männer an der Tür stehen sah, deren Kommen er am wenigsten erwartet hatte. Er war wirklich krank und lag im Bett. Die Einheimischen wollten seinen Beteuerungen nicht glauben, den Tod kommen zu spüren, da er noch immer gehen konnte, bei gutem Atem war und allgemein sehr frisch wirkte. Nur das mochte etwas bedeuten, dass er sich nun auch untertags niederlegte, was bei ihm sonst niemals vorkam. Seine Frau, die alte Munkinja, war viel schwächlicher als er, und ihr Tod war weit eher zu erwarten gewesen. Der alte Munk gab zu erkennen, dass ihn der Besuch überaus freue. Er stand sofort auf, um seine unvermeidliche Grannenjoppe anzulegen, von der er sich in den letzten Jahren soundso nicht trennen konnte.

»Gut, dass ihr nachsehen kommt, was der alte Bär so treibt. Bald ist er weg, und dann wird Ruhe sein, nicht wahr?«

In seinem bärtigen, ja, vollkommen zugewachsenen Gesicht war die spitze Launigkeit kaum wahrzunehmen, die seine kräftige Stimme immer noch ausstrahlte. Wahrscheinlich dachte der alte Mann an seine Vergangenheit, die erfüllt war vom Kampf gegen das Vordringen der Arbeiterschaft in Jamníca.

Der Kovs Tinej und der Ropas spürten mit einem Male eine ziemliche Beklemmung. Den alten Munk kannten sie zwar – wer würde das nicht –, doch näher hatten sie ihn nie kennengelernt. Der Mann gehörte der älteren Generation an, mit der sie wenig zu tun hatten. Vor ihnen stand ein vollkommen grauer, knochiger Mann, der viele Jahrzehnte an der Spitze von Jamníca gestanden war und die Gemeinde nach seiner Überzeugung durch alle politischen Kämpfe geführt hatte. Das, was Jamníca jahrzehntelang gedacht und gewollt hatte, war von diesem Mann gekommen. Als die beiden Genossen sich mit solchen Kämpfen zu befassen begonnen hatten, war der Alte bereits von der politischen Bühne abgetreten, doch sein Einfluss hatte zähe weitergewirkt und sich nicht beugen lassen. Seine graue Erscheinung weckte in ihnen eine eisige, beinahe schreckhafte Bewunderung. Vom Tod sprach er ruhig und überlegt, mit festem Schritt durch das Zimmer schreitend, als würden sich unter dem Fußboden zwei Lärchenwurzeln bewegen, die auf dem einsamen, felsigen Berggrat gewachsen waren. Allen drei Besuchern wurde es eng ums Herz, und Dvornik, der dem Alten am nächsten stand, begann schnell zu reden:

»Vater, was werdet Ihr vom Tod reden, wo Ihr doch noch so kernig seid!«

Der Alte unterbrach ihn sofort:

»Nein, nein, das ist nur der Schein, in Wirklichkeit ist es anders. Die Brust ist leer, auch der Kopf wird leer, und danach zu urteilen, werde ich das neue Jahr nicht mehr erwarten ...«

Auf der Bettstatt im Winkel, wo die alte Munkinja lag, bewegte sich die Decke und eine müde, beinahe flehende Stimme war zu vernehmen:

»Was plapperst du für Dummheiten? Ich werde vor dir sterben, und du wirst mich überleben ...«

»Sei ruhig, Mutter! Was ich weiß, das weiß ich!«, widersprach ihr der Alte entschieden. Im Winkel wurde es wieder still. Nach einiger Zeit fasste er seine Gedanken zusammen:

»Ansonsten möge kommen, was wolle! Ich bin vorbereitet und fürchte mich nicht ...«

Er sah die Gäste mit durchdringendem, noch klarem Blick an. Dann streift er schnell die Zockeln über die Füße, entzündete ein Licht und ging in den Keller Most holen. Als er zurückkam, sagte er nahezu fröhlich:

»Achtzig Jahre, das heißt schon etwas, da wird es Zeit, dass der Mensch Abschied nimmt, Was denkt denn ihr ...?«

Die Besucher versuchten längere Zeit, ihn auf andere Gedanken zu bringen, und schließlich begann der Alte tatsächlich von den alten Zeiten zu sprechen. Seine Rede blieb aber trotz des Todes, der auf ihn zu lauern schien, immer noch politisch und scharfzüngig. Anders konnte der alte Munk einfach nicht reden. Er erzählte davon, wie er mit achtzehn in den politischen Ring getreten war.

»Damals ging es mit dem Teufel zu! Alles, was irgendwas galt, war deutsch, und alles, was etwas erreichen wollte, kroch den Deutschen unter den Kittel. Auch dein Großvater und dein Vater, Kovs, waren darunter. Ich sage dir, wie es war. Zwanzig Jahre haben wir gekämpft, bevor wir nicht diesen Kriechern die Gemeinde aus den Händen gerissen haben. Und wir haben es geschafft ... Ha, wie lustig war es damals ...«

Und dem Alten leuchteten die Augen vor jugendlichem Feuer. Dann fuhr er fort:

»Doch damit war der Streit noch nicht zu Ende. Die Klagenfurter Herrschaft wollte keine Ruhe geben. Wir haben auf der Gemeinde die slowenische Amtssprache eingeführt, doch die Klagenfurter Herrschaft schickte uns die amtlichen Briefe zurück. Wir haben aber nicht zurückgesteckt, und so ging der Streit weiter und weiter. Dann entließen sie unseren Gemeinderat, im Glauben, bei den Neuwahlen würden sie gewinnen. Doch gewonnen haben wir! Und noch dazu mit großer Mehrheit. Die zweite und dritte Klasse der Wähler waren all die Jahre fast zur Gänze unser, nur in der ersten Klasse, wo die größten Steuerzahler wählten, konnten sich die Gegner noch eine Zeitlang halten, ehe wir sie vor dem ersten Weltkrieg nicht auch von dort verdrängen konnten. Das war ein schlimmer Kampf ... Dreißig Jahre habe wir auch um unsere Schule gekämpft. Klagenfurt wollte uns eine deutsche Schule aufzwingen, wir aber haben eine slowenische verlangt. So gab es niemals Ruhe, aber es war schön ...«

Der alte Munk sprach sich immer mehr in Eifer. Jetzt blickte er den einen an, jetzt den anderen. Wenn er jemandem eine Spitze versetzen konnte, spielt ein seltsames Lächeln um seine Augenringe. Das war aber auch alles, was man von seinem Gesicht ablesen konnte, alles andere bedeckten die Bartfäden. Dann regte er sich über die Eisenwerker auf.

»Trinkt doch! Ich trinke ihn auch! – Vor Zeiten gab es noch keine Sozialisten, sondern es waren nur zwei Parteien, die slowenische und die deutsche. Aber lange vor dem Weltkrieg habt auch ihr eure Hörner gezeigt. In Dobrije sind eure Nester entstanden, und nach Jamníca gingen eure begehrlichen Blicke. Wir aber haben euch zurückgedrängt, und gut auch noch! Ihr beide seid zu jung, aber mit deinem Vater, Tinej, sind wir uns in den Haaren gelegen. Bei den ersten Wahlen zum Parlament mit allgemeinem Wahlrecht vor dreißig Jahren habt ihr in Jamníca nur vier Stimmen bekommen ... Ha, ha, ha ...! Gut haben wir es euch gezeigt!« Und wieder lachte der alte Munk, dass es nur so schepperte. Die Gäste schwiegen oder versuchten bei seinen Erzählungen ein gezwungenes Lachen aufzusetzen. Es schien ihnen nicht ratsam zu sein, sich mit dem Alten in ein Gespräch einzulassen, obwohl es ganz offenkundig war, dass er sich das wünschte. Und als ob ihn ihre Rücksicht schmerzte, ließ er sich auf einmal ermüdet auf die Bank niedersinken.

»Ja, alles vergeht, und neue Zeiten kommen ...«, sagte Dvornik unbestimmt und versuchte, das Gespräch in eine neue Richtung zu lenken. Doch das gelang ihm nicht, denn es dauerte nicht lange, und der alte Munk fing von neuem zu erzählen an:

»So haben wir uns den neuen Staat erkämpft. Die Sache ist aber nicht einfach so vom Himmel gefallen, wie das jemand meinen könnte. Teufel nochmal, schon zu Kriegsanfang habe ich befürchtet, dass man mich einsperren würde. Aber was damals nicht passierte, geschah fünf Jahre später bei den Kärntner Kämpfen. Als die Deutschen Jamníca besetzten, kamen sie mich holen und trieben mich nach Klagenfurt, wo ich einsaß, bis unser Heer dorthin kam. Das waren Zeiten ... Wenige hat es gegeben, die sich für ihre Sache einsperren ließen!«

Die Gäste wollten schon den Perman Ahac und seine Genossen erwähnen, die auch für ihre Sache einsäßen, doch ehe sie den Mund öffnen konnten, setzte der alte Munk fort:

»Wir haben den neuen Staat bekommen – Gott sei Dank! Das sage ich noch einmal, obwohl die Sache nicht so geht, wie sie gehen müsste. Doch wir haben das fremde Joch abgeschüttelt, was schon viel bedeutet. – Ich habe gedacht, dass ich das Alter in Frieden verbringen kann, aber ich habe mich geirrt, gründlich geirrt!! Denkt nicht, dass ich mich deswegen gräme, was ich getan habe und was ich gewesen bin! Ich bin noch immer der alte Munk, und ich werde als solcher auch ins Grab fahren. Aber es ist vieles passiert, was nicht hätte passieren dürfen ... Die Krise hat meinen Sohn von seinem Grund getrieben, den ich ihm gegeben habe. Das hat allerdings nur mich und meine Familie betroffen ... Doch es sind auch noch andere Dinge geschehen, die dem Menschen nicht gefallen können ...«

Er schwieg still und sah seine Gäste mit leuchtenden Augen an.

»Diese Sache mit der Firma *Podjuna*. Das war eine Schande ...«

Er blinzelte und schüttelte sich.

»Diese Sache mit der Gemeinde ... das war nicht richtig!«

Wieder verstummte er und setzte dann fort.

»Und jetzt diese Sache mit dem Berg, mit der Alm. Niemals hätte ich mir so etwas vorstellen können ...!«

Der Alte hatte noch etwas auf der Zunge, doch er überlegte es sich anders und schluckte den Seufzer hinunter. Er hatte den Tod seiner Tochter im Sinn, der jungen Munkinja, der ihn niedergedrückt hatte. Mit ihr war die letzte Säule seiner Familie eingebrochen und jetzt drohte dem Munk'schen Besitz das, was er am meisten fürchtete: dass er in fremde Hände kommen würde. Es war klar, dass der Munk nicht ohne Hausfrau bleiben könne, da doch kleine Kinder beim Haus waren und das Kleinste, das die junge Munkinja vor ihrem Tod zur Welt gebracht hatte, erst ein halbes Jahr alt war. Die Leute munkelten, dass der Munk die Mesnerin Therese nehmen würde. Es würden neue Kinder ins Haus kommen, und jeder Mensch wusste, wohin das führte und dass der Besitz eines Tages in vollkommen fremde Hände kommen müsste. Ein schlimmes Bauernschicksal.

Dvornik, Tinej und Ropas betrachteten stumm den gedankenverlorenen Alten. Der eine oder andere hätte ihm ein freundliches Wort gesagt, doch es kam ihnen nichts Vernünftiges in den Sinn. Doch da war der alte Munk wieder bei der Sache, schüttelte sich und lachte geräuschvoll.

»Ha, ha, ha ... ist es nicht dumm, sich unersprießlichen Gedanken hinzugeben? Heute oder morgen gibt es mich nicht mehr, und mir sollte es gleichgültig sein, was nach mir kommt. Da aber der Mensch ein Mensch ist, ist das unmöglich. Die Welt wird auch nach mir leben, so gut sie es weiß und kann. Vielleicht besser und schöner als wir! Das Leben geht halt seinen Weg ... Mir macht das Freude!«

Und zum Kovs Tinej und dem Ropas gewandt fügte er hinzu:

»Jetzt kommt ihr an die Reihe, ihr, davon bin ich überzeugt. Alles dreht sich in diese Richtung. Ihr und eure Idee ... Ehemals haben wir mit euch auf Leben und Tod gekämpft. Der Teufel mag wissen, wie das kam. Vielleicht haben wir aber alle für die gleiche Sache gekämpft, zum Wohle der Menschheit auf Erden, ohne dass der eine den anderen gut gekannt hätte, und ohne dass der eine den anderen richtig verstanden hätte? War es denn nicht so ...? Was sagt ihr ...?«

Es war schwer, darauf etwas zu sagen, was der Alte nicht als Trost oder als prinzipienlosen Rückzug empfunden hätte. So einen hellen Kopf wie den alten Munk konnte man nicht mit leeren Worten überzeugen. Den Gästen legten sich die Worte des Alten wie ein schweres Gewicht aufs Herz. Das, was sie jetzt gehört hatten, überzeugte sie weit mehr davon, dass die Tage des Alten gezählt seien, als all seine hartnäckigen Behauptungen über seinen nahen Tod. Ropas fand als Erster die passenden Worte und sagte mit Leichtigkeit in der Stimme:

»Ich glaube, das wird ein richtiges Glück für uns, wenn es so kommen wird.«

Es war, als hörte der alte Munk diese Worte schon nicht mehr. Sein Gesicht war in eine ferne Abwesenheit gerückt. Und als würde er sich erst jetzt an etwas erinnern, fragte er hastig:

»Wo seid ihr eigentlich gewesen?« Er sah den Dvornik an.

Da gab sich der Kovs Tinej einen Ruck und sagte:

»Vater, wir sammeln Unterschriften in Jamníca, damit sie den Perman Ahac und seine Genossen freilassen, die noch immer eingesperrt sind. Und im Vorübergehen haben wir uns gesagt: Schauen wir doch zum alten Munk. Er war zwar immer gegen uns, aber er war anständig. Vielleicht wird auch er unterschreiben, mehr als uns hinauszuwerfen vermag er ja nicht.«

Der Alte blickte erstaunt auf, offenbar kam es ihm zu unglaublich vor, was er gehört hatte, und für einige Augenblicke löste er den Blick nicht vom Tinej. Dann beruhigte er sich und sagte:

»Ach so, der Perman sitzt noch immer ...«

»Ja, noch immer, und seine Familie hungert. Ich weiß nicht, warum sie ihn noch festhalten, wenn sie ihm nichts beweisen können! Daher haben wir begonnen Unterschriften zu sammeln, und weil der Ahac ein alter Jamnitschare ist, sind wir auch nach Jamníca gekommen. Wir machen das auch deshalb, weil sie ihn beschuldigen, dass er sich damals in die Sache mit eurer Gemeinde eingemischt hat. Je mehr Unterschriften wir kriegen, desto größer ist die Hoffnung auf Erfolg.«

Der Alte dachte eine Weile nach. Dann fragte er:

»Wieviel Unterschriften habt ihr denn in Jamníca zusammenbekommen?«

Der Tinej lobte die Jamnitscharen.

»Wer hat denn alles unterschrieben?«

»Der Rudaf, der Pernjak, der Zabev, der Mlatej, der Stražnik ... Nur der Lukáč nicht.«

»Der Lukáč hat nicht unterschrieben, wahrscheinlich auch der Mudaf nicht. Hat der junge Munk unterschrieben?«

Der Auszügler Munk starrte geradeaus über den Tisch, direkt auf den Dvornik.

»Zum jungen Munk sind wir noch nicht gegangen!«

Der Auszügler lächelte bitter.

»Zu ihm braucht ihr nicht zu gehen, weil er nicht unterschreiben wird.«

»Gut, dass ihr es uns gesagt habt. Menschen, die für so eine Sache nicht gern unterschreiben, gibt es nicht viele, aber es gibt sie.«

»Wart ihr bei meinem Sohn ...?« Der Alte wollte hinzufügen, »... dem jungen Bunk«, doch er hatte es sich schnell wieder überlegt und den Namen unterdrückt, stattdessen aber sagen wollen: »dem Pernjak-Keuschler«, doch das war zu grob für seine Kehle, und so brach er ab.

»Waren wir, Vater, auch er hat unterschrieben!«, beeilten sich alle drei zu antworten.

»Wart ihr beim Ladej ...?«

»Waren wir, doch der Herr Oberlehrer überlegt noch ...«

Die Augen des Alten blitzten auf, doch er wurde sogleich wieder ernst und fuchtelte mit der Hand.

»Mir ist egal, wer unterschreibt, und wenn niemand anders unterschreiben wollte, ich würde unterschreiben! Wo habt ihr das Papier?«

Die Unterschriftensammler traf sein entschlossener, kämpferischer Blick. So ein Feuer hatte vielleicht schon zehn Jahre nicht mehr in ihm gebrannt, wie es jetzt aufleuchtete. Der alte Körper hinter dem Tisch begann leicht zu erzittern, sodass auch der Tisch zu zittern begann, auf den er sich stützte. Seine ausgetrockneten und ausgelaugten Hände streckten sich über die Tischplatte. Ein leichtes Rascheln von Papier war im Zimmer zu hören, das der Kovs Tinej aus der Rocktasche zog und auf den Tisch legte. Auf dem Bett im Winkel bewegte sich neuerlich der Leib der alten Munkinja, die zugehört hatte.

Der alte Munk ergriff die Feder und sagte:

»Denkt euch nichts dabei! Ich bleibe, was ich bin. Aber ich unterschreibe ...«

Und dann unterschrieb er mit großen, ungelenken Buchstaben:

»Lenart Munk ist auch dafür ...«

Erläuterungen

Dorf in der Mulde – Kotlje, der Schauplatz des Romans, liegt in einer weiten Senke unterhalb der Uršlja gora, zwischen den östlichen Ausläufern der Petzen und dem westlichen Teil des Pohorje-Gebirges; zur Zeit der Donaumonarchie gehörte das Gebiet zum Verwaltungsbezirk Klagenfurt/Celovec, mit Gerichtsständen in Völkermarkt/Velikovec, Dobrla vas/Eberndorf und Bleiburg/Pliberk. Die Übersetzung »Dorf in der Senke« für Jamníca (sprich: Jam-nítza, *kleine Grube, Grübchen, kleine Senke*) wurde noch vom Autor selbst in einem Brief an Anton Svetina vorgeschlagen (vgl. Prežihov Voranc: »Winter in Klagenfurt, Drei Geschichten. Mit einem Porträt des Autors von Jozej Strutz«, Kitab 2011). Bei Prevalje (nahe Šentanelj) gibt es auf der waldigen Anhöhe tatsächlich einen Ort solchen Namens.

Eisenwerk – die »Jeklarna«, das Stahlwerk in Ravne na Koroškem, in dem Prežihov Voranc in den zwanziger Jahren als Leiter der Bruderschaftskasse (Gewerkschaftskasse) arbeitete und wo er auch mehrere Jahre mit seiner Familie wohnte, vgl. Prežihov Voranc: »Winter in Klagenfurt« (Gosposvetsko polje), sowie »Die Brandalm« (Požganíca), übersetzt von Anton Svetina und Peter Wieser.

Fretter – Hungerleider, Habenichts, fallierter Bauer

Halbstartinfass – Startinfässer fassen rund 525 Liter.

Hoje, Sonnenort, Drajna, Dobrije – Ortschaften rund um Jamníca (Kotlje); Hoje liegt südwestlich, auf halber Höhe unter der Uršlja gora; Sonnenort (Preški vrh) nordwestlich – Richtung Ravne na Koroškem (Guštanj/Gutenstein); Drajna östlich von Kotlje, zwischen Pohorje und Dobrije; Dobrije nordöstlich in Richtung Koroški Selovec und Dravograd.

Keuschler – Bewohner einer Kleinwirtschaft oder einer Hube, Pächter, Häusler.

Klassenwahlrecht bis 1906, durch die Beck'sche Wahlrechtsreform fortan Allgemeines Wahlrecht für Männer.

Kummet – Kummetgeschirr für Pferde, Zügel und Zaumzeug

Maria Luschari (Svete Višarje, Monte Lussari) – Wallfahrtsort oberhalb von Camporosso (bei Tarvisio/Trbiž/Tarvis) am Dreiländereck Italien, Slowenien, Österreich

Pippe – österreichisch für Wasserhahn, Zapfhahn

Podjuna – Jauntal, zwischen Petzen und Saualm gelegene Landschaft mit Völkermarkt/Velikovec und Bleiburg/Pliberk als Zentren.

Polenta – Maissterz

Potica – Potitze: Weißbrot mit Rosinen oder Nüssen (Nusspotitze)

Pogača – geschmackvolles Weißbrot, Reindling

Rante – Stange, Bohnenstange

Reindling – rundes, gefülltes Weißbrot, das an Feiertagen gebacken wird

schöpsen, spatzen – das Entrinden und Entästen der Baumstämme

Staatsstreich vom 6. Jänner 1929 – Durch den Staatsstreich vom 6. 1. 1929 im SHS-Staat, dem Staat der Serben, Kroaten und Slowenen, wurde Aleksandar Karađorđević, der das Parlament und die Parteien ausgeschaltet hatte, zum diktatorisch regierenden Monarchen; Regierungschef der »Kraljevina Jugoslavija« wurde General Petar Živković. Prežihov Voranc musste als Sozialagitator im Mai 1930 das Land heimlich verlassen, nachdem er zuvor von der Gastwirtsfamilie Lečnik in Ravne na Koroškem (Guštanj/Gutenstein) in einem Versteck beschützt worden war. Im April 1941 wurde Jugoslawien von Nazi-Deutschland okkupiert und im Frühjahr 1945 schließlich durch die Befreiungsfront der Partisanen (OF – Osvobodilna fronta) und die Alliierten befreit.

Streumachen – Im Herbst wurden in Kärnten in den Wäldern die hohen Bäume, die demnächst gefällt werden sollten, entastet (»gespatzt«). Die Zweige wurden gesammelt und dem Vieh im Winter als »Streu« zur Unterlage auf den Stallboden gegeben. Die freiwilligen Helfer aus der Nachbarschaft wurden für ihre Hilfe großzügig bewirtet; das »Streumachen« wurde damit zu einem Fest der Gemeinschaft.

Štefan – Zweilitermaß für Getränke; »Doppler«

Trotamora – Alpdruck, »Drud«, mit dem Drudenzeichen zu bannen

Vierling – Maß für Korn/Saatgut (vgl. »Wildwüchslinge«, übersetzt v. Janko Messner, Drava-Verlag)

Zockel – Pantoffel, Schlapfen, zumeist aus Holz und Leder

Register der wichtigsten Figuren des Romans:

Munk und Bunk	Großbauer in Hoje oberhalb von Jamníca, am Fuß der Uršlja gora
Munkinja	seine Frau, Erbin des Munk-Anwesens
Munk Ladej	älterer Sohn der Munks, Lehrer in Dobrije
Munk Anza	Bruder des Munk Ladej, der junge Bunk, später in der Pernjak-Keusche
Lonica, Lona	Bunks Frau, Pernjakova aus Drajna
Ložékar, Ložékarca	Adeliger, Großgrundbesitzer und seine Frau aus Hoje
Dvornik	Adeliger, Großgrundbesitzer, zeitweise Bürgermeister, Vorstand der Konservativen
Virej	Pfarrer von Jamníca
Therese	Mesnerin
Jank	Oberlehrer und Gemeindesekretär in Jamníca
Marta Drobnič	Lehrerin
Perman, Ardev, Pernjak, Rudaf, Mudaf, Zabev, Tumpež, Mlatej, Mvačnik, Skitek, Gradišnik	Besitzer mittelgroßer Bauernhöfe
Perman Ahac	Bauernsohn, Arbeiter im Eisenwerk, Sprecher der Sozialisten, Selbstbildnis des Autors
Ardevov Tonáč, ‚der junge Munk'	Bauernsohn, Ehemann der Munk Mojtzka
Pernjak Tevžej	Pernjaks Sohn, Vater des Černjak Lukej (»Vu-hej«)
Apát, Lukáč	Gastwirte und Holzhändler
Apátov Zep	Sohn des Gastwirtes Apát
Stražnik	Großbauer, zeitweise Bürgermeister von Jamníca

Stražnikova Žavba	junges Bauernmädchen, das für den Perman Ahac schwärmt
Roprat	Tischler
Kupljènikova Roza	Tochter des Kupljènik, Freundin des Apátov Zep
Ančka	Magd beim Rudaf, Konkurrentin von dessen Frau, der Rudafica
Obertauč	Holzhändler aus Dobrije, Aktionär der Holzgesellschaft *Podjuna* (Jauntal)
Jelen, Tripalo, Začen	Holzhändler und Kaufleute
Černjak	Bauer und Gastwirt, Sonnenort
Černjaks Schwester	genannt die ›Terba‹ *(Schwachsinnige)*, Mutter Lukejs (»Vú-hej«)
Obad, Kovs, Kupljèn, Kozjek, Sečnjak, Ropas, Čeruj	Keuschler und Arbeiter
Sečnjak, Tehant, Bajnant, Dovganoč, Cofel Peter	Holzarbeiter, Zimmerer
Dovganočka	Frau des Zimmerers Dovganoč
Marička	Tochter des Dovganoč und der Dovganočka
Moškoplet, Vohnet, Riharjev Miha	Bettler, ehemalige Taglöhner
Ajta (= Agata), Pernatovka, Kardevka, Brezniška Mali	Dienstboten, später Bettlerinnen
Tochter der Ajta	aus Triest zurückgekehrt, Cousine des Zimmerers Dovganoč